프루스트 효과

프루스트 효과

프루스트를 사랑한 작가들의 글쓰기

초판 1쇄 발행　　2017년 9월 15일

지은이　　　　유예진
펴낸이　　　　조미현

편집주간　　　김현림
책임편집　　　김호주
표지 디자인　　소요 이경란
본문 디자인　　권순나

펴낸곳　　　　(주)현암사
등록　　　　　1951년 12월 24일 제10-126호
주소　　　　　04029 서울시 마포구 동교로12안길 35
전화　　　　　02-365-5051
팩스　　　　　02-313-2729
전자우편　　　editor@hyeonamsa.com
홈페이지　　　www.hyeonamsa.com

ISBN 978-89-323-1871-4 03800

이 도서의 국립중앙도서관 출판예정도서목록(CIP)은 서지정보유통지원시스템 홈페이지
(http://seoji.nl.go.kr)와 국가자료종합목록시스템(http://www.nl.go.kr/kolisnet)에서
이용하실 수 있습니다.(CIP제어번호 CIP2017023122)

프루스트
효과

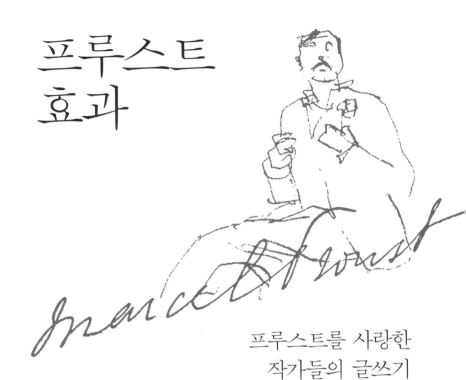

프루스트를 사랑한
작가들의 글쓰기

유예진 지음

현암사

일러두기

- 이 저서는 2015년 대한민국 교육부와 한국연구재단의 지원을 받아 수행된 연구입니다.
  (NRF-2015S1A5A8011882)
- 이 책에 사용된 도판 가운데 저작권자를 확인할 수 없었던 도판은 저작권자와 연락이 닿는 대로
  사용 동의 절차를 밟겠습니다.

프루스트 효과

우리는 종종 의식하지 못한 채 프루스트 효과를 경험한다. 가장 기대하지 않았던 순간, 자극받은 특정 감각에 의해 기억 깊은 곳에 묻혀 있던 과거의 부활, 그리고 그로 인해 지고의 행복을 느끼게 되는 비의도적 기억의 작용을 우리는 '프루스트 효과'라고 일컫는다. 프루스트의 소설 『잃어버린 시간을 찾아서』 가운데 가장 잘 알려진 마들렌 에피소드에 착안하여 심리학자들과 신경과학자들이 만든 표현이다.

중년이 된 주인공 마르셀은 어린 시절 품었던 문학에 대한 열정도, 작가가 되고자 하는 꿈도 상실한 채 자포자기의 심정으로 하루하루를 보내며, 귀부인들의 살롱에서 시간을 허비한다. 그러던 중 비를 맞고 집으로 돌아온 어느 날, 어머니가 그에게 따뜻한 차와 함께 버터가 듬뿍 들어간 가리비 모양의 촉촉한 마들렌 과자를 건넨다. 마들렌을 차에 적셔 한입 베어 무는 순간, 그는 형용할 수 없는 행복감을 느낀다. 그 감각으로 인해 콩브레에 살던 어린 시절 일요일이면 레오니 아주머니 방에서 맛보았던 마들렌의 맛이 확장하는 힘을 발휘하여 콩브레의 이층 방, 독서를 하던 정원, 마을 이웃들 등 자신의 잃어버린 시간을 부활시켰기 때문이다.

그런데 프루스트 효과를 이렇게 생각할 수는 없을까. 가장 늦었다고 생각될 때, 존재의 의미를 찾지 못해 우울함에 짓눌려 있을 때, 우연한 감각의 자극으로 작가로서의 소명을 기적적으로 되찾고 방문 앞에서 기다리고 있는 죽음에게 잠시 기다려달라며 자신의 삶을 담은 소설을 완성하기 위해 수많은 밤들을 지새우리라 다짐하는 늦깎이 주인공. 이런 마르셀을 통해 독자에게 자신도 글을 쓸 수 있다는 용기와 글을 쓰고 싶다는 욕망을 불러일으키는 힘, 그것을 프루스트 효과라고 믿고 싶다. 이 책에서 다루는 '프루스트 효과'는 이렇듯 신경과학자들의 영역에서 일탈한 것이며, 글쓰기 욕망을 불러일으키는 힘이라는 새로운 의미를 감히 부여해본다.

이 책에 등장하는 여덟 명의 작가는 모두 프루스트를 사랑한 소설가, 극작가, 철학자들로 이러한 프루스트 효과의 수혜자들이다. 이들 중에는 프랑스 작가는 물론 영국, 아일랜드, 러시아 출신 작가도 있다. 버지니아 울프는 "그 이후에 더 이상 무엇을 쓸 게 남아 있다는 말인가!"라고 외치며 프루스트 이후 글쓰기의 불가능에 괴로워하면서도 그의 그늘에서 벗어나고자 의식적으로 노력한다. 그녀의 소설 『등대로』는 그러한 고통 속에서 자신의 목소리를 찾아가는 모습을 보여준다.

『고도를 기다리며』로 유명한 사뮈엘 베케트는 극작가가 되기 이전, 스물다섯 청년 시기에 첫 산문 단행본인 『프루스트』를 출간한다. 출판사의 원고 청탁을 받고 집필하게 된 이 책은 베케트에게 자신이 무엇이 아닌지를 깨닫게 하는 계기를 제공한다. 학술적인 저서나 논문과는 차별되는 자유분방함을 띤 이 책을 쓰며 베케트는 자신이 학계에서 글을 쓰는 비평가, 그리고 학생들을 가르치는 교수로는 맞지 않는다는 사실을 깨닫고 강단에 등을 돌린 채 창조적 작가로서의 여정에 첫발을 내딛는다. 그럼에도 베케트의 첫 단행본을 관통하고 있는 내용의 압축성과 언어형식의 추상성은 베케트가 앞으로 펼칠 부조리의 세계를 엿볼 수 있는 즐거움을 준다.

한편 러시아에서 망명한 블라디미르 나보코프는 미국의 대학 강단에서 진행한 비교문학 수업에서 빠짐없이 프루스트를 강의했으며, 프랑스어로 집필한 자전적 에세이인 「마드무아젤 오」를 통해 마르셀과 자신의 어린 시절을 겹쳐 본다. 작가가 러시아에서 보낸 행복했지만 짧았던 유년기에 그에게 프랑스어를 가르친 스위스 출신 가정교사인 '마드무아젤 오'에 관한 회상을 담고 있는 이 자전적이면서도 동시에 소설적인 에세이 속의 소년 블라디미르는 『잃어버린 시간을 찾아서』의 주인공 마르셀과 여러 면에서 겹쳐 보인다.

1960년대 프랑스에서 소설의 낡은 형식적 규범과 관습에 단절을 선언하고 전례 없는 새로운 형태를 시도한 누보로망의 선두 주자인 나탈리 사로트는 그녀의 소설론을 전개하게 된 근원적 바탕에 프루스트가 있었음을 고백한다. 사로트는 프루스트의 발견이 문학, 특히 소설에 대한 그녀의 생각을 바꾸게 한 결정적 계기가 되었으며, 앞으로 그녀가 추구하게 될 글쓰기 양식에 새로운 길을 열어주었다고 강조한다. 소설의 질료로서 그녀는 인물과 대화가 차지하던 자리를 감각에 내주었고, 이를 발견하는 작가의 시선, 그리고 그것을 표현하는 방식으로서의 문체에 무게중심을 이동시켰다. 사로트가 모색한 누보로망의 이론과 원칙에 프루스트가 어떻게 위치하는지를 이해하는 것은 그녀에게 『잃어버린 시간을 찾아서』가 갖는 특별한 의미를 되새기는 기회가 된다.

이와 같이 소설가, 극작가 등이 프루스트를 읽고 그의 글쓰기에 영향을 받은 경우도 있지만, 한때 잊혔던 프루스트를 '부활'시킨 결정적인 계기는 1960년대와 그 이후 프랑스의 구조주의 철학자들이 프루스트 소설에 새로운 접근법을 제시하면서다. 질 들뢰즈는 10여 년에 걸쳐 개정한 『프루스트와 기호들』을 통해 세계대전을 거치며 민족주의 문학, 앙가주망 문학에 가려졌던 프루스트 소설에 형태론적 비평의 문을 열어 프루스트를 어둠에서 다시 한번 꺼내주었다. 초기에 들뢰즈는 프루스트 소설은 여러 세계들이 방출하는 다양한 기호를 마르셀이 해독하는 방법을 배워나감으로써 진리를 발견하는 소설이라고 주장하며 프루스트의 세계는 결국 기호의 체계가 구성하는 통일성의 지배를 받는다고 보았다. 그러나 후기로 갈수록 그는 프루스트 소설에서 하나의 전체로 향하려는 열망이 부재한 독립적이고 단편적인 파편들로 구성된 세계를 보게 된다. 그런데 통일성에서 출발하여 파편성으로 향했던 들뢰즈의 연구는 최후에 횡단성이라는 개념을 도입하면서 결국 분해되고 와해된 조각들 사이에 소통을 가능케 함으로써 통일성으로 회귀하는 모습을 보인다.

또한 현대 서술 이론을 구축한 제라르 주네트는 『형상』 연작에서 프루스트 소설을 자신의 서술 이론을 적용하기 위한 비평적 도구로 활용하고 있다. 프루스트 소설 속 인물들은 그들이 사용하는 언어에 의해 특징지어지고 규정된다고 해도 과언이 아니다. 그들이 사용하는 언어는 말해진 것 그대로도 많은 점을 드러내지만, 반대로 말해지지 않은 것, 말 속에 숨어 있는 것, 잘못 말하여진 것 또한 발화자를 이해할 수 있는 도구가 된다. 주네트는 「프루스트와 간접 언어」라는 글에서 간접적이며 의도하지 않은 방식으로 나타나는 언어적 오류와 언어 외적 기호들을 통해 프루스트가 창조한 다양한 인물들을 새롭게 분석한다.

들뢰즈와 주네트 등으로 촉발된 프루스트 소설에 대한 구조주의자들의 관심은 롤랑 바르트와 함께 정점을 찍는다. 바르트의 평생에 걸친 프루스트에 대한 애정은 그의 다양한 형태의 글들에 나타난다. 그중 바르트의 생전 마지막 저서인 『밝은 방』은 프루스트 읽기에서 출발하여 프루스트 쓰기를 거쳐 그의 생 마지막 시간에는 프루스트를 온전히 자신의 삶에 흡수했음을 보여준다. 바르트는 그가 가장 사랑했던 사람, 절대적 존재였던 어머니의 죽음을 겪은 이후 사진 한 장을 통해 극적으로 그녀의 부활을 경험한다. 그리고 그러한 과정의 각 단계마다 프루스트의 흔적이 발견된다. 그에게 프루스트는 더 이상 문학적 분석 대상이 아니라 자신의 삶 자체와 한 덩어리를 이루는 존재의 본질이 되었다.

한편 현재 활발히 집필 활동을 하는 21세기 작가들은 어떠한가? 너무나 다양하고 이질적인 작가들 중에서 누구 한 명을 선택하는 것은 그 어떤 대표성도 없지만, 자전적 글쓰기를 표방하면서 계급의 목소리를 들려주는 아니 에르노를 살펴보기로 한다. 노동자 계급의 부모를 둔 그녀에게 19세기 말 벨 에포크의 화려했던 귀족과 부르주아지의 생활양식과 시선으로 점철된 프루스트 소설은 독보적인 문학적 위대함만큼이나 불편함을 느끼게 한다. 특히 인물들 중 주인공 가족의 하녀인 프랑수아즈에 대한 묘사에서 자기 자신과 자기 가족의 모습을 보는 에르노에게 프루스트의 글은 사회적 피지배층에 대한 몰이해로 느껴진다.

이 책에 실은 여덟 작가에 관한 글들은 대부분 전공 학술지에 발표한 것으로 출처는 책 말미에 후주로 표기했다. 다만 더 많은 독자와 소통하고자 하는 책의 성격에 어울리도록 일정 부분 내용과 형식에 수정을 가했다.

비교문학은 늘 위험 요소를 안고 있다. 프루스트 전공자인 나로서는 그와 함께 다루는 다른 작가, 혹은 비평가에 대해 해당 분야의 전문가들에 비해 부족한 부분이 많음을 숨기지 않는다. 이들 작가들이 활동한 시기와 장소 또한 얼마나 다양한가. 그럼에도 이와 같은 모험을 감행할 수 있었던 이유는 이들이 정도의 차이는 있지만 모두 프루스트에 의해 촉발된 글쓰기에 대한 좌절과 욕망을 경험한 프루스트 효과의 수혜자들이라는 사실, 그리고 그것을 바탕으로 자신만의 글쓰기를 펼쳤다는 점이 반갑고 소중하게 다가왔기 때문이다.

바르트에 의하면 프루스트는 "무엇에 대해 말하는 사람이 아니라 무엇을 하는 사람"이 되게 만든다고 한다. 바르트는 비평가에서 소설가로의 새로운 글쓰기 인생을 꿈꾸며 '새로운 삶'으로서의 창작, Vita Nova를 구상했으나 목숨을 앗아간 비극적인 교통사고로 그만의 소설을 실현하지는 못했다. 하지만 앞으로도 서구는 물론 국내에서도 프루스트를 읽으며 '잃어버린 시간 되찾기' 경험을 통해 자신만의 글을 쓰고 싶다는 용기를 얻고, 실제로 글을 쓰게 될 미래의 작가들 또한 계속해서 나타날 것으로 믿어 의심치 않는다.

2017년 9월 유예진

차례

1

프루스트의 그늘에서 벗어나기[*]

버지니아 울프의 『등대로』

버지니아 울프
Virginia Woolf, 1882–1941

버지니아 울프는 마르셀 프루스트, 제임스 조이스와 더불어 이른바 '의식의 흐름'이라는 소설 기법으로 20세기 초 현대문학의 새로운 장을 열었다고, 마치 이들이 공통된 미학을 추구한 하나의 그룹을 형성이라도 한 것처럼 한데 묶여 같이 언급되고는 한다. 실제로 울프는 자신의 일기, 편지, 에세이 등에 여러 차례 프루스트를 언급하며 그로부터 받은 영향에 대해 숨김없이 이야기한다. 반면 같은 영미권 작가인 조이스에 대해서는 경쟁심이라고 의심을 살 만큼 강한 거부감을 표현한 것을 볼 수 있다.

울프가 친언니이자 화가인 바네사 벨Vanessa Bell에게 보낸 1927년 4월 21일 자 편지에서 그녀는 프루스트를 가리켜 "누구보다 가장 위대한 현대 소설가"라고 평하기도 했다. 반면 조이스에 관해서는 주로 부정적 평가를 내린 경우가 많다. 가령 그녀가 로저 프라이Roger Fry에게 보낸 1922년 10월 3일 자 편지는 프루스트와 조이스에 대한 그녀의 상반된 견해를 상징적으로 보여준다. "『율리시스Ulysses』의 경우는 완전히 다릅니다. 저는 마치 스케이트에 매달린 순교자와도 같이 그 책에 저 자신을 옭아맸습니다. 그리고 그것을 끝냈을 때는 저의 순교자적 고통도 끝나서 신께 감사했습니다."

1920년대에는 프루스트의 『잃어버린 시간을 찾아서*À la recherche du temps perdu*』(1913-1927)의 첫 두 권에 해당하는 『스완네 집 쪽으로*Du côté de chez Swann*』와 『꽃핀 소녀들의 그늘에서*À l'ombre des jeunes filles en fleurs*』가 영어로 번역되었고, 울프가 그것들을 읽었다는 기록과 증언은 넘친다. 그래서인지 울프를 영국 문단에 확실하게 자리매김하게 한 두 편의 소설, 『댈러웨이 부인*Mrs. Dalloway*』(1925)과 『등대로*To the Lighthouse*』(1927)는 프루스트의 영향이 가장 확실하게 드러난 작품이라는 평을 받는다. 프루스트의 소설과 『댈러웨이 부인』의 유사성을 분석한 연구물은 프루스트의 화자와 울프의 클라리사 댈러웨이가 의식의 흐름을 통해 전개되는 사고의 변화 및 시간의 흐름을 묘사하는 방식에 초점을 맞춘 경우가 많다. 『등대로』의 경우 프루스트 소설 첫 권인 『스완네 집 쪽으로』와 구성의 유사성이 조명되었다.[1]

다양한 선행 연구가 밝힌 울프와 프루스트 글쓰기의 공통점을 부정할 수는 없지만 그럼에도 두 작가는 엄연히 구분되는데, 특히 여성과 시간과 예술을 재현하는 방식에서 두드러진 차이점을 보인다. 프루스트의 글쓰기에 감탄하면서도 울프는 프루스트가 "여성에 대해서는 끔찍하게 제한적이고 불완전하게밖에 모른다"라고 했다. 또한 『잃어버린 시간을 찾아서』는 '시간'이 작품의 중심축이라 할 수 있을 만큼 중요한 주제임에도 정작 작품 속에는 그 어떤 구체적인 시간의 지표나 인물의 나이도 직접 언급되지 않고 어디까지나 암시될 뿐이다.

하지만 『댈러웨이 부인』에서는 빅벤의 타종 소리가 끊임없이 울리며 주인공에게 시간의 경과를 각인시키고, 『등대로』에서는 2부의 제목, '시간이 간다Time passes'가 가리키듯 10년이라는 구체적인 시간이 흐른 후 인물들의 나이 또한 직접 언급되는 식이다. 또한 프루스트와 울프의 작품 속 예술가 혹은 예술 작품에 대한 묘사, 재현, 상징 등은 두 작가가 공동의 관점을 나누고 있다기보다는 대조됨을 증명한다.

이번 장에서 우리는 울프의 『등대로』를 중심으로 울프가 프루스트의 작품으로부터 얼마나 의식적으로 벗어나려 했는지, 그 탈출의 흔적을 짚어보고자 한다.

울프의 프루스트 읽기

『잃어버린 시간을 찾아서』의 제1권인 『스완네 집 쪽으로』가 영어로 처음 번역되어 출간된 것은 1922년으로, 울프가 읽은 판본은 스콧 몽크리프C. K. Scott Moncrieff가 번역하고 채토 앤드 윈더스Chatto and Windus 출판사에서 발행한 판본일 것으로 추정된다.[2] 번역가이기 전에 그 자신이 작가이기도 했던 몽크리프는 이때 프루스트 소설의 전체적인 제목을 '과거의 것들 회상Remembrance of Things Past'이라고 붙였다. 셰익스피어 소네트의 한 행에서 따온 표현이다. "When to the sessions of sweet silent thought/I summon up remembrance of things past." 프랑스어 제목인 'À la recherche du temps perdu'와는 의미상,

형식상으로 상당히 차이가 나는 이 제목에 대해서 프루스트는 절망하였고, 자신의 이런 생각을 스코틀랜드 출신의 번역가 몽크리프에게도 서신으로 전달한다. 하지만 영국과 미국에서 몽크리프 번역본에 대한 평단의 반응은 실로 놀라울 정도로 긍정적이었고, 프루스트의 소설도 대환영을 받는 형국이었기에 결국 프루스트도 더 이상 역자에게 불만을 표시하지 않았다. 이후 프랑스어 제목에 충실한 영어 번역 제목, 'In Search of Lost Time'이 1992년에 나오기까지 70년을 기다려야 했다.

울프가 처음으로 프루스트를 언급한 1918년 일기 때문에 한동안 그녀가 프루스트를 프랑스어 원서로 읽었을 것이라 여겨졌지만, 뉴욕 공립 도서관에 소장된 울프의 미공개 노트들에는 몽크리프 번역본에 해당하는 쪽수가 그대로 표기되어 있다. 1910년대 후반과 1920년대 초반, 그녀가 프랑스어를 배우고 있지만 여전히 초보적인 단계라 힘들다는 고백, 또 1925년 바네사 벨에게 보낸 편지 일부를 프랑스어로 썼지만 현재 시제만으로 이루어진 짧은 단락조차 여러 문법적 오류를 담고 있는 것으로 미루어, 울프가 프루스트 소설을 프랑스어로 읽었을 것이라는 추측은 무리가 있다.[3]

울프가 프루스트를 읽으며 그의 글에 존경과 감탄을 보낸 것은 분명하다. 하지만 그런 감정은 예상치 못한 반응을 끌어내게 되는데, 바로 엄청난 자괴감의 엄습이었다. 너무나 훌륭한 작가 앞에서 울프는 할 말을 잃고, 자신의 작가적 재능에 대한 회의감에 사로잡힌다. 이러한 울프의 양분된 감정, 즉 존경심과 자괴감, 글을 쓰고자 하는 욕망과 그 불가능에 대한 절망은 다음의 편지들에 고스란히 드러난다.

모든 사람들이 프루스트를 읽고 있습니다. 저는 가만히 앉아서 그들이 하는 이야기를 듣습니다. 마치 굉장한 경험처럼 보입니다. 하지만 저는 계속해서 아래로, 아래로, 아래로 떨어져서 어쩌면 다시는 올라오지 못할 것이라는 끔찍한 생각에 휩싸이기를 기다리며 벼랑 끝에서 몸서리치고 있습니다.

— 1922년 1월 21일, 포스터E. M. Foster에게 보낸 편지

프루스트는 표현하고자 하는 저의 욕망을 어찌나 자극하는지 저는 문장을 제대로 시작할 수도 없을 정도입니다. 아, 제가 그처럼 쓸 수만 있다면요! 저는 소리 지릅니다. 그리고 그 순간 그는 놀라울 정도로 전율과 포만감과 강렬함을 제공하기에 — 그 안에는 무언가 성적인 것도 있습니다 — 저는 마치 그처럼 쓸 수 있다는 느낌이 들어 펜을 듭니다. 하지만 저는 그처럼 쓸 수 없습니다. 그와 같이 제 안의 언어 신경을 자극한 사람은 거의 아무도 없습니다. 저는 완전히 사로잡혀 있습니다.

— 1922년 5월 6일, 프라이에게 보낸 편지

이렇게, 마침내 누군가 항상 빠져나가곤 하던 것을 구체화했습니다. 그리고 그것을 이토록 아름답고 완벽하게 지속적인 성질의 것으로 만들었습니다. 그의 책을 읽다 보면 그것을 내려놓고 숨을 고르게 됩니다. 그것을 읽는 즐거움은 거의 육체적이 됩니다. 마치 태양과 와인과 포도와

완벽한 고요함과 강력한 생명력을 합쳐놓은 것과도 같습니다. [……] 그 이후에 더 이상 무엇을 쓸 게 남아 있다는 말인가요?

— 1922년 10월 3일, 프라이에게 보낸 편지

위 편지들은 모두 1922년에 쓰인 것으로, 『잃어버린 시간을 찾아서』가 처음 영어로 번역되어 소개된 해이기도 하다. 울프와 그녀가 주축이 되어 형성한 블룸즈버리 그룹Bloomsbury Group 소속 작가들이 프루스트를 발견하고 한창 열광하여 읽던 시기였다. 블룸즈버리 그룹은 미술 평론가 로저 프라이Roger Fry, 시인 클라이브 벨Clive Bell 등을 중심으로 런던의 블룸즈버리 지역에서 모임을 갖고, 당시 전통적인 빅토리아 시대의 보수적 틀에서 벗어나고자 혁신적이고 개방적인 예술, 문화 운동을 추구했다. 이들은 울프의 집에서 자주 모임을 가졌으며, 프루스트에 대해서는 초기 열광하던 단계를 거친 후 자신들이 추구하는 형식주의 원칙에 부합하지 않는다면서 차츰 거리 두기를 한다. 하지만 울프는 블룸즈버리 그룹이 추구하는 미적 원칙에는 동의하면서도 프루스트만은 예외에 속하는 작가라며, 그에 대한 소신을 끝까지 굽히지 않았다.[4]

1922년 말, 세 번째 소설인 『제이컵의 방Jacob's Room』 출간 후 울프는 한동안 신경쇠약과 우울증에 시달린다. 그러나 곧 회복하고 대표작 중 하나가 될 『댈러웨이 부인』의 집필에 착수한다. 그때 울프는 1923년 2월 10일 자 일기에 "이 단계에서 프루스트가 [나의] 글쓰기에 영향을 끼칠지 궁금하다"는 모습을 보인다. 하지만 동시에 "그의 프랑스어, 전통 등등 때문에 반드시 그럴 것이라 생각되지는 않는다"라며 그의 영향권하에 있을 수 없음을 스스로에게 다짐하듯 확인시키기도 한다.

이국적인 것은 자신의 글쓰기와는 동떨어진 것으로 생각되어, 울프는 그것으로부터 어떤 영향을 직접적으로 받기에는 거리가 멀다고 여기는 듯하다. 또 다른 예로 울프는 조지프 콘래드Joseph Conrad가 자신의 문학적 모델이 되기에는 폴란드 출신이기에 어렵다는 의견을 피력한 바 있다.

이처럼 프루스트의 영향이 자신의 글에 드러날까 염려하면서 그렇지 않을 것이라고 애써 부정하지만, 여전히 작가 프루스트의 위대함만큼은 인정한다. 울프는 같은 날짜의 일기에 "모든 재료에 대한 그의 통제력은 실로 대단한 것이어서 누구라도 그것으로부터 쉽게 무언가를 얻을 수 있는데, 그게 두려워 피하려 해서는 안 된다"라며 프루스트가 이룩한 업적을 높이 평가한다.

1924년 마침내 『댈러웨이 부인』의 초벌 원고를 마쳤을 때도 울프의 이런 근심은 사라지지 않았다. 이제 교열 작업에 착수한 그녀는 작품의 구상과 집필 단계에서와 마찬가지로 교열 단계에서도 의식적으로 프루스트를 멀리하려는 모습을 보인다.

많은 요소들이 혼합된 것에서 누구는 그룹을 보고, 전체 혹은 일반적인 인상을 얻는다. 내가 의도하는 것이 무엇인지 프루스트라면 분명히 말할 수 있을 것이 틀림없는데, 그는 어찌나 설득력이 강한지 내 책을 교열하는 동안에는 이 위대한 작가를 읽을 수가 없다. 프루스트는 글을 잘 쓰는 것이 너무 쉬운 일처럼 보이게 만드는 반면, 다른 사람들은 빌린 스케이트를 타다가 넘어지는 꼴이 된다.

— 1924년 11월 19일 일기

야심작인 『댈러웨이 부인』이 마치 "빌린 스케이트를 타다가 넘어지는 꼴"이 된 것은 아닌지 염려하는 부분이다.

1925년 『댈러웨이 부인』이 출간된 후에도 울프가 프루스트를 의식하기는 마찬가지다. 그녀는 자신이 과연 이 위대한 작가가 이룩한 것만큼 무언가 성취하였는지 자문한다. "이번에 나는 과연 무언가를 완성한 것일까. 글쎄, 지금 내가 완전히 몰두하고 있는 프루스트에 비하면 아무것도 아니다"라는 그해 4월 8일 자 일기에서 우리는 그녀가 얼마나 프루스트라는 작가에 자신을 비교하며 자괴감을 느꼈는지 알 수 있다.

동시에 그녀가 겪었던 신경쇠약과 우울증도 엿보인다. 『댈러웨이 부인』을 구상하고 집필, 교열하는 단계에서는 의식적으로 프루스트 읽기를 피했다면, 자신의 소설이 출간된 지금 시점에서는 마음 놓고 프루스트를 읽고 있다는 고백이다. 울프가 생각하는 프루스트의 위대함은 "극도의 섬세함과 강인함의 조합"에 있다. 이러한 대조되는 두 요소의 화합을 그녀는 다음과 같이 표현하기도 한다. "그는 동물의 창자로 만든 줄만큼이나 단단하고, 나비가 쫓는 꽃만큼이나 연약하다." 이어서 그녀는 프루스트가 "계속해서 내게 영향을 끼치고, 나의 모든 문장들로 하여금 나를 화나게 할 것이 분명하다"며 지금까지 그래왔듯 앞으로도 그의 영향에서 벗어날 수 없을 것임을 자신에게 예고하고 있다.

과연 그녀의 예감은 적중했다. 『댈러웨이 부인』을 출간하고 2년 뒤인 1927년에는 『등대로』를 선보이면서 울프는 영국 문단에서 활발하게 활동하고, 문학적 가치를 인정받는 소설가로 입지를 굳힌다. 그리고 1931년에 여섯 번째 소설 『파도 The Waves』를 출간하고, 1937년에 빛을 보게 될 일곱 번째 소설 『세월 The Hours』을 힘겹게 구상하던 1930년대 중반, 그녀는 다시 한번 프루스트를 언급한다. 1934년 5월 21일 에설 스미스 Ethel Smith에게 보낸 편지에서 "저는 프루스트를 읽었습니다. 그의 책은 물론 너무나 뛰어나서 저는 그의 아치 아래에서 글을 쓸 수가 없습니다"라고 한탄한다.

이렇듯 울프의 프루스트 읽기는 존경과 두려움, 감탄과 자괴감이라는 상반된 감정을 동반한다. 프루스트의 글을 읽으면서 자신도 그처럼 쓰고자 하는 욕망을 느끼지만 작가적 재능의 한계를 의식하고 절망감에 빠지기도 한다. 그럼에도 창조적 글쓰기에 대한 열망에 소설 쓰기를 이어나가는데, 그것들을 구상하고 집필하고 교열하는 단계에서는 의식적으로 프루스트를 멀리하다가 책의 출간 후에야 마음 놓고 다시 프루스트에게 돌아가는 양상이 반복된다. 『등대로』는 그녀가 프루스트를 발견하고 한창 열광하여 읽던 1920년대 중반에 쓰였다는 점에서 프루스트에 대한 울프의 양분된 감정이 가장 잘 드러나는 작품이라고 할 수 있다.

시간의 경과

『등대로』는 총 3부로 구성되어 있다. 1부는 '창문', 2부는 '시간이 간다', 3부는 '등대'라는 소제목을 달고 있다. 1부에서 램지 부부는 스코틀랜드의 한 섬에서 여름휴가를 보내는 중이다. 이들의 별장 창문을 통해 보는 바다 건너 외딴섬에 위치한 등대는 램지 부부의 아이들, 특히 어린 아들 제임스의 막연한 호기심과 동경의 대상이다. 제임스는 엄마에게 내일은 꼭 등대로 가자고 조르고, 그녀는 만약 날씨만 좋다면 그러마고 약속한다. 그 옆에서 램지 씨는 날씨가 좋지 않을 것이라 단언하고, 실제로 등대행은 취소된다. 이때 아들이 느끼는 아버지에 대한 분노와 적개심 묘사는 소설 초반부터 극도의 긴장감을 일으킨다.

만일 거기, 그 순간에 손도끼나 부지깽이, 혹은 아버지의 가슴에 구멍을 내어 죽일 수 있는 아무 무기나 있었다면 제임스는 그것을 집어 들었을 것이다. 바로 이런 극단적인 감정을 램지 씨는 그저 존재만으로도 자식들의 가슴에 불어넣었다. 그는 검처럼 길쭉하고, 칼날처럼 얄팍한 체구로 지금과 같이 거기에 서서 아들의 환상을 깨는 쾌감뿐 아니라 아내를 우스꽝스럽게 만든다는 즐거움으로 빈정거리며 웃는 것이다.

—『등대로』

램지 부인은 빅토리아 시대 전형적인 '완벽한' 여성상을 구현한다.

그녀는 4남 4녀를 둔 대식구의 어머니이자, 철학 교수이며 위대한 저술 활동을 펼치지만 폭군에 가깝고 신경질적이며 허영심 가득한 남편을 언제나 옆에서 보좌하고 시중든다. 거기에 더해 외부 손님들까지 초대하여 별장에서 거대한 살림을 척척 꾸려나가고 있다. 또한 휴양지에 와서도 그 섬의 가난하고 병든 이들을 위해 항상 무언가를 만들고, 집 안에 있는 무엇이든 그들에게 나누어 주고자 하는, 가득한 자비와 관대함을 몸소 실천하는 여성이기도 하다.

글렌 페더슨Glenn Pederson이라는 연구자는 일반적으로 '완벽한 여성상'의 구현이라 여겨지는 램지 부인에 대해 반대되는 해석을 처음으로 제시한 바 있다. 그는 램지 부인을 지배적이며 이기적이고 숨 막히게 하는 존재감을 소유한 인물로 해석하며, 이러한 어머니의 잔상은 생존한 램지 일가가 등대행을 추진함으로써 극복된다고 주장했다. 하지만 이러한 주장은 큰 지지를 얻지 못했고, 울프 전문가들은 대부분 램지 부인을 빅토리아 시대의 전형적인 여성상의 구현으로 받아들이는 것이 사실이다.[5]

1부는 램지 부인이 준비한 저녁 식사 장면으로 끝난다. 1부의 상당 부분을 차지하는 이 저녁 식사 에피소드에서도 램지 부인은 왠지 서로 어울리지 못하고 어색해하는 손님들과 가족들 사이에 어떻게든 화기애애하고 즐거운 분위기를 만들려고 고군분투하는 모습으로 그려진다. 결국 대화가 무르익으며 서먹함이 사라지자 램지 부인은 만족하며 물러나는 것으로 1부가 막을 내린다.

이어지는 2부는 분량상으로는 가장 짧지만, 시간의 흐름을 보여주는 기법에서 우리의 비교 대상인 프루스트와 여러 면에서 대조되는 요소를 발견할 수 있기에 가장 흥미로운 부분이기도 하다. 1부, 2부, 3부의 분량은 대략 8:1:4 정도인데, 울프의 작업 노트를 보면 왼쪽과 오른쪽에 각각 기다란 사각형을 하나씩 그려 넣고, 그 두 사각형을 통로로 이어놓았다. 즉 H형의 도면을 그려 넣은 셈인데 이때 두 사각형을 잇는 통로에 해당하는 것이 바로 2부, '시간이 간다'이다.[6] 이 부분에서 화자는 10년의 세월이 흘렀음을 직접 언급한다. 그 사이에 제1차 세계대전이 발발했으며 램지 부인을 비롯해서 몇몇 인물들이 죽었음을 알린다. 이때 특이한 점은 그들의 죽음을 알리는 방식이 가십거리를 전달하는 잡지 속 부고인 듯, 독자와는 아무 상관 없는 제삼자의 죽음인 양 무심하고 짤막하게, 그것도 괄호 속에 넣어 전달한다는 것이다.

(램지 씨는 어느 깜깜한 아침 복도에서 비틀거리며 두 팔을 뻗었지만, 램지 부인이 그 전날 밤 갑자기 죽었기에, 뻗은 팔은 비어 있었다.)

[……]

(프루 램지는 그해 여름 출산과 관련한 무슨 병에 걸려 죽었고, 사람들은 정말 비극이라고 말했다. 그녀만큼은 반드시 행복할 수 있었을 텐데, 라고 했다.)

[……]

(폭탄이 터졌다. 프랑스에서 스물에서 서른 명 정도의 젊은이들이 죽었는데 그중에는 앤드루 램지도 있었다. 천만다행으로 그는 그 자리에

서 즉사했다.)

—『등대로』

순간의 미학을 그토록 섬세하게 표현함으로써 짧은 한순간에게 영원성을 부여했던 1부와는 극단적으로 대조되는 2부의 전개에 독자는 당황한다. 이에 대해 앤 밴필드Ann Banfield는 1부에서 세부 사항의 생생한 묘사를 통해 울프가 '문학적 인상주의'의 정수를 보여주었다고 강조한 반면, 또 다른 연구자인 마르틴 헤글룬드Martin Hägglund는 울프식 순간의 미학은 순간을 영원한 것으로 승화시킨 데 있는 것이 아니라, 오히려 순간의 일시성을 있는 그대로 받아들이고 그토록 무심히 표현한 2부에 있다고 주장하기도 한다.[7]

화자가 무심하게 램지 부인과 아이들의 죽음을 알린 후 화가 릴리 브리스코와 시인 카마이클 씨 등 예전에 별장에 초대받았던 손님들이 돌아왔음을 알리고 2부는 끝난다. 1부에서 초점이 램지 부인에게 맞춰졌다면 마지막 3부에서는 릴리와 그녀가 10년 전부터 시도했으나 완성하지 못한 램지 부인의 초상화에 맞춰진다. 재미난 사실은 긴 세월이 흘렀음에도 인물들의 육체는 크게 변하지 않았다는 사실이다. 인물들은 추상적 지표에 해당하는 숫자로서의 나이만 더 들었을 뿐이다. 릴리는 34세에서 44세가 되었으며, 램지 씨는 61세에서 71세가 되었다. 다음 표현들이 이를 증명한다.

여기 릴리는 마흔네 살에, 아무것도 할 줄 모르는 채, 그곳에 서서 그림을 그린답시고 시간을 낭비하고 있었다.

[……]

매칼리스터 씨는 지난 3월에 일흔다섯 살이 되었다고 했다. 램지 씨는
일흔한 살이었다.

—『등대로』

『등대로』는 울프의 자전적 요소가 다분한 작품으로 평가된다. 작가
자신도 그러한 의도를 부정하지 않았는데, 작가의 아버지인 레슬리
스티븐과 어머니 줄리아 스티븐은 작품 속 램지 부부와 여러모로 겹
친다. 특히 울프의 아버지가 일흔한 살에 사망한 점, 『등대로』를 집필
하던 당시 울프의 나이가 마흔네 살이었다는 점, 울프의 부모님이 램
지 부부와 같이 8남매를 두었다는 점이 대표적이다.[8]

등장인물의 나이를 구체적으로 언급한 데 비해 인물들의 외관은
시간의 흐름으로부터 이상하리만치 영향을 받지 않은 모습이다. 10년
이라는 세월은 그저 숫자놀이에 지나지 않은 듯, 릴리와 카마이클은
모두 시간의 파괴력으로부터 자유로워 보인다.

10년 만에 자신의 별장에 다시금 찾아온 릴리를 보고 램지 씨는 다
음과 같이 생각한다. "그녀가 약간 쪼그라든 것 같다고 그는 생각했
다. 좀 깡마르고, 가녀려 보였지만 매력이 없지는 않았다." 또 다른 예
술가인 카마이클에 대한 묘사 또한 별반 다르지 않다. 둘 다 램지 부
인으로부터 초대를 받고 같은 별장에 머무르기도 했지만, 릴리는 카
마이클과 말 한마디 제대로 나눠보지 못한 사이다. 그런 둘이 램지 부

인이 없는 저택에 다시 모이는데, 10년 만에 만난 카마이클을 보며 릴리는 "여기 그는 언제나 똑같은 모습이었다. 외관도 똑같았다. 어쩌면 머리가 더 세었을지도 모른다. 그렇다, 그는 똑같은 모습이었다"라고 느낀다.

울프는 의도적으로 시간의 흐름을 인물의 변한 외관으로 표현하는 유혹을 뿌리치는 것처럼 보인다. 그런데 이는 프루스트가 소설의 마지막 권인 『되찾은 시간*Le Temps retrouvé*』에서 이제는 중년이 된 주인공이 예전에 알고 지내던 많은 인물들을 전쟁 후에 한꺼번에 만나게 되면서 시간의 파괴력과 폭력에 충격받는 장면과 완전히 대조된다.

프루스트의 작품 속 마르셀의 나이는 한 번도 구체적으로 언급되지 않는다. 이는 주변 인물들도 마찬가지다. 그뿐 아니라 그 어떤 구체적인 시간적, 시대적 지표도 부재한다. 『등대로』와 마찬가지로 제1차 세계대전을 치른 것을 알 수 있지만 『되찾은 시간』에서 군인이 된 로베르 드 생루가 체펠린 비행선의 폭격을 바그너의 〈발퀴레〉에, 그리고 친독파인 샤를뤼스가 폐허가 된 파리의 모습을 베수비오 화산의 폭발로 파괴된 폼페이에 비교하게 만드는 미적 장치에 불과하다.

『되찾은 시간』의 마지막 에피소드는 이제는 사랑, 우정, 사교계, 그리고 예술에까지 모든 기대와 환상을 잃은 중년의 마르셀이 자신 앞으로 온 초대장을 따라 게르망트 공작 부인이 주최하는 연회로 발길을 옮기는 것으로 시작한다. 마르셀은 저택에 도착해서 주인과 손님들을 보게 되는데, 모두들 어찌나 변했는지 누가 누구인지 알아볼 수 없을 정도다. 남자들은 흰 가루를 뒤집어쓴 것처럼 하얗게 센 머리와 수염 때문에, 그리고 여자들은 무대 위 연극배우같이 짙은 화장으로 가리고자 했으나 대부분 그대로 드러나는 얼굴의 주름들 때문에. 화자는 그들이 모두 '가장travestissement'하고, '변장déguisement'하고, '탈바꿈métamorphoses'하고, '완전히 변신transformation complète'했으며, '시간의 가면masque du Temps'을 썼다고 생각한다.

시간에 따른 이러한 변화를 가장 잘 보여주는 인물로 화자는 아르장쿠르를 언급한다.

이런 관점에서 가장 놀라운 인물은 나의 개인적인 적이자, 오후 연회의 진정한 절정이었던 아르장쿠르 씨였다. 아주 조금 희끗했던 그의 턱수염은 이제 믿기지 않을 정도로 새하애졌을 뿐만 아니라, [……] 그는 이제 어떤 존경심도 불러일으키지 않는 그저 늙은 거지가 되어 있었다. 나는 여전히 그의 과장스러움과 뻣뻣한 부자연스러움을 기억하고 있었는데, 이 망령 든 노인네의 떨리는 팔다리와 원래는 도도했으나 지금은 백치 같은 행복감이 깃든 미소를 끊임없이 짓는 늘어진 얼굴 표정은 어떤 진리를 말하는 것 같았다.

—『되찾은 시간』

매일 보는 자신의 모습에서는 의식하지 못한 시간의 흐름을 주변 인물들의 변화된 모습을 통해 확인하는 순간, 마르셀은 자기 자신도 시간의 파괴력으로부터 자유롭지 않았음을 깨닫는다. 이러한 깨달음

은 다른 인물이 마르셀을 보고 나타내는 반응을 통해서 코믹하면서
도 잔인하게 증명된다. 게르망트 공작 부인은 그를 향해 반가움을 표
시한다면서 "아! 당신을 봐서 얼마나 좋은지 모르겠어요. 나의 가장
늙은 친구여"라고 말한다. 그러자 마르셀의 반응은 "가장 늙은 친구
라니! 너무하는걸. 가장 늙은 친구들 중 한 명일지는 몰라도, 그러니
까 내가 그토록……"이라면서 다른 사람이 보기에 자신이 그렇게 나
이가 들었나 하고 생각한다.

또한 다른 손님 한 명이 마르셀이 예전에 천식으로 고생한 것을 알
고, 요즘 유행하는 감기에 걸리면 기침이 더 심해질 거라고 충고하자,
옆에 있던 다른 사람은 "아니요, 그런 건 젊은 사람들만 걸리는 겁니
다. 당신 나이가 된 사람은 이제 아무 걱정 할 필요가 없답니다"라고
위로 아닌 위로의 말을 건넨다.

오랜만에 보는 사람들의 모습에서 시간의 파괴력을 느끼는 마르셀
은 거실에 들어가기 직전에 경험한 연쇄적인 비의도적 기억mémoire
involontaire의 작용으로 작가로서의 임무를 다시금 막 발견한 참이었
다. 그런데 자신의 삶을 담은 소설을 써야 함을 발견한 그 중요하고도
희망에 가득 찼던 순간에 타인을 보며, 그리고 자신을 보는 타인의 시
선을 통해 자신 또한 시간의 희생자이자, 남은 시간이 얼마 없다는 사
실을 깨닫는 것이다.

울프의 인물들과는 달리 프루스트의 인물들은 시간의 흐름이 몸에
직접 나타난다는 점에서 차이를 보인다. 프루스트의 경우 이러한 각
성은 마르셀의 뒤늦은 예술가에 대한 소명의 확신을 한층 절실하게

만드는 작용을 한다. 프루스트 인물의 경우 울프와 또 다른 차이를 드러내는 부분이 바로 예술 작품의 제작 과정과 완성이다.

예술을 통한 자아실현 — 릴리의 초상화 완성

『등대로』 1부의 주인공이 램지 부인이었다면, 2부에서 그녀의 죽음을 한 줄로 간단하게 알린 뒤, 이어지는 3부의 주인공은 릴리 브리스코라고 할 수 있다. 결혼의 미덕을 강조하고, 순종적이며 희생적인 여성상을 구현하는 램지 부인은 이름도, 결혼 전 원래 성도 나오지 않는다. 반면 릴리 브리스코는 결혼 이야기가 오가는 식물학자인 윌리엄 뱅크스와는 유쾌하며 즐거운 우정을 나누는 활발한 성격의 소유자이자 화가의 길을 선택한 독립적인 여성으로, 당당하게 릴리라는 이름으로 불린다. '릴리Lily'라는 이름에 대해 엘리자베스 맥아서Elizabeth McArthur는 울프가 프루스트의 『스완네 집 쪽으로』에 묘사되는, 비본 강에 떠 있는 수련에서 착안했다고 주장하기도 한다. 실제로 프랑스어 원문에서는 'nymphéas'인 수련이 몽크리프 번역본에서는 'water-lily'라고 번역되었다.[9]

릴리는 1부에서 등대를 배경으로 한 램지 부인의 초상을 그리기 시작하는데 완성하지 못하고 접어둔 상태다. 그것을 10년이 지난 후, 이제는 모델이 부재한 상태에서 다시금 완성하고자 붓을 집어 들지만 그 일은 과거보다 더욱 불가능한 것으로 느껴진다. 그러다가 소설의 마지막 장면에 이르러 릴리가 극적으로 램지 부인의 초상화를 완성하면서 작품이 끝나는데, 이때 릴리와 초상화의 관계는 『되찾은 시간』에서 마르셀과 그가 쓰게 될 소설의 변형된 형태라고 볼 수 있다.

그 변형의 형태는 크게 두 가지로 나뉜다. 우선 릴리가 초상화를 완성하는 과정이 다소 추상적이고 감성적이며 갑작스럽다면, 마르셀이 소설을 쓰겠다고 결심하는 과정은 연쇄적이고 논리적이며 단계적이다.

두 번째로 다른 점은 릴리에게 초상화를 완성하는 것은 과거로부터 자기 자신을 해방시키기 위한 필수적인 도구임과 동시에 삐걱거리던 관계에서 화해, 용서, 조화를 이끌어내는 상징적인 역할을 한다는 것이다. 반면 마르셀에게 소설은 완성된 것이 아닌 완성해야 할 것, 즉 미래에 초점이 맞추어진 것으로 아직은 실천되지 않은 이론적인 면이 강조될 뿐만 아니라, 예술 작품은 그 자체로 추구되어야 할 진리로서, 무엇을 형상화하거나 상징하기 위한 도구로 활용되지 않는다.

릴리는 자신이 그림을 그리는 것을 종종 "시간 낭비"라고 표현하곤 했다. 그때마다 그녀는 자신의 나이를 의식하고 결혼도 하지 않은 채 10년 전에도 완성하지 못한 그림 앞에서 아무 진전도 없는 모습에 회의를 느낀다. 릴리는 현재 자신의 모습에 대한 변명인 듯, 또 결혼을 여성의 미덕으로 여기고 그녀에게 적극적으로 권하던 램지 부인에 대한 보상 심리인 듯, 결혼한 지 한두 해만에 모든 것이 시들해진 폴과 민타 레일리 부부를 떠올리기도 한다. 물감 튜브를 짜면서 그들 부부에 생각이 미치자 자기만족과 함께 램지 부인에 대한 승리감에 도취되는 듯하나 곧 "그림이 보이지 않아서 그녀는 깜짝 놀랐다. 눈에 뜨거운 액체가 가득 고여 있었고 처음에는 눈물인 줄도 몰랐다, [……] 눈물이 볼을 타고 흘러내렸다"라고 서술한다. 그리고 해결되지 않은 램지 부인에 대한 자신의 마음, 상실감, 허탈함이 더해지면 릴리는 램지 부인의 이름을 소리 내어 부르는 것이다.

이렇게 허망한 상태에서 릴리의 머릿속은 과거 램지 부인의 주변 인물들에 대한 생각과 그날 아침 램지 씨가 가장 어린 두 아이 제임스와 캠을 데리고 드디어 떠난 등대행에 대한 생각 사이를 오간다. 그리고 마침내 그들이 등대에 도착했겠지 하는 확신이 드는 순간, 릴리는 그야말로 극적으로, 아무 단계를 거치지 않고, 단숨에 초상화를 완성한다. 다음은 소설의 마지막 장면이다.

"그가 배에서 내렸어." 그녀가 소리 내어 말했다. "이제 됐어." [……] 재빨리, 마치 무엇인가 기억난 것처럼 그녀는 캔버스로 다시 향했다. 거기에 그것이 있었다 ― 그녀의 그림이. 그렇다, 온통 초록색과 파란색으로, 가로세로 달리는 선들로, 무엇인가에 대한 시도로. [……] 갑작스러운 강렬함과 함께 그녀는 마치 그것을 한순간 명확하게 본 것처럼 한가운데에 선을 그려 넣었다. 됐다. 완성이다. 그래, 그녀는 극도의 피로를 느낀 채 붓을 내려놓으며 생각했다. 나는 봤어.

―『등대로』

시간적, 공간적 화합 — 등대행의 완성

램지 씨의 등대 도착과 릴리의 초상화 완성은 동시에 벌어진다. 그 긴 시간 동안 초상화를 완성하지 못한 것은 마치 등대행이 이루어지지 않아서였다는 듯이. 마침내 램지 씨가 두 아이들을 데리고 등대에 도착함으로써 두 섬 사이를 갈라놓던 바다라는 공간을 뛰어넘은 셈인데, 이는 10년이라는 시간적 공간을 뛰어넘어 릴리로 하여금 손에 잡히지 않던 램지 부인의 정수를 파악하고, "그것-그녀의 그림"을 보게 만든 것이다.

울프는 이렇듯 릴리가 그림을 완성하기까지 거치는 과정을 다소 감성적이며 추상적, 기적적으로 묘사한다. "마치 무엇인가 기억난 것처럼", "갑작스러운 강렬함과 함께", "마치 그것을 한순간 명확하게 본 것처럼" 등의 표현은 소설의 마지막 단어인 'vision'이 갖는 모호함으로 이어진다.

영국에 후기 인상주의를 소개한 로저 프라이의 영향이라는 연구는 많다. 1910년 11월 런던의 그래프턴Grafton 갤러리에서 제1차 후기 인상주의 전시회가 개최되도록 주선한 사람도 로저 프라이었다. 울프 전문가인 장 기게Jean Guiguet는 후기 인상주의를 인상주의와 하나의 큰 개념으로 이해하면서 "예술가의 시선과 인상을 온전히 표현하고자 하는 한 가지 공통의 목적을 향한 양식의 다양한 표현들"[10]로 정의한 바 있다. 의도하지 않은 순간 갑작스럽게 진리를 봄으로써 그것을 화폭의 한가운데에 선으로 표현하여 마침내 그림을 완성하는 과정은 예전에 릴리가 그토록 붙잡고자 했으나 달아나던 경험, "그걸 붙잡고 다시 시작해야지, 그걸 붙잡고 다시 시작해야지"라면서 이젤 앞에서 자세를 가다듬으며 쏟던 필사적인 노력을 허무하게 만든다.

램지 부인의 초상화와 더불어 완성되는 등대행은 램지 씨와 아이들, 특히 소설 초반에 아버지를 죽이고 싶은 마음이 들 만큼 적개심으로 가득했던 제임스와의 관계에서 화해와 용서를 상징한다. 과거에 제임스가 그토록 가기를 원했던 등대에 정작 도착했을 때 그의 눈앞에는 "헐벗은 바위 위의 삭막한 탑"이 우두커니 서 있을 뿐이다. 하지만 그곳에 도착하기까지 제임스가 배의 방향을 조절하고 운전하는 과정에서 램지 씨가 "잘했어!"라고 칭찬하자 제임스는 더없는 기쁨과 만족감을 느낀다. "그것이야말로 제임스가 원하던 바였음을 그녀[캠]는 잘 알고 있었다"라는 말에서 제임스가 진정으로 추구한 것은 등대행 자체라기보다는 아버지와의 화해였음을 알 수 있다.

사회적, 지리적 화합 — 생루 양

과거와 현재, 섬과 섬, 아버지와 아들이라는 시간적, 공간적, 인간적 거리가 소설의 결론에서 초상화의 완성을 통해 상징적으로 좁혀지고, 불화와 적대감 대신에 조화와 화해가 자리 잡는다는 『등대로』의 결말은 한편으로는 프루스트 소설과 닮은 것처럼 보인다.

1권 『스완네 집 쪽으로』의 마르셀의 머릿속에서는 부르주아 스완네 쪽 산책로와 귀족 게르망트 쪽 산책로가 완전히 상반되고 결코 만날 수 없는 것이라 여겨졌다. 두 산책로의 지리적 특성도 그렇지만 사회적 상징성으로 봐도 그렇다. 어느 쪽 산책로를 선택하느냐에 따라 콩브레의 집을 나서는 문도 다를 만큼, 두 산책로는 출발점부터 다르다. 스완네 쪽 산책로는 메제글리즈의 시원하게 펼쳐진 들판을 따라 나 있으며, 산사나무 꽃이 마르셀에게 강한 인상을 남긴 길이기도 하다. 또 이 산책로가 상대적으로 짧아서 날씨가 흐려도 기꺼이 선택하는 길이라면, 게르망트네 쪽 산책로는 상당한 시간이 필요하기 때문에 며칠째 확실하게 좋은 날씨가 이어지는 날에만 선택하는 특별한 길로, 나무가 우거진 숲을 따라 굽이굽이 흐르는 비본 강을 끼고 있다.

두 산책로가 형상화하는 이질적 사회 계층인 부르주아지와 귀족은 각각 부유한 미술품 수집가이자 유대인인 스완, 그리고 선조들이 콩브레 성당 스테인드글라스에 그려져 있을 만큼 유구한 역사를 자랑하는 게르망트 공작 부인으로 구현된다. 게르망트 가족은 마르셀의 선망과 호기심의 대상이기도 하다.

그런데 소설 마지막 권에서 마르셀은 이 상반되는 두 산책로/가문이 스완의 딸 질베르트와 게르망트 공작 부인의 조카인 로베르 드 생루가 결혼해서 낳은 딸로써 하나 됨을 발견한다. 열여섯 살 소녀의 형상은 마르셀에게 삶의 진리를 엿보게 하고, 앞으로의 시간을 그 진리를 표현할 수 있는 예술에 헌신하게 만드는 결정적 계기가 된다.

그리고 무엇보다 그녀[생루 양]에게 내가 그토록 많은 산책을 하고 꿈을 꾸게 만든 두 개의 커다란 "쪽" — 아버지 로베르 드 생루를 통해서 게르망트 쪽, 어머니 질베르트를 통해서 "스완네 쪽"이기도 한 메제글리즈 쪽 — 이 도달했다. [……] 그녀는 상당히 아름다웠다. 아직 희망으로 가득하고, 미소 띤 채, 나의 잃어버린 시간으로 형성된 그녀는 내 젊음과 닮아 있었다.

마침내 시간에 관한 생각은 나에게 최후의 가치를 보여주었다. 그것은 시계의 바늘처럼, 예전에 내가 간혹 섬광처럼 느끼던 그것, 게르망트네 쪽을 빌파리시스 부인과 함께 자동차로 산책하면서 느꼈고, 인생은 살 만한 것이라고 여기게 만들었던 그것을 완성하고 싶으면 이제야말로 시작할 때라고 말하고 있었다.

—『되찾은 시간』

두 산책로의 경계가 허물어지며 생루 양의 존재로 인해 화합함을 보여주는 결론이 서로 다른 두 신분의 결합이라면, 『사라진 알베르틴 *Albertine disparue*』에서 질베르트 스완이 "만약 원한다면 오후에 밖으로 나가서 메제글리즈부터 시작해서 게르망트 쪽으로 가보도록 해요. 그게 가장 좋은 방법이에요"라고 하는 부분은 두 산책로가 문자 그대로 지리적으로 결합함을 깨닫게 했었다. 『잃어버린 시간을 찾아서』속 두 산책로의 이러한 사회적, 지리적 화합은 『등대로』의 결론 부분에서 불화와 불가능으로 점철된 여러 관계들이 화해와 소통으로 해결되는 방식과 닮았다.

울프의 감성과 순간 / 프루스트의 논리와 단계

하지만 울프와 프루스트에게는 차이점이 있다. 릴리가 캔버스의 한 가운데에 선을 그려 넣음으로써 다소 추상적이며 즉흥적으로 그림을 완성하는 것과 달리, 마르셀이 추구하는 예술 작품은 오랜 시간을 거쳐, 그의 외할머니가 말했듯 "여러 겹 입혀" 완성해야 함을 예고하는 것이다. 그의 책은 릴리의 그림과는 반대로 지금 이 순간 완성된 현재의 것이 아닌, 완성해야 할 미래의 것이다.

> 그런 책을 쓸 수 있는 자는 얼마나 행복할 것인지, 나는 생각했다. 그는 얼마나 할 일이 많을지! [……] 그 작가는 [……] 꼼꼼하게, 마치 공격 작전처럼 끊임없이 힘을 재조합하면서, 피로감을 버티는 것처럼, 규칙을 수용하는 것처럼, 성당을 건설하는 것처럼, 그의 책을 준비해야 할 것이다. [……] 나는 그녀[프랑수아즈] 옆에서, 거의 그녀처럼 일할 것이다. [……] 여기에 종이 한 장을 덧붙이면서, 감히 야심 차게 성당과 같다고는 말하지 못하더라도, 그저 치마처럼 나의 책을 건설할 것이다.
>
> —『되찾은 시간』

화자가 "건설해야 할 책"은 이렇듯 구체적인 대상인 성당, 치마와의 비유를 통해, 그리고 하녀 프랑수아즈가 일하듯 그 과정에 대한 구체적인 묘사를 통해 차근차근 시간을 들여 이루어져야 하는 작품이다. 마르셀의 소설은 하나의 선을 그려 넣음으로써 완성되는 릴리의 그림과는 전혀 다른 양상을 띠게 될 것이다.

울프와 프루스트의 또 다른 차이점이라면 그러한 결론에 도달하기까지의 과정인데, 『등대로』에서 그것이 추상적이고 감성적이며 갑작스럽다면, 마르셀이 소설을 쓰겠다고 결심하는 과정은 연쇄적이고 논리적이며 단계적이다. 릴리가 갑자기 "무엇을 본" 것처럼 표현하는 'vision'이나 'illuminations' 등은 갑작스러우며 기적적인 과정을 의미하지만, 마르셀의 깨달음은 단계적이며 연속적인 비의도적 기억이 반복됨으로써 이루어진다.

이러한 비의도적 기억은 마르셀이 게르망트 공작 부인의 연회에 참석하러 가는 길에서부터 공작의 서재에 도착해서까지 크게 네 번 연속해 발생한다. 첫 번째는 게르망트 저택의 마당에 들어설 때 고르지 않은 포석에 발이 걸려 넘어지려는 순간, 그의 눈앞에 베네치아의 산마르코 광장을 덮고 있는 포석들과 함께 어머니와 했던 베네치아 여행이 눈앞에 펼쳐진다.

두 번째는 거실에서 연주되는 음악이 끝날 때까지 서재에 기다리는데 그때 하인이 나르던 찻잔이 수저와 부딪치며 내는 소리를 듣는 순간, 예전에 기차 여행 중 들었던 철로를 내리치던 망치 소리가 떠오른다.

세 번째는 하인이 건네준 차를 마신 후 냅킨으로 입가를 닦는 순간, 젊은 시절 알베르틴을 만났던 발베크의 그랑 호텔에서 몸의 물기를 닦기 위해 사용했던 풀 먹인 빳빳한 수건의 감촉이 떠오른다.

그리고 마지막으로 네 번째는 서재에서 무심히 꺼낸 책이 조르주 상드George Sand의 『프랑수아 르 샹피François le Champi』임을 보는 순간, 30여 년 전 콩브레에서 자신이 잠들기를 기다리며 엄마가 머리맡에서 그 책을 읽어주던 날 밤에 얽힌 잠자리의 드라마가 펼쳐지는 것이다. 이러한 연쇄적이며 단계적인 과정의 반복이 있었기 때문에 그 끝에는 마르셀이 홍차에 적셔 먹던 마들렌 과자가 느끼게 해준 막연한 행복감의 근원을 밝히게 된 것이다. 그리고 그러한 느낌을 구체적으로 표현하여 영원히 남길 수 있는 길은 예술 작품뿐임을 깨닫는다.

울프가 프루스트를 읽고 남긴 개인적인 글들은 프루스트에 대한 그녀의 양분된 감정을 고스란히 드러내며, 그녀가 얼마나 의식적으로 프루스트와는 다른 글쓰기를 추구했는지를 증언한다. 그녀의 일기와 편지에는 프루스트의 작가적 재능에 대한 감탄과 존경심이 자기 자신에 대한 자괴감 및 절망과 공존하고 있다. 프루스트의 소설을 읽으며 내뱉는 "그 이후에 더 이상 무엇을 쓸 수 있다는 말인가!"라는 울프의 한숨 섞인 탄성은 이러한 그녀의 모순된 감정을 그대로 보여준다. 프루스트는 글쓰기에 대한 자극과 두려움을 동시에 일으켰다는 점에서 작가로서의 울프에게 남다른 의미를 차지하게 되었다.

울프의 『등대로』에는 이러한 울프의 '프루스트 벗어나기'가 투영된 듯 『잃어버린 시간을 찾아서』와 결론이 담고 있는 주제 면에서 커다란 공통점을 나누고 있음에도 분명한 차이점이 존재한다. '시간의 경과'와 '예술을 통한 자아 완성'이라는 공통된 주제에도 울프가 시간의 흐름을 단순히 인물들의 나이를 직접적으로 언급하고 지나감으로써 시간의 파괴력이라든가 소모감을 느끼지 않게 한다면, 프루스트는 오랜만에 만난 인물들의 몰라보게 변한 모습과, 그들을 본 마르셀이 받는 충격을 그림으로써 시간의 흐름을 뼈저리게 느끼게 만든다.

『등대로』에서 시간의 흐름은 전지적 시점의 화자가 램지 부인을 비롯해서 몇몇 인물들의 죽음을 괄호 속에 표기하여 알림으로써 겨우 느껴질 뿐이다. 반면 『되찾은 시간』의 마지막 에피소드는 전쟁을 치른 후 시간의 가면을 쓰고 나타난 인물들의 모습을 통해 마르셀에게 이제 더 이상 '잃어버릴 시간'이 없음을 깨닫게 하는 결정적 계기가 된다.

또한 등대행과 초상화의 완성이 동시에 이루어지는 『등대로』의 결론은 섬과 섬, 아버지와 아들, 과거와 현재가 화합하고 조화됨으로써 공간적, 시간적 거리감이 좁혀짐을 보여준다. 램지 씨와 아들의 등대행이 완성됨과 동시에 릴리가 즉흥적이며 갑자기 본 '무엇'을 표현함으로써 램지 부인의 초상화를 10년 만에 완성한다면, 마르셀의 책은 완성된 것이 아니라 앞으로 완성해야 할 것으로, 그것은 장인들이 오랜 시간을 들여 정성스럽게 건설하는 성당처럼 수정에 수정을 가하고, 종이에 종이를 덧붙여 완성해야 할 미래의 책이다.

램지 부인에 대한 릴리의 감정의 정체성이 마침내 그림을 완성함으로써 정의되고, 릴리는 램지 부인과 과거로부터 해방되면서 그녀의 현재는 의미를 갖는다. 반면 마르셀이 지나간 과거를 부활시키는 것을 가능하게 하는 것은 현재라기보다는 미래에 완성할 책이기에 지금 이 순간이라는 현재는 미래가 의미를 갖기 위한 시간이라고 할 수 있다.

프루스트 읽기에 심취해 있던 시기에 집필했음에도 불구하고 울프는 그로부터 벗어나고자 의식적으로 노력하였기에 『등대로』는 『잃어버린 시간을 찾아서』와 공통된 주제를 공유하면서도 다른 방식으로 접근했음을 살펴보았다. 이런 점에서 울프와 프루스트를 '의식의 흐름'이라는 서사 기법만으로 묶기에는 무리가 있다. 프루스트라는 위대한 작가의 영향을 받으면서도 그 속에서 자신만의 목소리를 찾아가는 데 큰 분기점이 되었다는 점에서 『등대로』는 작가로서 그녀의 행보에 의미가 남다른 작품이 아니었을까.

2

비평가에서 작가로[*]

사뮈엘 베케트의 『프루스트』

사뮈엘 베케트
Samuel Beckett, 1906–1989

『고도를 기다리며En attendant Godot』(1952)로 단숨에 부조리극 거장의 반열에 오른 아일랜드 출신 작가 사뮈엘 베케트. 그는 제2차 세계대전이 발발하자 고국으로 피신하기는커녕 프랑스에 남아 레지스탕스 활동을 했고, 모국어가 아닌 프랑스어로 대표작들을 남기는 등 프랑스에 남다른 애정을 가지고 있었다. 그런 베케트가 스물다섯 청년이었을 때 산문으로 된 첫 단행본을 출간하는데 그 책의 제목은 다름 아닌 『프루스트Proust』(1931)다.

그전까지 베케트가 발표한 글이라고는 《트랜지션Transition》과 《디스 쿼터This Quarter》를 비롯한 문학 동인지에 기고한 「단테⋯⋯ 브루노. 비코⋯⋯ 조이스Dante⋯⋯ Bruno. Vico⋯⋯ Joyce」라는 제목의 제임스 조이스에 관한 비평, 「추정Assumption」이라는 짧은 픽션 한 편, 에우제니오 몬탈레Eugenio Montale, 라파엘로 프랑키Raffaello Franchi, 조반니 코미소Giovanni Comisso, 폴 엘뤼아르Paul Éluard, 앙드레 브르통André Breton 등 이탈리아 및 프랑스 작가들의 시와 산문을 영어로 번역한 것 정도였다.

베케트보다 한 세대 위인 조이스는 『율리시스』의 집필을 마치고 1년 동안 거의 아무것도 쓰지 않았다고 한다. 그 후 다시 글을 쓰기 시작한 그는 새 소설의 일부를 발췌하여 연재물 형식으로 발표한다. 파리에서 베케트를 만난 조이스는 젊은 베케트의 뛰어난 재능과 글에 매료되어, 베케트에게 자신의 새 작품에 나타난 단테, 브루노, 비코의 상관관계에 관한 글을 써달라고 부탁한다. 베케트는 이 제안을 흔쾌히 받아들이고, 그렇게 해서 1929년 발표한 글이 「단테…… 브루노. 비코…… 조이스」였다. 이후 조이스는 17년에 걸쳐 소설을 완성하여 1939년 『피네간의 경야Finnegans Wake』라는 제목으로 출간하는데, 이는 조이스의 마지막 작품이 된다. 베케트의 비평은 조이스의 실험적이며 난해한 작품인 『피네간의 경야』를 소개하는 가장 훌륭한 글 중 하나로 꼽힌다.

그 외에 자신의 이름을 걸고 독립적으로 출간한 작품은 시 「호로스코프Whoroscope」가 실린, 여섯 쪽에 그치는 소책자 한 권이 전부였다. 베케트가 이 시를 쓰게 된 계기가 흥미롭다. 1930년 당시 베케트는 시 모집 광고를 접하는데, 공교롭게도 베케트가 광고를 본 날이 바로 마감 당일이었다. 이는 파리에 소재한 영국 출판사인 아워스 프레스Hours Press의 낸시 커나드Nancy Cunard와 리처드 앨딩턴Richard Aldington이 기획한 공모전으로, 당선자에게는 해당 출판사에서 시를 출간할 기회와 10파운드라는 상징적 상금이 주어졌다.

시작詩作의 조건은 단 두 가지로, 첫째는 주제가 '시간'과 관련되어야 한다는 것, 둘째는 100행을 넘기지 말아야 한다는 것이었다. 베케트는 98행짜리 시를 단 몇 시간 만에 완성하여 당일, 출판사의 우편함에 직접 넣고 돌아온다. 데카르트의 삶에 관한 내용을 담은 「호로스코프」라는 제목의 이 시로 베케트는 그해 1등을 차지한다.

이렇듯 베케트가 대중에게 처음 글을 발표한 1928년에서 『프루스트』를 집필한 1930년까지 청년 베케트의 짧은 글쓰기 양식을 살펴보면, 그가 비평, 번역, 창작 모두에 관심 있었음을 알 수 있다. 이를 뒷받침하듯 1930년 6월 《트랜지션》지의 저자 색인에 베케트는 '아일랜드 시인이자 에세이 작가'라고 소개된다.

1928년 가을에서 1930년 여름까지, 2년에 이르는 이 기간 동안 베케트는 파리의 고등사범학교에서 영어 교사로 재직했다. 베케트가 『프루스트』를 집필하게 된 계기가 흥미로운데, 그 전에 「호로스코프」를 출간한 채토 앤 윈더스Chatto & Windus 출판사가 그에게 먼저 프루스트와 관련된 단행본 출간을 제안한다. 1930년 여름, 고등사범학교와의 계약 기간이 다하여 아일랜드로 돌아가야 하는 상황에서 베케트는 그해 여름을 파리에서 더 머물 수 있는 기회로 보고 이 제안을 받아들인다.

베케트가 「단테…… 브루노. 비코…… 조이스」를 집필하기 전에 이미 단테와 조이스의 글에 심취해 있었고, 「호로스코프」를 구상하기 몇 달 전부터 데카르트를 탐독했던 반면, 이번 원고를 청탁받을 때는 아직 『잃어버린 시간을 찾아서』를 읽기 전이었다고 한다. 따라서 베케트는 프루스트의 소설을 서둘러 읽었을 뿐만 아니라, 프루스트 관련 비평서와 쇼펜하우어 철학서도 동시에 읽었다고 한다.

그렇게 해서 원고 마감 기한까지 서둘러 완성한 『프루스트』는 이듬해 봄, 런던에서 출간된다. 이때 초판 발행 부수는 300권이었고 평단과 독자로부터 거의 아무 반응도 얻지 못했음에도, 그로부터 3년 뒤 같은 출판사는 베케트의 단편소설집, 『차는 것보다 찌르는 게 낫다*More Pricks than Kicks*』를 출간한다.

이번 장에서는 여전히 국내에는 낯선 베케트의 『프루스트』를 소개하는 의미에서, 우선 베케트가 이 글을 집필하게 된 상황적 배경을 이해함으로써 글 전반을 지배하고 있는 내용의 압축성과 형식의 추상성의 근원을 살펴볼 것이다. 이어서 글을 지배하고 있는 이중구조를 분석하는데, 이때 베케트가 서문에서 부정하는 개인 프루스트와 긍정하는 작가 프루스트, 그리고 본문 속 시간에 종속된 주체와 객체, 습관과 기억의 관계를 짚어볼 것이다. 마지막으로 프루스트의 원문을 자유롭게 변형해 인용하는 자유 비평가로서 베케트의 글이 갖는 독보적인 의미를 이해하고자 한다.

집필 배경 — 망설임

베케트의 첫 단행본인 『프루스트』는 우선 형식 면에서 학술적인 저서 및 논문들과 차별되는 자유분방함을 갖는다. 학술서에 필히 요구되는 주석 및 참고문헌이 없으며, 간혹 눈에 띄는 몇몇 주석마저 의미 있는 부가 설명이라기보다는 프루스트 인용문의 출처를 밝히는 정도에 그친다.

하지만 이보다 더 심한 학술적 과오가 있으니, 그것은 베케트가 선행 연구의 출처를 밝히지 않고 인용하는 '표절'을 저질렀다는 사실이다. 존 플레처John Fletcher가 예로 든 '표절'의 대상이 되는 작가는 아르노 당디외Arnaud Dandieu(『마르셀 프루스트, 그의 심리적 계시 *Marcel Proust, sa révélation psychologique*』, 1930)와 레옹 피에르캥Léon Pierre-Quint(『마르셀 프루스트의 생애와 작품*Marcel Proust, sa vie, son œuvre*』, 1925)이다. 플레처는 당디외가 비의도적 기억의 예로 열거한 여러 에피소드(홍차와 마들렌, 할머니의 죽음, 게르망트 공작 부인의 서재 등)를 베케트가 거의 그대로 열거하면서도 출처를 밝히지 않았다고 지적한다. 또 피에르캥의 경우는 그가 처음으로 프루스트의 소설 속 비의도적 기억이 갖는 의미를 언급했으나, 베케트가 이 연구자를 인용하지 않는다고 지적한다.[1] 이를 두고 다른 연구자는 '표절'이라는 표현 대신, 인용의 대상이 된 피에르캥의 책에 대한 "비밀스러운 모작un discret pastiche"이라고 완곡하게 표현한다.[2]

프루스트 단행본 출간을 기획한 채토 앤 윈더스는 이 책을 자사의 시리즈인 돌핀 북스Dolphin-Books에서 출간하는데, 이 시리즈는 전문 학술서가 아닌 일반 독자를 대상으로 하는 교양서를 출간한다는 사실을 감안하면 베케트의 선택을 이해할 수 있다. 돌핀 북스 시리즈가 일반 대중을 겨냥한 교양 인문서를 지향함은 그 전에 출간한 책들의 제목이 증명한다.

하지만 보다 더 설득력 있는 설명으로 제임스 애치슨James Acheson

에 의하면, 베케트는 대학 강단에서의 교육자나, 학술서를 집필하는 평론가의 일에 이미 회의를 느끼고 있었다는 사실이다.[3] 2년간 파리의 대학교에서 교사 생활을 하는 동안 그는 다른 지성인들과 교류하고 개인적으로 독서할 시간을 가질 수 있었다. 이는 앞으로 걷게 될 예술가의 길에 자양분이 되었다는 점에서 생산적이었을지 몰라도, 그는 아일랜드에 돌아와 대학 강단에 설 때 필요한 논문을 작성하지 않는다. 『프루스트』의 집필을 기회 삼아 그럴 수 있었음에도 말이다.

베케트가 학부생이었던 시절, 그의 프랑스어 교수였던 토머스 러드모즈 브라운Thomas Rudmose Brown은 베케트의 언어적, 문학적 재능을 간파하고 그에게 트리니티 칼리지에서의 교직 생활을 제안한다. 두 차례의 여름방학 동안 브라운은 베케트에게 프랑스 투르와 이탈리아 피렌체에 체류하도록 권하였으며, 파리 고등사범학교에서 2년간 교환제 영어 교사로 일할 기회를 열어준 것도 그였다. 브라운은 제자에게 학위 논문을 쓰라고 독려하고, 베케트는 당시 에밀 베르하렌Émile Verhaeren이나 피에르 장 주브Pierre Jean Jouve 등의 시인에 관한 논문을 막연히 구상한다.

하지만 1927년 12월 학부 졸업 후 벨파스트의 캠벨 칼리지에서 두 학기 동안 프랑스어 교사로 지내는데, 이때의 경험으로 그는 자신에게 교직이 맞지 않는다는 것을 깨달을 뿐 아니라 학계에 회의를 갖게 된다. 결국 베케트는 브라운이 권한 논문은 작성하지 않고, 전혀 '학술적이지' 않은 『프루스트』를 자유롭게 집필한다.

집필 과정 — 당혹스러움과 죄책감

베케트가 출판사의 제안을 받아들이고 『잃어버린 시간을 찾아서』를 구성하는 총 일곱 권 중 그 첫 권에 해당하는 『스완네 집 쪽으로』를 읽은 후 적은 감상은 결코 긍정적이지 않다. 그는 아일랜드 출신 시인이자 그와 마찬가지로 고등사범학교에서 영어를 가르치던 토머스 맥그리비Thomas MacGreevy에게 쓴 편지에서 프루스트의 작품을 "이상하게 균형 잡히지 않은" 것이라 평가하고, 불편한 심정을 토로한다.

블로크, 프랑수아즈, 레오니 아주머니, 르그랑댕같이 비길 데 없이 놀라운 인물들이 있는가 하면, 견딜 수 없도록 자질구레하고 인위적이고 부정직하기까지 한 부분들도 있습니다. [……] 그[프루스트]에 대해서 어떻게 생각해야 할지 모르겠습니다. 그가 소재들을 완벽하게 지배하는 나머지, 때로는 그것의 노예가 되기도 하고, 그렇지 않기도 합니다.

— 1930년 날짜 미상 편지

이 편지에 드러나 있듯 베케트는 프루스트의 작품에 처음부터 열광적으로 매료되지는 않았다. 소설의 1권을 읽고 그의 느낌은 양분되었으며, 긍정적인 평가만큼이나 부정적인 시각도 가지고 있었다. 또한 아직 자기 글의 방향을 잡지 못한 상태로 갈팡질팡하는 모습을 보인다. 1930년 8월 25일, 베케트는 맥그리비에게 지난 몇 주 동안 『잃어버린 시간을 찾아서』를 두 번 완독하였으나 그에 관한 글을 쓸 수 있을지 확신이 없다며, "끝에서부터 시작해야 할지, 처음에서부터 시작해야 할지 모르겠습니다"라고 고백한다.

이런 불확실성과 망설임 속에서 글을 쓰고 두 달이 채 지나지 않은 10월 중순, 그는 완성된 원고를 출판사에 보낸다. 망설임은 손에서 원고를 떠나보낸 후에도 사라지지 않았는지, 10월 14일에 출판인 찰스 프렌티스Charles Prentice에게 편지를 써서, 글의 마지막에 대여섯 쪽을 더 추가해도 되는지 여부를 묻는다. 프렌티스는 작가의 의향을 존중하여 긍정적인 답장을 보내지만, 베케트는 결국 아무 내용도 더 덧붙이지 않는다.

베케트는 자기 글에 더 이상 손대고 싶지도 않을 만큼 신물이 난 것일까? 죄책감과 불편함이 동반된 심정으로 그는 이듬해 봄, 프렌티스에게 편지를 보내 "언젠가는 조금 더 진실되고 정확한 무언가를 보내드리기를 바랍니다"라는 소망을 전한다. "나는 내 책을 현란한 싸구려 철학적 용어로 썼다"[4]라는 베케트의 손글씨로 보이는 문구가 적힌 『프루스트』초판이 어느 중고 서점에서 발견되었다고 하니, 자기 책에 대한 베케트의 부정적인 평가를 상징적으로 요약한 표현이라고 할 수 있겠다.

진지한 학술 연구서를 쓰기에는 지나치게 자유롭고, 그렇다고 받아들인 원고 청탁을 거절할 수도 없고, 『잃어버린 시간을 찾아서』는 완전히 손에 잡히지 않고, 그래서 베케트는 그의 머릿속에 가득한 이탈리아, 독일, 프랑스의 다양한 작가와 철학자들 — 단테, 레오파르디,

쇼펜하우어, 라이프니츠, 데카르트, 보들레르 등 — 을 동원하여 그들에 의존해서 프루스트를 이해하고, 표현하려 했다. 하지만 결과물은 그리 마음에 들지 않는다.

출판사는 1931년 3월 5일, 『프루스트』를 출간한다. 베케트가 원고를 넘기고 5개월도 안 되는 짧은 시간에 책이 서점에서 빛을 보게 된 것이다. 베케트는 애정을 갖지도 않았고, 확신도 없었던 자신의 글이 단행본의 형태로 그토록 빠른 시일에 구체화된 데에 죄책감과 당혹스러움을 함께 느꼈을 것이다.

책이 출간되고 일주일 후, 베케트는 맥그리비에게 자신의 단행본을 읽은 소감을 전한다. "저는 책을 빠르게 읽었습니다. 제가 무슨 생각을 하고 있었는지 그저 기가 막힐 뿐입니다. 창백한 잿빛 사포 같은 느낌입니다. [……] 아무 매력도 없습니다." 같은 편지에 베케트는 『프루스트』를 "일종의 건조한 삼단논법적 표류"이자 "좋게 본다고 해봤자 증기 롤러로 압착되어 왜곡된 것에 상응하는 나의 어떤 단면들, 혹은 단면들의 혼란"이라고 표현하는 등, 신랄히 혹평한다.

자신이 쓴 『프루스트』에 대한 부정적인 평가는 그 이후에도 계속되어, 시간이 지나 베케트의 명성이 높아지고, 외국어인 프랑스어를 자유자재로 구사하게 되어 자신의 작품을 직접 번역하여 소개하게 된 때에도, 그는 영어로 쓴 이 글을 프랑스어로 번역하지 않았다. 1931년 출간된 『프루스트』가 프랑스어권 독자에게 처음으로 소개된 것은 그로부터 60여 년이 지난 1990년, 에디트 푸르니에Édith Fournier가 미뉘Minuit 출판사를 통해 번역하면서다. 청년 베케트의 초기 글이라는 상징적 의미에도 불구하고 이렇게 뒤늦게 번역된 것은, 베케트 스스로 지적했듯 젊은 인문학도가 아직 방향을 잡지 못한 상태에서 쓴 '학술적 표류'로서, 이 글의 내용과 형식이 띠는 압축성과 추상성, 난해함 때문에 프랑스어권 연구자들도 번역하기를 꺼렸기 때문으로 생각할 수 있다.

작품의 이중구조 1: 개인 프루스트와 작가 프루스트

베케트의 『프루스트』에는 목차도 주석도 해제도 참고문헌도 없다. 간혹 문단 사이를 세 개의 별점(***)으로 지극히 간단하게 나누었을 뿐이다. 논문이나 학술서라기보다는 차라리 한 번에 쭉 읽히는 에세이라고 함이 적당하다. 하지만 어휘의 압축성과, 비전공자에게 불친절한 다양한 작가와 사상가들의 추상적인 언급은 베케트의 길지 않은 글을 매우 길게 느끼게끔 만든다. 베케트의 의견이 가장 명료하게 전달되는 부분은 다름 아닌 서문이다.

이 책에는 마르셀 프루스트의 전설적인 삶과 죽음, 유산을 상속받은 편지 속 늙은 과부에 관한 잡담이나 시와 에세이를 남긴 작가, 칼라일의 '아름다운 광천수 병'에 해당하는 셸츠의 물에 대한 그 어떤 암시도 없다.

여기서 베케트가 거부하는 것을 네 가지로 분류할 수 있다.

1) 작가 프루스트가 아닌 개인 프루스트

2) 프루스트와 관련한 주변인들의 증언

3) 시인이자 에세이 작가 프루스트

4) 러스킨 숭배자이자 번역가 프루스트

즉, 베케트는 철저히 『잃어버린 시간을 찾아서』라는 텍스트를 중심으로 개인이 아닌 소설가로서의 프루스트에게 집중하기를 선택한다. 프루스트가 사망한 것은 1922년, 베케트가 『프루스트』를 집필한 것은 1930년이다. 당시 앙드레 지드가 편집인으로 있던 《누벨 르뷔 프랑세즈Nouvelle Revue Française》(이하 《N. R. F.》)의 편집자들이 두서없이 흩어진 작가의 악필 원고를 모아 맞추고 해독하여 편집하는 고초를 치르고 난 뒤인 1927년에야 『잃어버린 시간을 찾아서』는 완간된다.

시간과 다투며 '글쓰기'에 매달렸으되, 그것을 수정하고 교열하는 데는 시간이 모자랐던 프루스트의 어려움이 그대로 드러난 《N. R. F.》 판본에 대해서도 베케트는 서문에 "열여섯 권으로 된 [……] 형편없는 판본"이라고 가차 없이 혹평한다. 프루스트의 소설이 완간된 지 불과 3년밖에 되지 않았던 때였기에 당시 프랑스에서는 진정한 프루스트 텍스트 연구가 이뤄지기보다는 그의 가족과 친구 등이 작가의 생애에 관련된 전기적 단행본이나 교환한 편지들을 정리하여 출간하던 분위기였다.

우선 베케트가 다루기를 거부하는 프루스트의 첫 단면인 개인 프루스트에 관해서는 방금 언급했듯 작가 사후에 지인들이 그와 교환한 편지들을 정리하여 출간한 것을 가리킨다. 지금은 총 21권으로 완결된 프루스트 서간집의 첫 권이 1930년 플롱-Plon 출판사에서 막 출간된 상태였다. 이 밖에도 뤼시앵 도데Lucien Daudet, 로베르 드레퓌스Robert Dreyfus 등 작가의 지인들이 프루스트와 교환한 편지들을 출간하였고, 이런 단행본은 소설의 2권인 『꽃핀 소녀들의 그늘에서』로 1919년 공쿠르 상을 수상한 작가에 대한 대중의 호기심을 어느 정도 충족시킨다. 하지만 베케트는 이러한 프루스트의 개인적이며 사회적인 면모에는 관심이 없다고 선언한다.

이어서 베케트가 언급한 "유산을 상속받은 편지 속 늙은 과부"는 안나 드 노아유Anna de Noailles 백작 부인을 일컫는다. 글 속에서 베케트는 그녀의 이름을 직접 언급하며 그녀의 시를 칭송하던 프루스트를 야유한다. "또한 프루스트는 노아유 백작 부인의 시를 칭송하지 않았던가. 빌어먹을!" 프루스트는 이제는 문학사에서 완전히 그 의미를 잃은 노아유 백작 부인의 시를 "가장 놀라운 성공 중 하나, 문학적 인상주의의 걸작"[5]이라고 칭송한 바 있다.

세 번째로 '시인' 프루스트는 1894년 출간한 『기쁨과 나날Les Plaisirs et les jours』을 남긴 프루스트를 뜻한다. 프루스트는 학창 시절 쓴 시와 에세이를 모아서 자비로 첫 책을 출간한다. 프루스트의 시에 당시 인기를 끌던 여성 화가 마들렌 르메르Madeleine Lemaire가 삽화를 그리고, 작곡가 레날도 안Reynaldo Hahn이 음악을 연주해주기도 한 초호화 양장본으로, 아나톨 프랑스Anatole France가 서문을 써주었다.

또 '에세이 작가' 프루스트는 1919년 출간된 『모작과 잡록Pastiches et mélanges』을 남긴 프루스트를 가리키기도 한다. 프루스트는 자신만의 문체를 찾기 전에 공쿠르 형제, 플로베르 등의 문체를 모방해 글쓰기 연습을 한다. 모작이라는 이름으로 다양한 문예지 등에 기고했던 글, 귀부인들의 살롱을 출입하며 그날 사교 모임에서 있었던 일을 일간지 등에 기고했던 글, 서평 등을 모아 단행본으로 출간한 것이다.

하지만 베케트는 프루스트의 편지, 시, 에세이 등은 일절 언급하지 않고 오로지 소설에만 집중한다. 작품을 창조하는 예술가로서의 '나'는 대화하고, 편지 쓰고, 우정을 나누는 개인으로서의 '나'와 다르며, 그 예술가를 평가하는 유일하고 절대적인 기준은 오로지 작품이어야 한다는 프루스트의 작가론이 드러나는 『생트뵈브에 반박하여 *Contre Sainte-Beuve*』가 1954년에야 출간되는 것을 고려하면, 베케트의 이런 시각은 프루스트를 본능적으로 이해한 놀라운 통찰력을 보여준다고 하겠다.

실제로 개인이 아닌 소설가 프루스트에게 초점을 두고 본격적으로 분석한 연구서가 나타난 것은 1970년대로, 이제는 프루스트 연구가들에게 필수 참고문헌 중 하나가 된 장이브 타디에 Jean-Yves Tadié의 『프루스트와 소설 *Proust et le roman*』(1971)이 첫 신호를 알린다.

또한 네 번째이자 마지막으로 베케트는 러스킨 숭배자이자 번역가 프루스트를 부정한다. 그것은 서문에서 "칼라일의 '아름다운 광천수 병'에 해당하는 셀츠의 물에 대한 그 어떤 암시도 없다"라는 부분에서 드러난다. 토머스 칼라일 Thomas Carlyle은 제자였던 존 러스킨 John Ruskin을 가리켜 '아름다운 광천수 병'이라고 편지에 표현한 바 있다.[6] 베케트가 말한 '셀츠의 물'은 칼라일과 러스킨의 관계를 러스킨과 프루스트 사이에 옮겨온 것으로 생각할 수 있다. 한때 러스킨의 미학에 심취했던 프루스트는 그를 숭배하는 마음으로 러스킨의 저서 두 권(『참깨와 백합*Sesame and Lilies*』,『아미앵의 성서*The Bible of Amiens*』)을 번역하기도 한다. 하지만 베케트는 이러한 다양한 면모를 가진 프루스트는 전면 부정하고, 오로지 『잃어버린 시간을 찾아서』를 중심으로 작가와 작품을 분석할 것을 선언한다.

작품의 이중구조 2: 시간 속 주체와 객체

이제 『프루스트』의 본론으로 들어가 보자. 우선 베케트는 프루스트 작품의 '내적 연대chronologie interne'를 따를 것을 선언한다. 소설의 주인공 마르셀이 콩브레에서 유년기를 보내고, 파리의 살롱에서 사랑과 우정을 경험하고, 마지막 권의 게르망트 공작 부인의 서재와 오후 연회에서 작가로서의 소명을 재발견하는 것이 '외적 연대'라고 한다면, 베케트는 이를 따르지 않고 작품의 본질에 바로 접근한다. 즉, 마지막 권인 『되찾은 시간』에서 발견하는 진리를 베케트는 글의 서두에 언급한다. 머리말에 이은 첫 페이지에서 베케트는 게르망트 공작 부인의 서재에서 마르셀이 발견하는 진리의 성격을 분석한다.

> 화자에게 그가 건설하고자 하는 건물의 주춧돌은 게르망트 공작 부인(전 베르뒤랭 부인)의 서재에서, 그것을 이루는 소재의 본질은 이어지는 오후 연회에서 밝혀진다.
>
> —『프루스트』

여기서 베케트는 이미 프루스트의 작품을 거대한 구조를 띤 건축물에 비유하고 있다. 당시 프루스트가 가장 비난을 많이 받은 부분이 바로 탄탄한 구조의 부재, 단편적이고 파편적인 에피소드들의 나열이라는 것이었다. 대표적 예로《N. R. F.》의 편집자였던 앙리 게옹은 『스완네 집 쪽으로』가 출간되자 작품에 전체적인 구조가 부재한다고 비난하며, 개인의 다양한 인상의 파편들을 나열해놓은 작품이라고 혹평한다. "그[프루스트]는 논리를 갖추고자 노력하지 않으며, '구성'하고자 하는 노력은 더구나 하지 않는다." "그는 '조각들'을 쓴다."[7] 그다음 날 프루스트는 게옹에게 자신의 소설을 옹호하는 장문의 편지를 보낸다.

이에 반해 베케트는 프루스트 소설을 지탱하는 주춧돌을 보았고, 그 위에 다양한 요소들이 쌓여 무너지지 않는 건축물이 형성됨을 간파한 것이다. 오늘날 프루스트의 소설은 다양한 예술 장르와 양식이 혼합되어 장인이 오랜 시간 동안 정성 들여 완성한 하나의 성당에 비교되기도 한다.

베케트는 프루스트의 작품이 '시간'에 관한 것임을 본능적으로 감지한다. 그럼으로써 시간에 대한 공간의 부정, 혹은 시간에의 종속을 본다.

그는 공간적 척도로까지 그 자신을 굴복시키지는 않을 것이며, 사람의 키와 무게를 햇수가 아닌 육체로 측정하기를 거부할 것이다.

— 『프루스트』

시간 안에 종속되는 것은 공간만이 아니다. '주체sujet'와 '객체objet' 또한 시간 안에서 그 관계가 정해진다. 서로를 절대로 완전하게 알 수 없는 두 개의 다른 대상으로서, 주체와 객체는 서로의 주변을 맴돈다. 베케트는 주체와 객체를 "그들 사이에 화합할 수 있는 어떤 체계도 존재하지 않는 두 개의 완전히 분리되고 즉각적인 대상"이라고 본다.

프루스트의 인물들은 완전하게 만족감을 느낄 수 없는 존재로서 시간의 희생물이자 포로다. 주체가 욕망의 대상과 하나가 될 경우, 즉 주체가 욕망하던 것을 손에 넣을 경우 그 대상을 원하던 어제의 주체는 그것을 손에 넣은 오늘의 주체가 더 이상 아니기에, 즉 끝없이 변동하고 움직이는 주체이기 때문에 완전한 만족감, 일체감을 느낄 수 없다. 마실 물과 먹을 과일이 옆에 있는데도 그것을 마시고 먹지 못하는 탄탈로스와도 같이, 프루스트의 인물은, 즉 우리는 욕망의 대상을 손에 넣지도, 혹은 손에 넣어도 완전한 충족감을 느끼지 못하는 존재다.

어제 열망하던 것들은 어제의 자아에게는 유효하지만, 오늘의 자아에게는 아니다. 우리는 한때 성취라고 하는 것에 기뻐했다는 사실이 무효가 되는 데 실망한다. 그런데 성취란 대체 무엇인가? 그것은 욕망의 주체와 객체가 일치함을 말한다.

—「프루스트」

따라서 주체가 되는 프루스트의 작중 인물이 욕망하는 대상을 소유할지라도 행복감 내지는 만족감을 느끼지 못하고, 이들의 사랑은 불행할 수밖에 없다. 이를 가장 잘 보여주는 예가 마르셀과 알베르틴의 관계다. 이 둘의 관계가 모든 인간의 관계의 전형이자, 그것의 실패는 이미 정해져 있는 것이라고 말할 때, 우리는 앞으로 펼쳐질 베케트의 비관주의를 엿볼 수 있다.

베케트는 『프루스트』의 서두에 이탈리아 비극 낭만주의 시인인 레오파르디의 시구 "세상은 진흙에 불과하다"를 인용하는가 하면, 책의 마지막 문장은 "이 땅 위에 있는 육체의 삶은 저주받은 벌과罰課다"라고 결론짓지 않았던가. 프루스트 인물들의 비극적인 숙명은 사랑에서뿐만 아니라 우정에서도 마찬가지다. 마르셀은 유년기부터 동경하던 게르망트 가문의 로베르 드 생루와 발베크에서 처음으로 안면을 트고, 그의 특별한 관심과 애정의 대상이 되는 특권을 누리지만, 정작 그와 우정을 나누면서 혼자 사색할 수 있는 시간이 줄어들었다면서 한탄한다.

작품의 이중구조 3: 시간 속 기억과 습관

주체와 객체에 이어 '기억mémoire'과 '습관habitude'은 시간 속에서 살아남기 위해 몸부림친다. 하지만 시간이라는 '암' 속에서 기억과 습관은 생존할 수 없다. 이미 그들의 비극적 운명은 결정되었다. 또한 기억 및 습관은 시간과 함께 삼두 괴물을 형성한다. 습관은 권태에 의한 것이다. 습관은 삶을 지배하지만, 또한 삶을 유지할 수 있는 힘이 된다. 습관이 있기에 우리는 두려움과 고통을 잊을 수 있다. 습관이 '죽는' 매우 드문 순간, 우리는 두려움과 고통 등, 그야말로 '삶의 실재'

에 노출된다.

베케트는 프루스트의 작품에서 그런 매우 드문 순간으로 두 가지 예를 든다. 하나는 마르셀이 처음 방문하는 발베크 그랑 호텔의 낯선 방에서 느끼는 두려움이다. 천장이 낮은 자신의 방에서 분리되어 높은 천장의 호텔 방에 덩그러니 놓인 마르셀은, 그 방의 모든 요소들 ― 가구들, 커튼, 벽지 등 ― 즉 이 "낯선 물건들의 지옥"이 자신을 공격하는 것처럼 느낀다. 습관이 나를 떠난 이 순간, 마르셀은 그 무엇으로부터도 위로를 받을 수 없음을 깨닫는다. 그러면서 자신의 익숙한 방과의 분리조차도 이와 같은 고통을 주는데, 사랑하는 질베르트 스완, 부모님, 더 나아가 죽음에 의한 자기 자신과의 이별은 얼마나 큰 고통을 줄지 상상하며 두려움에 떤다.

그의 상상은 거기서 머물지 않는다. 자신에게 이런 고통을 제공하는 원인인 잠시 사라진 '습관'이 언젠가는 다시 나타날 것임을 알고 있다. 그렇게 되면 지금 이렇게 끔찍하게 느껴지는 이 호텔방도 더 이상 끔찍하지 않을 것이고, 사랑하는 존재들과의 헤어짐도 결국은 망각에 의해 잊힐 것이며, 결국에는 자신이 그들을 사랑했었다는 사실까지도 잊을 것이라는 진리에 도달한다. 결국 "인생은 우리에게 거절된 모든 천국들의 연속으로, [……] 유일한 진정한 천국은 우리가 잃어버린 천국이다"라는 결론에 도달하게 된다.

습관이 잠시 모습을 감추면서 주인공에게 삶의 특별한 진리를 깨닫게 만드는 두 번째 예는, 마르셀이 할머니와 전화 통화를 하는 순간이다. 마르셀은 로베르와 함께 군인들의 막사가 있는 동시에르에 있는데, 그곳 젊은이들의 우정과 애국심에 한층 고무되어 있다. 그러던 중 할머니에게 전화를 걸고, 그때 그는 할머니의 목소리 자체만을, 그 온전한 실재를 처음으로 듣게 된다. 그것은 여태까지 그에게 익숙했던 할머니의 목소리와는 완전히 달라서, 슬픔으로 가득한 그 목소리는 그녀가 정성 들여 꾸민 가면에 의해 가려지지 않은 상태다.

그러다 갑자기 늘 그렇듯 전화국의 결함으로 통화가 끊기고, 마르셀은 할머니를 당장 봐야만 한다. 그 무엇도 그를 동시에르에 잡아놓지 못한다. 그가 부리나케 파리로 돌아가서 할머니를 보는 순간, 그녀는 가장 좋아하는 세비녜 부인의 서간집을 읽고 있다. 하지만 그녀는 손자가 거기에 서 있다는 사실을 모르고, 그의 존재를 느끼지 못한다. 이때 마르셀은 여행의 피로와 걱정 때문에 할머니에 대한 애정의 습관은 잠시 내려놓은 상태다. 베케트는 이 장면 속 화자의 시선을 잔인하리만치 정확하게 작동하는 사진기에 비유한다.

> 그 순간 그는 할머니가 이미 오래전에, 그것도 여러 번 죽었다는 것을 깨닫고 소스라친다. 그의 생각 속에서 사랑하던 익숙한 존재, 습관적인 기억에 의해 수년에 걸쳐 관대하고 긍정적으로 재생산된 그 존재는 더 이상 존재하지 않는다는 사실을 깨닫는다.
>
> —『프루스트』

시간 안에서의 주체와 객체, 기억과 습관이라는 맞물림은 베케트의 글 전반에 깔려 있는 이중구조를 대변한다. 시간은 죽이기도 하고, 치유하기도 하는 텔레포스의 창처럼 이중성을 띤다. 베케트가 본 프루스트의 시간은 창조자이자 파괴자다.

음악과 쇼펜하우어

책의 후반부에서 베케트는 쇼펜하우어의 음악 이론을 프루스트가 어떻게 소설에 접목하는지 언급한다. 베케트에 의하면 음악은 다른 예술 장르와 달리 공간성을 띠지 않고, 오로지 시간성만을 갖는다.

> 쇼펜하우어는 음악은 '신비한 연산'이라는 라이프니츠의 의견을 반박하고, 생각을 현상으로 재현하는 데 그치는 다른 예술 장르와 구분한다. 음악은 현상과는 상관없이 그 자체가 생각이다.
>
> —『프루스트』

베케트가 쇼펜하우어와 음악에 대해 이야기하는 부분은 책의 마지막 두 쪽에 불과하다. 즉, 결론을 내려야 할 부분에서 베케트는 프루스트 소설에서 중요한 의미를 차지하는 음악을 언급함으로써 새로운 문을 제시하고, 그것을 여는 것은 독자의 몫으로 남긴다.

베케트의 『프루스트』가 갖는 독보적인 의미 중 하나는 비난의 대상이었던 프루스트의 문체에 거의 처음으로 찬사를 보낸 점, 그리고 베케트보다 훨씬 후에 다양한 연구들이 밝히게 되듯 프루스트 작품을 쇼펜하우어의 렌즈를 통해 읽음으로써 거의 처음으로 프루스트의 소설에서 독일 낭만주의 철학의 특징들을 발견한 점이다. 그 예로 한 연구자는 프루스트가 쇼펜하우어의 음악 이론을 글쓰기에 적용한 점을 베케트가 본능적으로 감지하고 이를 『프루스트』에 썼지만, 베케트의 밀도 높은 문체와 쇼펜하우어의 텍스트를 충분히 활용하지 않은 점은 그의 논지에 설득력을 실어주지 못했다고 지적한다.[8]

물론 『잃어버린 시간을 찾아서』를 철학적으로 접근하여 해석하려는 시도는 이미 존재했다. 그중에서 가장 빈번하게 언급된 이름은 『물질과 기억Matière et mémoire』(1896)의 저자 앙리 베르그송Henri Bergson이다. 하지만 베케트는 프루스트와 베르그송을 연결하는 어떤 시도도 하지 않음으로써 동시대 연구가들이 빠진 함정에서 벗어난다. 실제로 프루스트는 자신의 미학이 베르그송의 철학과 다름을 주장하곤 했다. 하지만 둘 사이에 유사성보다는 차이점이 존재한다는 사실이 분명하게 밝혀지기까지는 더 오랜 시간이 지나야 한다.[9]

자유 비평가 베케트

베케트가 비평가로서 자유로울 권리를 행한 순간은 특히 그가 프루스트의 텍스트를 인용하는 부분에서 두드러진다. 혹자는 '표절'이라고 하고, 혹자는 '모작'이라고도 하는 이 민감한 부분을 짚어보면, 확실한 점은 베케트가 프루스트의 원문을 '변형'했다는 사실이다. 이때 변형은 크게 네 가지 형태로 나타난다.

1) 원문에 나열된 문장의 순서를 바꾸어 인용한다.

2) 긴 원문을 짧게 요약하거나 자유롭게 의역하거나 인용문 속에 자신이 임의로 괄호를 삽입하여 내용을 첨가한다.

3) 소설의 다른 두 부분에 나온 문장을 따와서 한꺼번에 인용한다.

4) 출처 표기는 물론 아예 큰따옴표 표기도 없이, 프루스트의 표현을 간접적으로 인용, 자기 것으로 한다.

특히 마지막 경우는 프루스트 전공자가 아니라면 그것이 프루스트의 단어나 문장이 아니라 당연히 베케트의 표현이라고 여기게 된다. 이 점에 대해 두 가지로 생각해볼 수 있다. 하나는 프루스트의 베케트화로, 베케트가 원작가 프루스트의 생각에 동의함을 증명하는 것이라 여길 수 있다. 둘째는 베케트가 프루스트의 소설을 읽으며 인상적인 표현 등을 기억해두었으나 그 부분이 어디인지, 베케트가 그토록 혐오한 《N. R. F.》의 열여섯 권에 이르는 방대한 판본을 다시 읽으며 찾을 엄두를 못 냈거나, 찾으려 했어도 발견하지 못한 경우라고 생각할 수 있다.

베케트는 서문에 "프루스트 작품 번역은 내가 한 것이다"라고 밝힌다. 하지만 정작 프루스트 소설을 인용할 때, 드물게 출처를 밝히기도 하지만 대부분 그저 큰따옴표를 씀으로써 그것이 인용문임을 알릴 뿐, 출처를 명확하게 밝히는 경우는 거의 없다. 순서를 바꾸어 인용한 것인지, 긴 원문을 간략하게 요약하여 인용한 것인지, 아니면 두 곳에서 따온 것을 한꺼번에 인용한 것인지는 물론 밝히지 않고 있다. 이를 두고 '표절'이라고 비난하는 것은 이미 앞서 살펴봤듯이 이 책이 학술적인 목적을 띠지 않는 이상 무의미한 일이라 생각된다. 그보다 더 생산적인 해석은 베케트가 읽고 소개하는 프루스트의 작품은 더 이상 프루스트의 것이 아니라, 베케트의 시선이 입혀지고 그의 문체로 탈바꿈한 베케트화된 프루스트라는 점이다.

작가와 이름이 같은 주인공 마르셀이 긴 여정 끝에 소설 마지막 장면에서 작가로서의 소명을 재발견한다면, 베케트는 같은 종류의 발견을 하는 데 성공하지는 못한다. 그가 작가로서의 길을 가게 된 것은 베케트 자신이 남긴 증언으로도 잘 알려졌듯이, 필수적인 선택이라기보다는 차선의 선택이었다. 그는 작가가 될 의향이 없었지만, 자신이 가르치는 데 전혀 소질이 없음을 발견한 후에야 작가의 길을 생각하게 되었다고 한다.[10] 대신 그는 짧지만 함축적인 『프루스트』를 집필한 후 자신이 무엇이 될 수 없는지를 발견한다. 베케트는 이 책이 출간되고 일주일 만에 맥그리비에게 보낸 편지에서 "저는 교수가 되고 싶지 않습니다"라는 자신의 결정을 전한다.

『프루스트』가 출간된 그해 겨울, 베케트는 자신의 모교인 트리니티 칼리지에서 프랑스어를 가르치고 있었다. 하지만 그때의 경험은 결코 유쾌한 것이 아니었다. 베케트가 가르치는 데 어려움을 느낀 만큼이나 학생들 또한 베케트에게 불만이 많았던 듯하다. 베케트가 첫 학기를 보낸 뒤 학보에는 베케트를 겨냥하여 신랄하게 비꼬는 기사가 등장한다. 그 기사에서 한 학생 기자가 "S. B-CK-TT에게, 나는 그가 그의 설명을 설명하기를 바란다"라고 호소한 것이다. 결국 트리니티 칼리지에서 교편을 잡은 지 1년여 만에 베케트는 사표를 제출한다.

학교를 떠나기 전, 베케트는 과연 창조하는 작가로서의 기질을 유감없이 발휘한다. 그는 트리니티 칼리지의 '현대언어연구회' 소속 학생들 앞에서 알려지지 않은 프랑스 시인 장 뒤 샤Jean du Chas의 미공개 원고 중에서 「집중주의Le Concentrisme」라는 글을 읽는다. 장 뒤 샤는 베케트가 만들어낸 허구의 인물로, 그의 글 또한 물론 베케트가 지어낸 것이다.[11] 창조적 글쓰기보다는 학술 논문과 평론에 국한된 대학 내에서 베케트는 교수로서 그리고 비평가로서는 실패했을지 몰라도, 그 틀 안에서 창조하고자 하는 자신의 꿈틀거리는 욕망을 왜곡된 형태로 표현할 수밖에 없었던 것이다.

베케트는 프루스트의 소설을 읽고, 그에 대한 평론을 쓰면서 적어도 자신이 무엇이 아닌지는 발견하게 된다. 아직 작가에 대한 소명을 깨닫지는 못했더라도, 베케트는 자신이 '비평가'나 '교수'로는 체질적으로 맞지 않는다는 사실을 깨닫는다. 학술적인 논문과 연구서를 쓰기에 그의 영혼은 지나치게 자유로웠다. 베케트가 작가로서 프루스트가 처한 조건과 그의 한계에 대해 이야기하는 부분은 그것을 쓰는 자기 자신에게도 적용된다.

그가 쓸 책은 머릿속에서 형태를 갖춘다. 그는 여러 결함을 안고 있는 문학적 규범들이 작가로 하여금 타협하도록 강요함을 인식한다. 작가로서 그는 원인과 결과로부터 완전히 자유롭지 못하다. [……] 그는 어쩔 수 없이 문학적 기하학의 신성한 자와 컴퍼스를 수용한다. 하지만 그는 공간적 척도로까지 그 자신을 굴복시키지는 않는다.

—『프루스트』

여기서 베케트가 말하는 '그'는 프루스트지만, 이 글을 읽으며 우리는 '그'를 베케트로 대체해서 읽을 수도 있겠다. 베케트도 프루스트 작품에 관한 글을 쓰면서 여러 가지 '타협'을 해야 하는 위치에 놓이지만, 그는 통상적인 문학 평론이나 학술적 논문이 으레 따라야 하는 '규범들'로부터 벗어나, 전례 없이 자유로운 형식과 내용을 담은 그만의 글쓰기를 펼친다. 베케트는 『프루스트』로 비의도적 기억의 메커니즘을 통해 작가로서의 소명을 재발견하는 마르셀의 긴 여정을 현대 소설로 탄생시킨 프루스트에게 작별을 고하고, 대학 강단에 등을 돌린 채 '이름 붙일 수 없는 것innomable'에 이름을 붙임으로써 언어의 새로운 체계를 구축한 세계의 서막을 열었다.

3

미래 작가의 유년기[*]

블라디미르 나보코프의 「마드무아젤 오」

블라디미르 나보코프
Vladimir Nabokov, 1899-1977

블라디미르 나보코프는 영미 문학사에서 기념비적 성공을 거둔 문제작 『롤리타*Lolita*』(1955)의 작가로 잘 알려져 있다. 하지만 이보다 덜 알려진 사실은 그가 모국어인 러시아어는 물론, 영어, 독일어, 그리고 프랑스어로 작품 활동을 펼쳤다는 점이다. 나보코프가 유럽에서 망명 생활을 하던 시기에 프랑스어로 집필한 자전적 에세이인 「마드무아젤 오Mademoiselle O」는 작가가 프랑스어로 쓴 단 두 개의 텍스트 중 하나다. 다른 하나는 푸시킨 사후 100주년을 기념하여 집필한 글, 「푸시킨, 혹은 실재와 실재임직 함Pouchkin, ou le vrai et le vraisemblable」(1937)이다.

나보코프가 「마드무아젤 오」를 집필하게 된 계기는 벨기에 브뤼셀의 한 강독회였다. 그곳에서 자신의 글 한 편을 소개해달라고 청탁받은 것이다. 그렇게 해서 작가는 1936년 1월의 첫째 주에 「마드무아젤 오」를 쓰기 시작해 단 사흘 만에 완성했다고 한다. 브뤼셀의 강독회는 대성공이었다. 그 성공에 힘입어 작가는 파리에서 같은 글을 다시 한번 대중 앞에서 강독했고, 「마드무아젤 오」는 같은 해 4월 15일 《므쥐르*Mesures*》지에 처음으로 게재된다. 후에 나보코프 연구자들은 「마드무아젤 오」가 2년 후에 발표한 소설 『사형장으로의 초대*Invitation to a Beheading*』(러시아어 원작 1938년, 영어 번역판 1959년 출간)와 더불어 나보코프의 작가로서의 여정에 가장 중요한 전환점을 마련해주었다고 평가한다.[1]

　나보코프는 「마드무아젤 오」의 출간 이후 자서전을 집필하여 여러 차례 다른 판본을 출간한다. 그런데 「마드무아젤 오」는 나보코프가 1940년대와 1950년대를 거쳐 1960년대에 이르기까지 네 번의 수정과 출간을 거치면서 그 정체성에 의문이 제기되었다. 이 글을 1936년 《므쥐르》에 프랑스어로 처음 발표한 이후 나보코프는 상당히 많은 수정을 가한 영어판을 1943년 《애틀랜틱 먼슬리*The Atlantic Monthly*》에 게재한다. 그리고 1947년에 첫 영어 단편 모음집인 『아홉 개의 단편*Nine Stories*』을 발표하는데, 픽션으로 구성된 이 모음집에 「마드무아젤 오」를 삽입한다. 이어서 1951년 그의 자서전 첫 판본인 『결정적 증거*Conclusive Evidence*』에 이 글을 싣고, 마지막으로 1967년 자서전 최종 판본인 『말하라, 기억이여*Speak, Memory*』에도 이 글을 다섯 번째 장에 넣는다.[2]

　그 과정에서 처음 프랑스어판과 최종 영어판 사이에는 상당 부분에서 차이점이 생겼고, 결국 이 글의 어디까지가 자전적 에세이며, 어디서부터 허구의 이야기인지에 대한 논쟁이 생길 수밖에 없다. 하지만 무엇보다도 소설가로서 새로운 형태의 소설을 쓰려 했던 나보코프였기에, 이 글의 정체성 또한 새로운 형식의 허구적 수필 혹은 자전적 픽션이라고 보는 것이 타당할 듯하다. 이는 프루스트의 소설이 기존 형식의 전통적 소설과는 차별되는 구성과 전개로 현대문학의 출발을 알린 것과도 유사하다.

이번 장에서 우리의 관심 대상은 『롤리타』가 아니라, 나보코프의 글 가운데 상대적으로 조명받지 못한 프랑스어 작품인 「마드무아젤 오」다. 소년 나보코프는 프루스트 소설의 주인공인 마르셀과 여러모로 닮아 있다. 특히 소년 나보코프의 문학적 상념과 고통스러운 불면의 밤은 『잃어버린 시간을 찾아서』의 첫 번째 에피소드를 구성하는 '취침 사건'에서 드러나는 마르셀의 고민과 겹쳐 볼 수 있다. 하지만 물론 나보코프는 마르셀의 완전한 모사본이라고 할 수 없으며, 그것은 마르셀에게 절대적인 존재인 엄마가 「마드무아젤 오」에서는 가정교사로 대체된다는 점에서 그렇다. 나보코프라는 작가의 특정 글에 직간접적으로 드러나는 프루스트의 흔적을 짚어나감으로써 프루스트와 다른 시대와 장소를 살았던 한 명의 만개하기 시작한 작가가 어떻게 프루스트 효과를 경험했는지를 살펴보자.

나보코프의 프루스트 강의

나보코프는 유럽에 이은 미국에서의 오랜 망명 생활 기간에 대학에서 강의한 문학 수업과 여러 인터뷰 등을 통해 『잃어버린 시간을 찾아서』를 "20세기 가장 위대한 문학작품 중 하나"라고 여러 차례 강조한 바 있다. 가령 1930년 프루스트를 좋아하는지 질문받은 나보코프는 "좋아하는 정도가 아니라 완전히 열광하고 있습니다. 총 열두 권에 이르는 프루스트의 소설을 처음부터 끝까지 두 번이나 읽었습니다"라고 대답한다.

프루스트에 대한 나보코프의 열정은 이후 30년 동안 변하지 않고 지속된 듯하다. 1965년 인터뷰에서 나보코프는 20세기 가장 위대한 문학작품은 무엇인가 묻는 기자의 질문에 다음과 같이 답한다. "조이스의 『율리시스』, 카프카의 『변신』, 안드레이 벨리의 『페테르부르크』, 그리고 프루스트의 동화 같은 『잃어버린 시간을 찾아서』의 첫 절반." 이렇듯 나보코프는 프루스트에 대한 애정을 공공연하게 드러냈고, 이는 특히 20여 년에 걸친 미국 대학 강단에서의 교편생활을 통해서도 증명된다. 그는 문학개론 수업이나 비교문학 수업 강의 목록에 프루스트를 빠짐없이 올린다.

나보코프가 1940년 5월 미국 땅을 처음 밟은 후, 그는 대학 강단에 서는데, 웰슬리 대학(1941-1948)에서 러시아어 강의를 시작으로 곧 러시아 문학을 가르치게 된다. 이어 코넬 대학(1948-1958)에서는 유럽 문학과 러시아 문학을 강의한다. 대학 강단에 선 나보코프에게는 문학작품을 접근하는 방식에 한 가지 신념이 있었다. 그것은 바로 '전체'가 아닌 '부분'에 대한 신념이다.

대학교에서 가르치는 내내, 저는 문학 수업을 듣는 학생들에게 부분들에 대한 정확한 정보들의 합을 제공하려고 애썼습니다. 부분들의 조합을 통해 관능적인 불꽃이 튀어 오르기 마련인데 이러한 것이 부재한 작품은 그저 죽은 작품에 불과할 뿐입니다. 이런 점에서 전반적인 생각은 전혀 중요하지 않습니다. 어떤 명칭이라도 불륜에 대한 톨스토이가 취하는 입장의 주된 특성을 이해할 수 있습니다. 하지만 톨스토이의 예술을 진정으로 이해하기 위해서 훌륭한 독자는 예를 들어, 백 년 전 모스크바-상트페테르부르크 간 야간열차의 객차 배치를 시각적으로 떠올려 보려는 욕구를 느껴야 합니다. 여기서 스케치는 매우 유용합니다. 대학 교수들은 호메로스 식의 색채 지각적이며 생리학적인 장 제목들이 띠는 도도한 부조리에 대해 떠들어댈 것이 아니라, 블룸과 스티븐의 교차된 여정을 명확하게 표시한 더블린의 지도를 준비해야만 합니다.

—『문학 수업』

이렇듯 나보코프는 문학작품을 강의하는 데 있어 작품 속 구체적인 디테일의 중요성을 강조했다. 그의 프루스트 강의 노트에는 스완과 오데트의 육체적 사랑을 상징하는 요소가 된 카틀레야라는 난꽃을 그려 넣은 것을 볼 수 있다. 나보코프의 이 스케치는 미국 대학에서 강의한 노트들을 엮어서 출간한 『문학 수업Lectures on Literature』의 프랑스어판 표지 그림으로 삽입되기도 한다.

코넬 대학에서 강의한 10년 동안 그의 강의 목록에는 프루스트의 『잃어버린 시간을 찾아서』가 빠지지 않고 등장한다. 나보코프가 프루스트의 작품을 어떻게 이해했는지, 그리고 그것을 학생들에게 어떻게 강의했는지를 보여주는 대표적 자료인 『문학 수업』 중에서 프루스트에 할애한 부분이 매우 흥미롭다. 프루스트를 좋아하느냐는 기

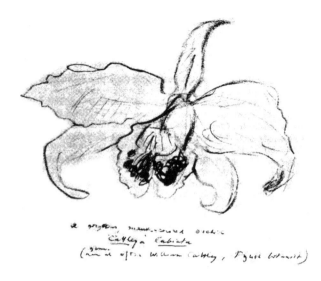

나보코프가 강의 노트에 직접 그린 카틀레야.

자의 질문에 나보코프가 굳이 "프루스트의 동화 같은 『잃어버린 시간을 찾아서』의 첫 절반"이라고 강조한 데서 알 수 있듯이, 그는 프루스트의 작품 전체보다는 방대한 소설의 제1권에 유난히 애착을 가졌음을 알 수 있다.

나보코프의 강의 노트를 보면 그는 코넬 대학교의 학생들에게 프루스트 소설의 첫 번째 권에 해당하는 『스완네 집 쪽으로』만을 대상으로 프루스트를 설명하고 있다. 이때 교수자로서 나보코프는 『잃어버린 시간을 찾아서』를 본격적으로 분석하기에 앞서 한 가지 중요한 사실을 학생들에게 강조한다. 그것은 바로 '소설가 프루스트'와 '화자 마르셀'을 구분해야 한다는 점이다. 프루스트 소설의 첫 번째 권 출간 100주년을 기념했던 2013년이 벌써 여러 해 지난 오늘, 프루스트 연구자들은 작품을 완성한 작가 프루스트와 그의 소설 속 주인공인 ─ 그리고 작가와 이름이 같은 ─ 마르셀이라는 화자를 더 이상 동일시하지 않는다. 하지만 나보코프가 대학에서 강의하던 1940년대와 1950년대만 해도 지금처럼 많은 연구가 진행되기 전이었고, 상당수의 비평가들은 1인칭 소설로 전개되는 『잃어버린 시간을 찾아서』를 프루스트 개인의 자전적 소설로 받아들이며 주인공 마르셀을 작가와 동일시하는 함정에 빠지곤 했다. 하지만 나보코프만은 작품 속에서 이야기를 전개하는 '나'는 그것을 쓰는 작가 프루스트와 엄연히 구별되어야 한다는 주장을 펼침으로써 시대를 앞선 예리한 비평가적 통찰력을 보여준다.

여러분 머릿속에 분명히 해둘 한 가지 점이 있습니다. (프루스트의) 작품은 자전적이지 않으며, 화자는 개인으로서 프루스트가 아닙니다. 또한 등장인물들은 순전히 작가의 머릿속에서만 존재했을 뿐입니다.

─『문학 수업』

두 소년의 문학적 상념

나보코프의 에세이 속 주인공인 '마드무아젤 오', 즉 '오 양'은 나보코프와 남동생에게 프랑스어를 가르치러 스위스에서부터 머나먼 러시아까지 급행열차를 열두 시간 동안 타고 온 가정교사인 세실 미오통Cécile Miauton을 가리킨다. 알고 있는 러시아어란 단지 짧은 단어 하나, '어디'라는 뜻의 '기디-에giddy-eh'뿐이었던 그녀가 시베리스크의 작은 역에 내렸을 때 그녀는 자신을 마중 나온 마부를 알아보지 못했다. 그리고 과연 문학 교사답게 나중에 그 상황을 다음과 같이 묘사한다. "거기에서 나는 모두에게 버림받은 채로 있었어. 마치 카레니나 백작 부인처럼." 그녀의 불평에 대해 나보코프는 그 표현이 정확하지는 않았으나 설득력은 있었다고 회고한다.

육중하고 뚱뚱한 마드무아젤은 1905년에서 1913년까지, 즉 작가가 러시아에서 행복하고 유복한 어린 시절을 보낸 여섯 살에서 열네 살에 이르기까지 그의 집에서 생활한다. 그녀는 나보코프 형제에게 프랑스어를 가르치는 임무를 맡았는데, 프랑스어와 프랑스 문학에 대한 그녀의 자부심은 실로 대단한 것이었다. 반면 타 인종 및 문화에 대한 배척심도 그에 비례하였던지라 그녀는 나보코프의 집에서 생활하던 다른 영국과 러시아 가정교사들 및 가정부들과 극도로 사이가 나빴다.

「마드무아젤 오」는 『잃어버린 시간을 찾아서』의 제1권 『스완네 집 쪽으로』를 구성하는 첫 번째 에피소드와 여러 공통점을 갖는다. '취침 사건'이라고도 불리는 에피소드는 이야기를 서술하는 현재의 화자 '나', 즉 중년이 된 마르셀이 잠을 이루지 못한 채 뒤척이다가 소년 시절 시골 콩브레에서 경험한 하룻밤을 회상하는 내용이다.

그날은 저녁 식사에 초대받은 이웃 스완이 방문하여 엄마는 손님 접대 때문에 마르셀에게 신경쓸 여유가 없다. 마르셀은 식사 후 2층에 있는 자기 방으로 올려 보내지는데, 심약하고 엄마에 대한 애착이 강한 그는 엄마의 저녁 입맞춤 없이는 잠을 이룰 수 없다. 엄마의 입맞춤에 대한 집착은 곧 강박으로 바뀌고, 마르셀은 온갖 방법을 동원하여 엄마를 2층 방에 올라오게 하려 애쓴다. 하지만 엄마는 자리를 비우는 것이 손님에 대한 예의가 아니라고 생각하여, 그리고 무엇보다 아들을 응석받이로 만들지 않기 위해 보통 때보다도 더 냉정한 반응을 보인다. 이 에피소드는 『잃어버린 시간을 찾아서』를 이끄는 가장 중요한 사건이자 마르셀을 이루는 주요 특성들 — 엄마에 대한 집착, 문학적 소명, 의지의 박약 등 — 을 이해할 수 있는 중요한 사건이다.

「마드무아젤 오」의 서두는 소설가인 나보코프가 자전적 에세이를 쓸 수 있을지에 대해 문학적 사색을 하는 것으로 구성된다. 나보코프의 경우 『마센카Mashenka』, 『킹, 퀸, 잭Korol, Dama, Valet』, 『암실 Kamera obskura』 등의 픽션을 썼던 소설가에서 「마드무아젤 오」를 바탕으로 발전된 형태의 자서전을 집필할 수 있을 것인지 자문하며, 자신이 에세이에서 묘사하는 마드무아젤 오가 예전에 쓴 바 있는 자신의 소설에 등장하는 프랑스 여가정교사와 근본적으로 과연 다르다고 말할 수 있을지, 마드무아젤 오의 '실재'에 회의적인 시각을 보인다.

어느 책에서 나는 내가 만든 주인공의 어린 시절에 과거 내게 프랑스어 듣는 즐거움을 선사했던 가정교사를 빌려준 적이 있다. [……] 나는 다음과 같은 독특한 감정적 불균형 현상을 종종 관찰할 수 있었다. 즉 내가 만든 허구의 인물들에게 내 과거의 위대한 단면들이 아니라 — 그렇게 하기에 나는 지나치게 인색하다 — 그리 손해될 게 없는 몇몇 이미지를 제공할 때, 앞서 말했듯이 그러한 이미지들은 내가 갑자기 집어넣는 상상의 세계에서 자취를 감춘다는 사실을 볼 수 있었다. [……] 그런데 그러한 이미지는 나의 예술 세계로부터 그토록 잘 보호되던 따뜻하고 생동감 넘치는 과거보다는 내가 그것을 가두어둔 소설과 더 큰 친화력을 형성하는 것이다.

— 「마드무아젤 오」

즉 자신의 개인적 경험의 일부를 소설 속 허구의 인물에게 부여하는 순간, 그것은 실제 자신의 과거로부터 떨어져나간 채 실재성을 잃고 허구적인 성격을 더 강하게 갖게 된다는 느낌을 받는다는 것이다. 그러면서 자기 과거의 일부를 구성했던 실제 인물들에게 죄책감이 든다고 한다. 흥미로운 사실은 나보코프가 1936년 프랑스어로 출간했던 「마드무아젤 오」의 이 서두를 30년 후 출간한 1967년 자서전 최종 판본인 『말하라, 기억이여』에서는 삭제한다는 사실이다. 『롤리타』의 인기 작가에 대한 대중적 호기심을 가진 영미권 독자들의 기호에는 소설가/전기 작가로서의 상념에 관한 묘사가 지나치게 문학적이고 지루하다고 여겼던 나보코프의 판단에 의한 결정이 아니었을까

싶다.

마찬가지로 소년 마르셀 또한 문학에 열정과 꿈을 가지고 있지만 그 성격은 나보코프와 마찬가지로 회의적이다. 우선 마르셀은 미래의 작가로서 자신의 문학적 재능을 의심한다. 작가에 대한 환상은 있지만 과연 소설을 쓸 수 있을지에 대해서는 부정적이다.

언젠가는 작가가 되고 싶기 때문에 이제 정말로 내가 무엇에 대해 쓸 것인지 알아야 할 때가 왔다. 하지만 그것이 과연 무엇인지, 어떤 무한한 철학적 의미를 담은 주제를 표현할 수 있는 그것의 정체가 무엇인지 나 자신에게 물어보기라도 하면 나의 정신은 작용하기를 멈추고, 나의 주의력 맞은편에는 그저 공허함만이 있을 뿐이었으며, 나는 그것을 발견할 능력이 없거나, 아니면 나의 뇌는 어떤 질병에 감염되어 그것이 도래하는 것을 막고 있는 것만 같았다.

—『스완네 집 쪽으로』

불멸의 작품을 쓰고 싶은 거대한 야심은 있지만 그것을 완수할 수 있는 재능, 혹은 의지의 결핍에 대한 회의감은 마르셀을 평생 괴롭힌다. 마침내 마르셀이 자신이 쓸 소설의 주제를 발견하게 되는 순간은 다양한 인생 경험을 하고 그만큼 많은 시간이 흐른 후 작품의 마지막 권, 마지막 에피소드에서다. 중년이 된 마르셀은 자신이 쓸 작품의 주제는 어린 시절 꿈꿨던 대단한 영웅의 전설이나 드라마틱한 사건들의 놀라운 이야기가 아닌, 바로 그가 거쳐온 삶에 시간이라는 요소를 덧입혀 재구성하는 것임을 발견한다.

소년 나보코프와 마르셀의 공통 경험은 여기서 그치지 않는다. 두 소년 모두 불면의 밤 때문에 고통을 느낀다고 회고한다. 나보코프의 경우는 특히 그 정도가 심한데, 그가 "평생 동안 잠을 제대로 못 잤다"라고 서술할 때는 소설적 과장이 심하다고 느껴질 정도다.

> 평생 동안 나는 잠을 제대로 못 잤다. 나는 언제나, 매일 저녁, 매일 밤 잠에 대한 공포가 있었고, 공포감의 정도는 그날 내가 느끼는 피곤함에 비례했다. 잠은 내게 언제나 잘 차려입고 실크해트를 써서 가장한 채 나타나 나를 손아귀에 꽉 쥐는 사형집행인처럼 느껴졌다. 잠은 내가 매일 밤 오르는 단두대로, 매일 밤 나는 그곳에서 흉측한 모르페우스에 저항하지만 결국은 꼼짝도 하지 못한 채 기둥에 묶인다.
>
> ―「마드무아젤 오」

같은 잠에 대한 묘사지만 나보코프는 자서전에는 약간 변형된 형태로 잠을 묘사한다. 즉 잠이란 "세상에 존재하는 동맹 중에서도 가장 어리석은 것이며, 과대한 수수료와 투박한 의식이 따르는 것"이자, 아무리 지쳐 있다 할지라도 "의식과 결별하는 고통이란 이루 말할 수 없이 불쾌한 것"이라 서술한다.

그런데 마드무아젤이 나보코프 가족네로 온 그해 겨울, 나보코프와 남동생만이 시골 별장에 남겨지게 된다. 어머니는 임신 중이었기 때문에 하녀와 어린 딸을 데리고 페테르부르크로 갔고, 아버지 또한 중

대한 정치적 사건에 연루되어 그곳에 발이 묶였던 것이다. 남동생과 같이 방을 쓰던 나보코프는 시골에서의 긴 겨울밤들 동안 동생의 코 고는 소리를 질투심에 빠져 들어야 했는데, 그에게 위안이 되었던 것은 그들 방에 이웃해 있던 마드무아젤의 방에서 새어 나오던 수직의 희미한 한 줄기 빛이었다. 그러다가 마드무아젤이 바람을 뿜어 촛불을 끄면 찾아오는 칠흑 같은 어둠을 나보코프는 공포심에 질려 노려보는 것이다.

반면 『잃어버린 시간을 찾아서』는 다음과 같은 문장으로 시작한다.

> 오랫동안 나는 일찍 잠자리에 들었다. 가끔 나는 촛불을 끄자마자 눈이 어찌나 빨리 감기는지 "잠이 드네"라고 스스로에게 말할 시간조차 없었다. 그리고 30분 후에 잠을 청해야 할 시간이라는 생각에 나는 깨어났다. 나는 아직도 손에 들고 있다고 생각한 책을 내려놓고 불을 끄려 했다. 잠을 자면서 방금 전 읽었던 것에 대해 끊임없이 생각했는데, 그런 상념들은 특별한 양상을 띠게 되었다. 나는 성당, 사중주, 프랑수아 1세와 샤를 캥의 다툼 등등 책에서 이야기하는 것이 된 듯한 느낌을 받았다.
>
> ─『스완네 집 쪽으로』

마르셀은 일찍 잠자리에 듦으로써 나보코프와는 달리 잠에 대한 의식적인 거부감은 느끼지 않는 듯하다. 하지만 이내 잠은 달아나고 마찬가지로 긴 불면의 밤에 마주하게 되며 어둠 속에서 불을 끄기 직전에 읽었던 책이 다루던 것들과 일체되는 경험을 한다. 나보코프가 잠을 꿈의 신 모르페우스에 비유하여 묘사하였다면, 마르셀은 잠들지 못하는 자신을 낯선 호텔 방에서 잠을 청해야만 하는 비극적인 환자에 비유한다.

나는 성냥 하나를 켜서 시계를 보았다. 곧 자정이다. 이때는 여행을 떠나서 낯선 호텔에서 잠을 청해야 했던 환자가 발작을 일으키다가 잠에서 깨어나 문 밑으로 새어 들어오는 빛줄기를 보고 기뻐하는 시간이기도 한다. 다행이다. 벌써 아침이라니! 곧 하인들이 일어날 것이고, 그는 도움을 청할 수 있을 것이고, 사람들이 올 테지. 안심해도 된다는 희망에 그는 조금 더 고통받을 용기가 생긴다. 그러잖아도 발소리가 들린다. 발소리는 가까워졌다가 이내 멀어진다. 문 밑으로 들어오던 빛이 사라진다. 자정이다. 가스등을 끈다. 마지막 하인이 나갔고 이제 그는 어떤 약도 없이 밤새 기다려야 한다.

— 『스완네 집 쪽으로』

이후 여러 쪽에 걸쳐 화자는 잠이 들지 못했던 여러 집과 호텔의 방들 — 콩브레, 파리, 발베크, 베네치아 등 — 에서 맞았던 길고 고통스러운 밤들을 회상한다. 그런데 이렇게 잠들지 못했던 불면의 밤들, 즉 죽이는 시간 혹은 '잃어버린 시간'은 나중에 화자가 자신의 삶을 담은 소설을 써야겠다고 결심한 순간부터 마찬가지로 잠을 이루지 못할 밤으로 대체되지만, 그 성격은 완전히 다르다. 이번에는 자신에게 남은 시간이 얼마 없음을 지각하고 남아 있는 그 촉박한 시간 동안 밤을 지새우며 글을 씀으로써 소설을 완성해야 함을 깨닫는다. 잠을 청하지만 오히려 자야 한다는 생각 때문에 잠을 이루지 못했던 과거의 밤들에 비해 앞으로는 더 이상 그렇게 잃어버릴 시간이 없다며, 오로지 글쓰기에만 온 시간을 바쳐야 한다고 결심하는 부분에서 독자는 마르셀의 지나간 불면의 밤들이 진정한 의미를 갖게 됨을 발견한다.

두 여인의 책 읽어주기

이렇듯 「마드무아젤 오」와 『잃어버린 시간을 찾아서』의 '취침 사건'이 소년 나보코프와 마르셀의 문학적 상념을 중심으로 갖는 여러 공통점에도 불구하고 나보코프의 에세이가 '취침 사건'의 완전한 모사본이라고 말할 수는 없다. 모사본이라기보다는 변형된 형태의 재현이라 함이 더 정확할 듯한데, 그것은 이 글의 핵심을 이루는 가정교사의 프랑스어 수업이 뒷받침하고 있다.

마드무아젤 오는 프랑스어 수업의 일환으로 문법 강습 및 받아쓰기 시험 외에 특히 나보코프와 동생에게 그들이 이해하건 말건 여러 시간 동안 쉼 없이 프랑스 문학의 고전 작품을 크게 소리 내어 읽어준다. 그런데 마드무아젤 오가 이렇게 소리 내어 책을 읽어주는 행위는 마르셀의 어리광에 항복한 엄마가 아들이 잠들 때까지 밤새 책을 읽어주는 경험을 변형된 형태로 재현하는 것이다.

마드무아젤 오의 신랄한 성미와 진부한 정신과 불쾌감을 일으키는 피부에도 불구하고 소년 나보코프는 그녀의 프랑스어를 정말 사랑했다고 회상한다. 그중에서도 그녀의 프랑스어 교수법은 소년에게 강한 인상을 남긴다. 따뜻한 여름날 오후면 그녀가 시골 별장의 베란다에서 여러 시간씩 큰 소리로 책을 읽어주던 간접 독서의 경험 때문이었다. 그녀는 나보코프와 동생에게 어린이를 위한 작품들뿐만 아니라, 라신과 코르네유 등 17세기 프랑스 고전주의 작가들의 비극까지도 소리 내어 읽어준다.

햇빛이 찬란한 오후의 베란다에서 그녀는 얼마나 무수한 책들을 우리에게 읽어주었던지! 결코 약해지거나 불규칙하거나 더듬거리는 일 없이 그녀의 가는 목소리는 놀라운 독서 기계와도 같이 그 모든 책들을 줄줄 읽어 내려갔는데, 그것은 그녀의 병든 기관지와는 전혀 상관없는 것 같았다. 장미 총서를 모두 읽은 다음에는 쥘 베른, 빅토르 위고, 알렉상드르 뒤마가 뒤따랐다. 끝없이 긴 그 소설들을 읽으며 그녀는 겉으로는 무감동해 보였지만 우리만큼이나 커다란 즐거움을 느꼈던 것 같다. 여러 겹으로 이루어진 그녀의 턱들 중에서 진짜이자 가장 작은 턱은 — 물론 입술을 제외하고 — 거대하고 부동인 그녀의 몸 전체에서 유일하게 움직이는 요소였다.

— 「마드무아젤 오」

나보코프 가족은 겨울에는 러시아 상트페테르부르크에서, 나머지 계절에는 시골의 가족 영지와 프랑스의 바닷가 휴양지에서 지냈는데,

그때마다 스위스 가정교사 또한 동행하여 어린 나보코프 형제에게 프랑스어 수업을 계속했고, 수 시간 동안 이어지는 그녀의 문학작품 낭독은 나보코프에게 깊은 인상을 남기게 된다.

하지만 아직 어리고 프랑스어가 서투른 나보코프는 몇 시간씩 이어지는 책 읽어주기 수업 동안 계속 집중력을 유지하기 힘들다. 그는 마드무아젤이 읽어주던 책의 내용보다 규칙적이고 변함없는 기계 소리와도 같은 그녀의 목소리와 어우러진 주변의 환경에 이내 시선을 돌린다. 그리고 그의 에세이에는 그때 읽어주었던 책이 담고 있는 이야기 대신 그것과 조화를 이루며 각인된 전체적인 인상과 분위기가 하나의 선명한 혼합체로 회상된다.

나는 거대한 하얀 구름들 사이를 스치는 듯한 피뢰침이 달린 그 시골집을 다시 눈앞에 본다. 녹청색 지붕, 나무 조각 장식, 그리고 특히 베란다의 장사방형 모양의 색유리 창문. 그 색유리 창을 통해 보는 정원은 마법의 수정체에 갇혀 자신의 모습에 도취된 듯 특이한 부동의 침묵을 지킨다. 파란 색유리는 정원을 깊은 바닷속 풍경으로 만들고, 빨간 색유리는 분홍빛 모래 위 풀잎을 와인색으로 물들이며, 노란 색유리는 햇빛을 더욱 타오르게 만들었다. 마드무아젤이 책을 읽을 때 나는 이렇듯 독서 외에 다른 작은 기쁨들을 느꼈다. 가끔 큰 멋쟁이나비나 작은 멋쟁이나비 한 마리가 금이 간 계단에 날아와 햇빛을 받으며 벨벳 날개를 펼치곤 했다.

—「마드무아젤 오」

그런데 소년 나보코프의 독서에 관한 이러한 기억은 소년 프루스트의 경험과 놀랍도록 닮았다. 프루스트는 『잃어버린 시간을 찾아서』를 집필하기 전, 영국의 문호인 존 러스킨의 책 두 권을 번역하기도 한다. 그중 하나인 『참깨와 백합』(러스킨 원작 1865년, 프루스트 번역 1906년)은 러스킨이 책 읽기의 중요성과 도서관 설립의 필요성을 강조한 연설문에 가필을 한 것이다.

역자 서문에서 프루스트는 "나는 [……] 러스킨이 이 작은 책을 통해 주장하는 것처럼 독서가 인생에 절대적인 역할을 해야 한다고 믿지 않는다"라며 독서의 절대적인 위상에 제동을 건다. 이어서 그는 만약 독서가 삶에 어떤 의미를 갖는다면 그것은 읽은 책에 담긴 내용 때문이 아니라 그것을 어디서, 어떻게, 무엇을 느끼며 읽었느냐에 따라 독자에게 개인적인 의미를 갖기에 중요하다고 이야기한다.

즉 책이 담고 있는 내용보다는 방법에 초점을 맞춤으로써, 책을 쓴 작가가 아니라 그것을 읽는 독자의 역할에 더 큰 비중을 둔다. 같은 책이라도 그것을 읽는 독자에 따라 다르게 해석되고 받아들여질 수 있다는 주장은 러스킨의 전통적이며 아카데믹한 독서론에 비해 훨씬 현대적이며 주관적인 프루스트의 독서론을 보여준다. 다음은 프루스트가 회상하는 자신의 유년 시절 독서에 관한 부분이다.

우리의 어린 시절을 이루는 날들 가운데 우리가 제대로 보내지 못했다고 여겼거나 좋아하는 책과 같이 보낸 날들만이 어쩌면 진정으로 충만하게 보낸 날들인지 모른다. 숭고한 기쁨을 저지하는 속된 방해물로 생각되어 멀리하려 했던 모든 것들, 가령 가장 흥미진진한 부분을 읽을 때 친구가 와서 같이 하자는 놀이, 페이지에서 눈길을 돌리게 하거나 자리를 바꾸게 만드는 귀찮은 꿀벌이나 햇빛 줄기, 우리에게 가져다주었지만 손도 대지 않은 채 옆 벤치에 밀어둔 간식, 파란 하늘 속으로 해가 점점 그 힘을 잃어가면 집에 들어가서 먹어야 하는 저녁밥. 하지만 우리는 식사를 마치자마자 멈추었던 장을 마저 끝낼 생각에 방으로 서둘러 올라갈 생각으로만 가득했는데, 이런 모든 것들이 당시와는 반대로 너무나 기분 좋은 기억으로 남아 있어서(그 당시 그토록 열정적으로 읽었던 것들보다 지금의 판단으로는 이것이 훨씬 더 소중한 기억이다) 만약 지금도 다시 예전에 읽었던 책들을 뒤척이기라도 하면 그 책들은 사라진 날들을 간직한 유일한 달력으로 다가오고 그 페이지들에 이제는 더 이상 존재하지 않는 저택과 연못들이 반사되어 보이기를 기대하게 되는 것이다.

— 『독서에 관하여』

이는 나보코프가 마드무아젤이 읽어주던 소설의 내용이나 저자의 의도보다는, 그것을 들으며 색유리 창을 통해 보던 정원의 몽환적이며 환상적인 풍경을 떠올리던 것과 통한다.

반면 『스완네 집 쪽으로』에서 스완이 떠나기만을 애타게 기다리던 아들의 방에 마침내 올라온 엄마는 눈물범벅이 되어 자신에게 달려드는 마르셀을 보고 당황한다. 그 모습을 옆에서 지켜보는 남편의 시선을 느끼며 엄마는 마르셀을 나무란다. 마르셀도 평소 엄격한 아버지를 의식하지만 그 순간만큼은 엄마의 포옹과 입맞춤 없이는 차라리 죽어버리는 게 낫다고 생각될 정도로 절박한 심정에 계속해서 엄마에게 매달려 있다. 그런데 그날 저녁은 어찌된 일인지 아버지가 예외적인 관대함을 보이며 아내에게 마르셀이 잠들 때까지 아들의 방에 있도록 허락한다. 아들의 어리광을 눈감아준 셈인데, 이 예상치 못했던 상황 전개에 마르셀은 기분이 마냥 좋아야 할 것 같지만 막상 그렇지만도 않다. 그 사건은 자신의 의지를 키우려는 엄마가 아들의 고집에 패배한 순간임과 동시에 앞으로 심약한 마르셀을 강하게 교육하지 못할 것임을 엄마도, 마르셀도 의식하게 된 순간을 상징한다. 어쨌든 그날 밤 엄마는 아들이 잠들 때까지 침대 머리맡에서 책을 읽어준다. 마드무아젤이 엄마로 대체되는 모습이다.

그때 엄마가 마르셀에게 읽어주는 소설은 19세기 서정적인 전원소설로 작품 세계를 펼친 조르주 상드의 『프랑수아 르 샹피*François le Champi*』다. 상드의 이 작품은 『잃어버린 시간을 찾아서』에서 특별한 의미를 갖는데, 프루스트 소설의 첫 번째 에피소드에서 등장할 뿐만 아니라, 이후 소설의 마지막 권인 『되찾은 시간』의 마지막 에피소드에도 언급된다는 점에서 그렇다.

엄마가 읽어준 상드의 소설 제목 속 '샹피Champi'는 들판, 전원을 뜻하는 프랑스어 단어인 '샹champ'에서 발견한 아이, 혹은 사생아 정도로 해석될 수 있다. 하지만 어린 마르셀은 작품의 제목이자 주인공의 이름이 지니는 의미를 제대로 파악하지 못하고, 상드의 소설은 그 자체로 그에게 호기심을 일으킨다. 더구나 엄마가 책 전체를 읽지 않고 부분적으로 생략하며 읽어주기에 더욱 이해가 잘 되지 않아 신비감은 한층 더 커진다.

"결코 약해지거나 불규칙하거나 더듬거리는 일 없이 그녀의 가는 목소리는 놀라운 독서 기계와도 같이 그 모든 책들을 줄줄 읽어 내려갔다"라고 떠올리는 마드무아젤과 달리 엄마는 '검열'을 거쳐 마르셀에게 책을 읽어준다. 그 이유인즉 『프랑수아 르 샹피』는 고아 프랑수아를 입양한 마들렌이라는 여인이 인색하고 폭군 같은 남편이 죽은 뒤 입양한 아들과 사랑을 키운다는 줄거리를 담고 있기 때문이다. 프랑수아와 마들렌의 사랑을 묘사하는 장면이 나오면 마르셀의 엄마는 그 부분을 건너뛰고 읽어주었기 때문에 이 작품은 마르셀에게 무언가 완전히 이해가 되지 않는 수수께끼로 가득하고 신비한 작품으로 남는 것이다.

『잃어버린 시간을 찾아서』의 결말 부분에 이르러 이제는 중년이 된 마르셀은 게르망트 공작의 서재에서 우연히 상드의 『프랑수아 르 샹피』를 보게 되는데, 거기에서 비롯되는 비의도적 기억을 통해 소년 시절 콩브레의 방에서 벌어졌던 그 비극적인 취침 사건을 기점으로 잃어버렸던 유년기를 떠올린다. 이 사건을 비롯하여 일련의 '비의도적 기억'의 연속 작용으로 마르셀은 작가로서의 소명을 재발견한다. 이와 같은 점에서 상드의 이 소설은 프루스트 작품에서 남다른 자리를 차지하게 된다.

늙은 백조와 실패한 작가 스완

이어서 나보코프는 마드무아젤이 건강 악화를 비롯, 다른 가정교사들과의 불화를 견디지 못하고 거의 귀머거리 상태로 결국 스위스로 돌아간 일, 그리고 시간이 지나 이제 혁명을 피해 독일에 망명한 대학생 나보코프가 친구와 함께 스위스 로잔을 방문했을 때 그녀와 재회한 이야기를 한다. "그 어느 때보다도 가장 거대하고 머리가 거의 하얗게 세고 완전히 귀가 멀어버린 그녀는 야단법석을 떠는 애정으로" 나보코프를 맞는다.

재정적 여유가 없었던 그는 같이 갔던 친구의 도움을 받아 그녀에게 보청기를 선물하고 — 그러나 상대방이 중얼거리는 소리까지 들을 수 있게 되었다는 그녀의 말이 사실은 자신을 기쁘게 하려는 거짓말이라고 나보코프는 확신한다 — 떠난다. 그런데 스위스를 떠나 망명지인 베를린으로 향하기 전, 호숫가를 산책하던 나보코프의 눈에 늙은 백조 한 마리가 눈에 띈다. 그 백조는 정박된 배 위로 올라타려고 애쓰는데, 뚱뚱한 몸집과 무력한 날갯짓으로 그 시도는 우스꽝스러운 것이 되고 만다.

출발하기 전에, 나는 어리석게도 춥고 안개 낀 밤에 호수를 따라 산책하러 나갔다. 물은 약간 찰랑거렸는데 창백한 가로등 하나를 제외하고는 어두운 밤의 안개 속에서 보이는 것은 아무것도 없었다. 그때 어떤 움직임이, 희미한 하얀색이 내 시선을 끌었다. 물 위에는 매우 뚱뚱하고,

매우 늙었으며, 또한 매우 서투른 백조 한 마리가 밧줄로 정박된 보트 위에 기어오르려 우스꽝스러운 노력을 하고 있었다. 하지만 백조는 오르지 못했다. 백조의 무거운 날갯짓과 요동치는 보트의 소리가 들렸다. 몇 년 후 마드무아젤이 사망했다는 소식을 접했을 때 잠재의식의 자연스러운 발로로 내게 가장 먼저 떠오른 것은 바로 이 순간의 영상이었다.

—「마드무아젤 오」

이 늙은 백조의 비참한 노력은 머리가 하얗게 센 마드무아젤의 불행을 상징한다. 백조의 허무한 날갯짓은 기차역에서부터 나보코프의 시골 별장까지 눈썰매를 타고 오던 그녀의 어색하고 우스꽝스러운 모습과도 통한다. 나보코프는 그 자리에 없었고 그녀가 실제로 어떻게 눈썰매를 탔는지 보지는 못했지만, 작가의 상상력을 동원하여 그녀가 평생 처음 타봤을 눈썰매에 거대한 몸을 의지한 채 그것에서 떨어지지 않으려 안간힘을 쓰던 모습을 묘사한 장면은 늙은 백조의 모습에 겹쳐 보인다.

또한 그녀가 프랑스어로 소리 내어 책을 읽어주기 위해 자리를 잡던 모습을 의자에 앉기보다는 차라리 의자에 엉덩이를 끼워 넣는다고 표현했던 것 등도 모두 배 위로 올라타려는 가련한 백조의 헛된 몸짓을 예고하기 위한 소설적 장치라 할 수 있다. 이러한 장치들은 더구나 마드무아젤 오가 실제로 존재했었는지, 그가 창조해낸 인물은 아닌지 작가가 텍스트의 말미에 던지는 질문들과 함께 「마드무아젤 오」의 에세이적 측면에 의구심을 갖게 한다.

나는 그녀에 대해 이야기함으로써 스스로 위안을 받을 수 있으리라 믿었는데, 이제 이렇게 글을 마치며 나의 다른 책들에 등장하는 다른 인물들과 마찬가지로 내가 그녀를 완전히 창조해냈다는 이상한 느낌을 받는다. 그녀는 정말로 존재했던 것일까? 그 점에 대해 내가 곰곰이 생각할수록 그녀는 결코 존재했던 적이 없었던 것 같다. 하지만 내가 그녀를 창조한 이상 이제 그녀는 실재다. 그리고 내가 그녀에게 부여한 그 존재는, 만약 그녀가 정말로 존재했다면 그녀에 대한 나의 매우 천진한 감사의 표시일 것이다.

—「마드무아젤 오」

나보코프는 이렇듯 자전적 에세이에 소설적 기법을 동원하여 실재했던 인물의 허구성에 질문을 던진다. 앞서 살펴본, 많은 비평가들이 『잃어버린 시간을 찾아서』를 자전적 소설로 받아들인 것과 유사한 문제를 제기하는 것이다.

한편 어린 마르셀의 유년기에 구체적이며 직접적인 백조가 등장하지는 않는다. 다만 그의 '취침 사건'은 이웃 스완이 초대됨으로써 발생했다는 점을 상기할 필요가 있다. 부유한 유대인으로 미술품 수집가이자 애호가인 샤를 스완Swann의 이름은 백조를 뜻하는 영어 단어인 'swan'을 떠올리게 한다. 스완이 아내로 맞는 오데트는 과거에 몸을 팔던 여인이다. 차이콥스키가 작곡한 발레, 〈백조의 호수〉에서 악마의 마법에 걸려 낮에는 백조의 모습으로 지내다가 밤에만 인간으로 돌아올 수 있는 여인, 그리고 지크프리트 왕자의 사랑을 받는 여인의 이름이 오데트인 것을 감안한다면 이름, 특히 고유명사에 남다른 의미를 부여하던 프루스트가 자신의 소설에 마르셀의 분신이라고도 할 수 있는 인물인 스완에게 백조를 연상시키는 이름을 붙인 점, 그가 사랑하는 여인에게 오데트라는 이름을 붙인 것 또한 결코 우연이라고 할 수 없다.

나보코프의 백조는 육중한 몸과 하얀 털, 가련하기까지 한 우스꽝스러운 몸짓으로 뚱뚱하고 머리가 하얗게 센 마드무아젤을 떠올리는 매개인 반면, 프루스트 소설 속에서 백조의 이미지는 직접적으로 거론되지 않고 '예술 미혼자célibataire d'art'라고도 표현되는 실패한 예술가 스완을 통해 간접적으로 형상화된다. 하지만 스완은 오데트와의 사랑도 실패하고, 미술품 수집가에만 그칠 뿐 그 자신은 네덜란드 화가 베르메르에 관한 연구서를 수년 전부터 집필 중이지만 결국은 미완에 그치는 이른바 실패한 작가로, 결코 이상적이며 아름다운 백조의 이미지를 구현하고 있지 않다. 더구나 마르셀의 집에 늦은 시간까지 머물면서 마르셀에게 엄마의 입맞춤을 빼앗은 비극적인 취침 사건을 초래한 가장 일차적인 인물이기도 하다. 나이 든 이래 가장 뚱뚱한 모습을 하고 거의 아무 소리도 듣지 못하는 마드무아젤의 마지막 모습을 상징하는 안개 속 늙은 백조에서 결코 성공한 삶을 살았다고 할 수 없는 스완을 떠올린다면 지나친 해석의 비약이 될까?

나보코프는 1940년대와 1950년대 미국 대학에서 문학을 강의할 당시 프루스트의 소설을 빠지지 않고 다룸으로써, 그리고 프랑스어

에세이인 「마드무아젤 오」를 통해 프루스트가 그의 문학론과 작품 세계에 끼친 영향을 드러냈다.

소년 나보코프는 아직은 막연하지만 문학에 대한 소명을 가지고 있는 마르셀과 마찬가지로 작가로서의 삶을 꿈꾼다. 또 두 소년 모두 특별한 장소에서 벌어지는 특별한 독서의 경험을 통해 독서가 갖는 전통적이며 절대적인 역할과 의미에 반하는 현대적인 독서론을 펼친다. 즉 두 소년 모두에게 독서는 읽은 책의 내용이 절대적 의미를 갖는 것이 아니라, 독서가 이루어진 주변 환경이나 개인의 인상이 더 중요하게 다가온다. 책을 쓴 작가보다는 그것을 읽는 독자에게 무게중심을 두는 자세를 공유하는 것이다.

그들의 특별한 독서 경험은 마르셀에게는 스완이 찾아온 날 밤 침대 머리맡에서 엄마가 신비감에 감싸인 조르주 상드의 전원소설을 읽어줌으로써, 그리고 나보코프의 경우는 스위스 가정교사가 해가 긴 여름날 오후면 베란다에서 몇 시간 동안 프랑스 문학작품을 크게 소리 내어 읽어줌으로써 재현된다. 이때 엄마가 마르셀에게 읽어준 소설은 그로부터 30여 년이 흐른 후 작가로서의 길을 접은 중년의 마르셀의 눈에 우연히 다시 띄게 되고, 잃어버렸던 어린 시절의 기억을 상기시킨다. 그럼으로써 얼마 남지 않은 시간을 자신의 삶을 담을 수 있는 소설을 집필하는 데 할애하리라 결심하게 만드는 결정적인 역할을 한다. 한편 이때의 경험이 나보코프에게 남긴 것은 그때 가정교사가 읽어준 책의 내용보다는 그것을 읽어준 그녀만의 독특한 방식, 여름날의 햇살, 그리고 색유리를 통해 바라본 정원의 신비한 인상이다.

나보코프와 마르셀 모두 불면에 따른 길고 고통스러운 밤들을 경험한다. 마드무아젤의 방문 밑으로 새어나오는 한줄기 빛에 그날 밤의 희망을 묶어두지만, 그 빛마저 없어지는 순간 소년 나보코프는 그를 기다리는 고통스러운 긴 밤을 마주한 채 몸서리친다. 반면 마르셀은 어린 시절 일찍 잠자리에 들고는 했으나 중간에 깨면 자신이 낯선 호텔 방에서 동이 트기만을 뜬눈으로 애타게 기다리는 환자와 같다고 비유한다. 또한 자신 앞에 남아 있는 시간을 소설 집필에 전념해야 한다고 결심함으로써 더 이상 밤에 잃어버릴 시간들이 없을 것임을 예고한다. 심약한 마르셀의 곁을 엄마가 지켜준다면 소년 나보코프의 옆에는 그의 불면 따위 아랑곳없이 코 고는 동생만이 있을 뿐이다. 엄마의 자리를 대신해주는 이는 '책 읽는 기계'와도 같이 조금의 망설임이나 주저함도 없이 몇 시간이고 내리 프랑스 문학작품을 읽어주는 육중한 마드무아젤 오다.

문학과 독서와 잠에 대한 상념은 이렇듯 나보코프에게는 마드무아젤 오와의 특별한 관계를 통해, 그리고 마르셀에게는 취침 사건을 통해 이루어진다. 동시에 희고 거대한 늙은 백조의 가여운 몸짓이 상징하는 귀가 먼 마드무아젤 오는 마르셀이 예술에 처음으로 눈뜨게 하고 조언자 역할을 해준 멘토지만 사랑과 예술에서는 실패한 이웃 스완을 떠올리게 하기도 한다.

나보코프가 프랑스어로 쓴 첫 번째 자전적 에세이에 나타난 프루스트의 흔적은 나보코프 또한 프루스트 효과를 경험했음을 증명한다. 허구와 실재의 경계를 넘나드는 나보코프의 서술 기법은 프루스트와 묘한 유사점을 공유한다. 마르셀이 콩브레에서 보낸 '동화 같은' 유년기를 통해 러시아에서 보낸 행복했던 자신의 어린 시절을 겹쳐 보며 「마드무아젤 오」를 썼을 나보코프에게 프루스트는 그가 『롤리타』의 작가가 되기 전, 그의 문학적 여정에 중요한 한 획을 그은 작가임이 분명하다.

4

프루스트와 누보로망*

나탈리 사로트의 소설론

나탈리 사로트
Nathalie Sarraute, 1900–1999

나탈리 사로트에게 『잃어버린 시간을 찾아서』는 그녀가 누보로망을 통해 소설이 나아가야 할 새로운 길을 모색하는 데 결정적인 역할을 했다. 사로트는 프루스트를 읽지 않았다면 "내가 썼던 것을 결코 쓰지 못했으리라는 사실을 평생 반복해서 말하기를 멈추지 않을 것이다"라고 말하는 등 프루스트로부터 받은 지대한 영향을 공공연히 드러내곤 했다. 전통 소설에 회의를 느끼고 소설 장르에 새로운 출구를 모색한 사로트에게 『잃어버린 시간을 찾아서』는 문학사에서 하나의 이변으로 생각되었다.

그러나 프루스트가 문학사, 특히 소설의 발전에 기여한 부분에 대해서는 양분된 평가를 한다. 사로트는 프루스트를 제임스 조이스와 더불어 1924년에 처음 접한 경험을 전하며, 이들 이후에 소설은 다시는 예전의 모습으로 돌아갈 수 없게 되었다고 한다. 하지만 프루스트와 조이스의 발견이 그녀 개인에게는 돌이킬 수 없는 지대한 영향을 미쳤을지 몰라도 전체적인 문학사, 그리고 소설의 흐름에 있어서는 지나가는 일시적 현상이었다고 믿는다.

프루스트 소설이 사로트 개인에게 미친 영향을 인정하면서도 전체적인 소설의 발전에 있어서는 하나의 독립된 현상으로서 지속적인 파급력이 없었던 것으로 이해한 이유는 무엇일까? 그것은 『잃어버린 시간을 찾아서』 이후에 등장한 소설들이 프루스트가 열어놓은 길을 따르기보다는 대부분 전통 소설의 기법을 그대로 고수하고 있다고 보았기 때문이다.

사로트는 프루스트의 소설은 전통과 현대라는 두 가지 측면을 모두 지니고 있다고 분석한다. 사로트에 따르면 프루스트 소설은 그것이 담고 있는 인물, 사회, 심리 등의 내용적 측면에서 그녀가 그토록 탈출하고자 했던 전통 소설에 속한다고 한다.

반면 프루스트 소설의 현대적인 측면은 내용을 전달하는 새로운 형식에 찾아볼 수 있다. 사로트는 프루스트 소설이 갖는 양면 가운데 현대 작가들이 그들에게 익숙하고 편한 요소들만을 그대로 차용했다고 한다. 바로 이 때문에 프루스트의 발견이 사로트 개인에게는 돌아갈 수 없는 새로운 문을 열어주었음을 인정하지만, 전체적으로 소설이라는 장르는 전통과 관습에서 벗어나지 못한 채 형식주의를 고수한다는 것이다. 이는 모리스 블랑쇼Maurice Blanchot가 "소설은 사실주의에 대한 유아적 취향, 외적 관찰에 충실하고자 하는 편협한 관심, 그리고 완전히 표면적이고 쉬운 분석의 탐구에 빠져버렸다"[1]라고 전통 소설에서 탈피하지 못하는 현대 소설을 비판한 것과도 같은 맥락이다.

이번 장에서는 그녀가 여러 학술 발표와 강연에서 밝힌 누보로망의 이론과 원리, 그리고 그녀가 모색한 현대 소설이 나아가야 할 길에 프루스트가 갖는 의미를 살펴보고자 한다.[2] 이를 위해서 사로트가 누보로망을 통해 추구한 이론적 원칙을 구성하는 다양한 요소들 중 감각, 시선, 문체라는 세 가지 요소를 중심으로 프루스트 작품 속에서 이 요소들이 어떻게 나타나며, 사로트의 그것과 어떻게 맞물리는지 혹은 다른지를 상호텍스트 차원에서 비교, 분석해보겠다.

감각과 인물

그렇다면 사로트는 무엇을 소설의 원료로 고려한 것일까? 전통 소설의 내용과 형식에 모두 진부함을 느낀다고 말하는 사로트가 소설에 새롭게 담고자 한 것으로 그녀는 '감각'을 강조한다.

사로트는 「소설의 형태와 내용Forme et contenu du roman」이라는 강연문에서 이와 같은 생각을 구체적으로 드러낸다. 1960년대 중반 소련을 비롯한 여러 나라를 순방하며 대학에서 한 강연의 원고로 쓰인 이 글에서 그녀는 발자크를 전통 소설의 상징으로 보고, 그 이후 현대 소설에서 찾아볼 수 있는 변화를 지적한다. 발자크와 함께 소설 속 인물의 자리와 역할이 그 정점에 있었고, 인물은 소설을 지탱하는 가장 튼튼한 버팀목이었다면 그 후 현대 소설에서 인물은 "자신들 고유의 그림자"에 불과하며, "현대 회화에서 회화적인 요소를 추출하려는 것과 마찬가지로 — 많이 늦기는 하지만 이러한 회화의 변화를 따라 — 소설은 인물로부터 심리적 측면을 추출하여 순수한 상태로 보여주고자 했다"라고 한다. 손에 잡힐 듯이 생생하게 살아 있는 인물들은 발자크 시대 이후 더 이상 개발할 수 없게 되었고, 프루스트와 조이스를 발견하게 되면서 이런 확신은 더욱 단단해졌다. 그녀에 의하면 "쓰기에 흥미를 불러일으키기 위해서는 아주 제한된 형식으로라도 표현할 수 있는, 아무리 작은 양일지라도 고유한 감각을 가지고 있어야 한다."

첫 작품인 『트로피슴*Tropismes*』을 집필할 때 그녀가 작품의 주제로 삼고자 한 것도 바로 이 '순간적인 감각sensation spontanée'이라고 한다. 이러한 감각은 거의 의식할 수 없는 특정한 움직임에 의해 생산되고 전개된다. 하지만 그녀가 바로 감각이라는 표현을 사용한 것은 아니다. 그녀의 개인적인 경험이지만 프루스트를 비롯하여 다시금 펼치게 만드는 작가들의 소설들은 아직 알려지지 않은, 이름이 붙여지지 않은 '실질substance'을 표현하고 있다고 한다. 사로트가 그들의 책을 다시금 읽으면서 확인한 사실은 인물들은 이러한 미지의 실질을 전달하는 도구에 불과하다는 점이었다.

내가 1924년경 읽었던 프루스트와 조이스의 작품은 처음으로 우리 정신적 삶의 완전히 새로운 기능을 밝혔다. [……] 인물들은 중요하지 않다. 처음으로 밝히게 된 이와 같은 실질은 우리 모두에게 공통적으로 있다. 인물들은 임의적인 단면들, 문학적 규범의 잔재, 남아 있는 형태들에 불과할 뿐, 미래의 소설에는 필요 없다.

─「소설의 형태와 내용」

인물 중심적이었던 전통 소설에서의 인물은 도구로 전락하고, 미지의 실질, 이후에 사로트가 감각이라고 부르는 것이 소설의 중심에 서게 되는 과정에 프루스트가 있다.

그 결과 현대 소설에는 전통 소설과 비교하여 내용과 형식 면에서 전복이 일어났다. 전통 소설에서 내용의 핵심을 차지하던 인물과 줄거리는 감각이라는 새로운 소재에 자리를 내주었고, 그것을 표현하기 위한 방식이 되었다. 감각이 현대 소설의 소재로 차용될 수 있는 이유는 그것이 연속적으로 여러 겹으로 구성되어 있고, 우리가 살고 있는 감각의 세계를 통해 끊임없이 펼쳐짐으로써 발견될 수 있기 때문이다. 어떤 특정한 감각이 다양한 방식에 의해 밝혀지고 활용되면, 그것이 구성하던 세계의 한 면도 충분히 밝혀지게 된다는 논리다. 그렇게 되면 그러한 측면의 감각은 이제 진부해지고 새로운 감각을 추구해야 한다. 그러나 이 세계는 그야말로 무한한 감각의 겹으로 구성되어 있기 때문에, 새로운 시도를 주저하지 않는 젊은 작가들은 새로운 방식으로, 새로운 감각을 밝히려고 할 것이다.

같은 글에서 사로트는 소설이 나아가야 할 방향을 다시 한번 회화와 비교한다.

이렇듯 소위 '추상화'는 관객의 주의를 오로지 회화적 요소에 집중시키고자 한다. [……] 마찬가지로 소설은 인물과 줄거리의 지배에서 자유로워지고자 하며, 사물이나 외부 세계, 혹은 기억의 유희, 시간의 흐름, 터무니없이 확장된 현재의 한순간이 띤 풍요로움이 갖는 사물에 대한 특정 시선이 야기하는 순수한 감각에 집중한다.

—「소설의 형태와 내용」

여기서 사로트는 추상화로 대표되는 현대 회화가 전통 회화에서 중요시하던 원근감, 구도, 사실적 묘사, 소재의 선택에 따른 메시지 전달 등의 요소들을 버리고 오로지 '회화적 요소'만을 살리는 노력을 높이 평가하고 있다. 회화적 요소라 함은 색, 선, 형태를 일컫는데 이는 그녀가 앞서 인물들을 '순수한 상태'로 묘사하고자 한 것과도 통한다.

사로트에 따르면 현대 회화가 나아가고 있는 방향에 맞춰 뒤늦기는 하지만 현대 소설 또한 같은 방향성을 띤다. 이때 그녀는 소설에서 제거해야 할 요소들로 인물과 줄거리를 지적한다. 반면 집중해야 할 요소로 열거한 사항들은 모두 『잃어버린 시간을 찾아서』에서 프루스트가 추구한 것들이기도 하다. '기억의 유희', '시간의 흐름', 그리고 '터무니없이 확장된 현재의 한순간이 띤 풍요로움'은 특히 『잃어버린 시간을 찾아서』의 첫 권인 『스완네 집 쪽으로』에서 마들렌 에피소드를 통해 상징되는 주제들이다. 따뜻한 차에 적신 마들렌을 한입 베어 물기 전, 즉 비의도적 기억의 작용으로 어린 시절을 보낸 콩브레의 본질이 되살아남을 경험하기 전에 화자가 의도적 기억으로 떠올리는 콩브레는 지성의 힘이 재현하는 진실이 결여된 콩브레다.

이렇듯 오랫동안, 밤에 깨어 있어 내가 콩브레를 떠올릴 때면, 분간할 수 없는 어둠 속에서 떼어낸 것과 같은 종류의 빛나는 일면만을 보았다.

마치 섬광 신호나 조명이 한 건물의 일부만을 비추고 구분하여 나머지
는 밤 속에 갇히는 것과 마찬가지다. [……] 하지만 내가 기억해낸 것은
그저 의도적 기억과 지성의 기억에 의해서만 제공되고, 이런 기억이 전
해주는 과거는 콩브레를 전혀 간직하고 있지 않기 때문에 나는 이러한
콩브레의 나머지 것들에 대해 생각하고자 하는 마음이 결코 생기지 않
았다. 그 모든 것은 사실 내 안에서 죽었다.

—『스완네 집 쪽으로』

지성의 명령을 따르는 '의도적 기억'은 삶의 거짓된 실재만을 재현
할 뿐이지만, 기대하지 않았던 순간 전혀 다른 상황에서 현재에 과거
와 공통된 감각을 경험함으로써 잃어버렸던 시간이 부활하고, 그럼으
로써 과거 그 시간과 한 무리를 이루었던 모든 요소들이 되살아날 때,
즉 '비의도적 기억'이 주체와는 관계없이 작용할 때 마르셀은 삶의 본
질을 깨닫고 무한한 기쁨을 느낀다.

아마도 기억 밖으로 내던져진 이러한 추억들에 관한 것은 아무것도
살아남지 못했고, 모두 붕괴되었기 때문이리라. 형태들은 [……] 파괴되
었거나 잠에 빠졌고, 의식과 연결될 수 있는 확장하는 힘을 잃었다. 하지
만 사람들의 죽음과 사물들의 파괴 이후 오래된 과거에서 아무것도 잔
존하지 않았을 때 유일하게, 더욱 약하지만 더욱 생생하고, 더욱 비물질
적이며, 더욱 집요하고, 더욱 충직한 향과 맛은 영혼들처럼 나머지 것들
의 잔해 위에 기억해내고, 기다리고, 희망하고, 거의 만져지지 않는 그들

의 작은 물방울 위에 기억의 거대한 건물을 굽히지 않은 채 지탱한다.

—『스완네 집 쪽으로』

사로트의 표현 그대로 프루스트의 화자에게 현재의 한순간은 '터무니없이 확장'되어 잊혔던 콩브레의 레오니 아주머니가 누워 있는 방에까지 범람한다. 거기에서부터 다시 유년 시절 독서를 하던 정원과 거리와 마을의 성당이 찻잔에서부터 튀어나온다. 프루스트 화자의 이 경험은 사로트가 말한 새로운 삶을 사는 것과 같은 맥락이며, 이는 독자가 기존에 사물을 보던 방식, 관습적으로 느끼던 방식, 의식을 가득 채우고 있던 눈속임에서 벗어나고자 하는 노력을 할 때 가능하다.

새로운 시선의 요구

이와 같은 새로운 감각을 표현하려면 그에 선행하는 새로운 시선이 요구된다. 사로트는 소설가의 임무를 "알려지지 않은 실재를 밝히고, 존재하게 만드는 탐구"라고 정의한 바 있다. 이어서 그녀는 두 종류의 실재를 구분한다. 우선 모든 사람들이 알고 있으며, 주변에서 볼수 있는 세계는 기존에 존재하는 방식으로 이미 수도 없이 묘사되고 재현됐다. 하지만 이렇게 재현된 세계는 그저 '눈속임trompe-l'œil'에 불과하다고 한다. 이러한 세계는 습관과 편견에 의해 재생산된 고정된 이미지가 구성하는 세계다.

반면 사로트가 추구하는 두 번째 세계는 이러한 친근하고 익숙하며 안락한 세계에 반하는 것으로, 낯설고 이질적이어서 주저하게 하고 때로는 두려움을 일으키기도 하지만 각자의 내면에 있는 세계로, 한 번도 드러난 적이 없는 세계다. 그녀가 주장하는 현대 소설가의 임무는 '미지의inconnu', '보이지 않는invisible' 세계를 드러내는 것이다.

그런데 이러한 세계를 독자에게 전달하기 위해서는 이미 사용됐던 형태와 방식으로는 불가능하다. 따라서 가려져 있던 실재를 관습과 규범으로부터 자유롭게 하여 드러내기 위해서는 새로운 표현이 요구된다. 사로트가 "예술 작품은 보이는 것을 재현하는 것이 아니라 보이게 만든다"라고 말한 화가 파울 클레Paul Klee를 인용하는 까닭이다.

내용에 있어서 사로트는 창조라는 개념 대신 이미 존재하는 것, 하지만 보지 못하던 것을 발견하고 드러내는 재창조의 중요성을 강조한다. 각자의 내부에 있던 본질이 드러나도록 하는 것은 전통 소설에서 볼 수 있는 미의 규범에 부응하는 방식이 아니라, 실용적이고 강렬하고 살아 있는 방식이다. 사로트는 감춰져 있던 실재를 단숨에 드러낼 수 있는 효과적이며 실용적인 방식을 탐구하는 현대 작가의 노력을 '아름다운 제스처'가 아닌, 가장 정확하며 가장 빠르고 가장 효과적인 방식으로 공을 치는 테니스 선수의 노력에 비교하기도 한다.

소설가에게 저항하는 새롭고 알려지지 않은 물질에 그가 달려들게 만드는 탐구는 호기심과 열정을 불러일으키고 노력을 하게끔 자극한다. 이러한 탐구는 소설가와 새로운 물질 사이에 끊임없이 개입하고, 그러한 물질에 도달하지 못하도록 방해하는 규범과 관습으로부터 벗어나게 만든다. 이러한 탐구는 소설가로 하여금 진부하고 무익한 형태를 버리고, 새롭고 강력한 도구를 빚고, 살아 있는 형태를 만들도록 강요한다. [……] 이렇듯 운동선수나 테니스 선수는 아름다운 제스처를 하려는 게 아니라 공을 가장 정확하고, 가장 빠르고, 가장 강하게 치고자 하는 생각만 한다. [……]이러한 탐구가 힘들수록 작가가 밝히고자 하는 실재는 새롭고, 형태 또한 새롭고 강렬할 것이다.

—「소설과 실재」

『잃어버린 시간을 찾아서』의 마지막 권인 『되찾은 시간』에서 본질을 발견하는 시선의 중요성을 드러내는 장면을 볼 수 있다. 화자는 공쿠르 형제의 일기를 읽게 되는데, 베르뒤랭의 살롱에 참석했던 인물들—화자도 알고 있는 인물들—을 그토록 세심하고 정확하며 빈틈없이 관찰하는 공쿠르 형제의 시선에 감탄한다. 이 일기는 프루스트가 젊은 시절 글쓰기 연습에 활용하기도 했던 모작pastiche으로 공쿠르 형제의 문체를 모방하여 프루스트가 만들어낸 일기다. 공쿠르의 일기를 통해 화자는 코타르, 게르망트 공작 부부, 브리쇼 등의 인물들이 손끝에 잡힐 듯이 되살아남을 본다. 그와 동시에 자신에게는 그와 같은 자연주의 작가로서의 시선이 없음을 다시 한번 깨닫는다. 그러나 그는 작가적 무능력을 느끼며 자괴감에 빠지는 대신 그들의 시선과 자신의 시선이 다름을 인지한다. 그들의 시선이 표면과 외관에 머문다면, 자신의 시선은 그 안에 위치한 것, 그래서 눈에 보이지 않은 채 감춰져 있거나, 감추고자 하는 것을 밝힐 수 있다.

앞서 언급한 일기가 내게 그토록 고통스럽게 보여준, 보지도 듣지도 못하는 나의 무능력은 그럼에도 불구하고 완전하지 않았다. [······] 또한 인물들의 표면적이며 모방할 수 있는 매력은 내 손에 잡히지 않았는데, 나는 여성의 매끄러운 배 아래에서 그를 괴롭히는 병을 볼 수 있는 외과 의사처럼 그런 것들에 멈출 재능이 없었기 때문이다. 나는 시내에서 저녁 식사를 해도 손님들을 보지 못했다. 내가 그들을 본다고 생각했을 때 사실 나는 그들의 엑스레이 사진을 찍고 있었기 때문이다.

—『되찾은 시간』

환자의 피부 아래 숨어 있는 질병을 꿰뚫어보는 시선을 강조하는 화자는 더 이상 살롱에 초대받은 손님들이 나눈 대화와 그들의 제스처를 빠짐없이 관찰하고 기록하는 공쿠르 형제의 날카로운 시선과 세심한 묘사력을 높이 평가하지 않는다. 화자는 공쿠르 형제를 '회고록 작가mémorialiste'로 칭하며 진정한 작가는 아님을 우회적으로 표현한다. 그들은 개인의 본능과 인상에 의거하며 사물이나 인물의 본질을 꿰뚫어보는 대신에 그저 이미 알고 있고, 수차례 재현된 표면을 최대한 빠짐없이 묘사하고 있을 뿐이라는 것이다.

사로트가 각자의 내면에 숨어 있는 본질을 발견하고 드러내는 일이 소설가의 임무라고 했다면, 프루스트는 작가의 임무는 번역가와 같다고 말한다. "유일한 진정한 책이란 [······] 이미 우리 각자 안에 존재하기 때문에 위대한 작가가 발명할 필요가 없다. 작가의 책임과 임무는 번역가의 그것과 동일하다." 이는 화자가 공쿠르 형제의 일기를 본 뒤 자신에게는 그들과 같은 세밀한 관찰력은 없을지라도 사물의 본질을 볼 수 있는 고유하며 새로운 시선이 있다는 자신감을 얻은 후, 이미 존재하고 있으나 밝히지 못한 것을 드러내는 일이 앞으로 작가로서 자신이 수행해야 할 임무라고 다짐하는 부분이다.

· 그런데 화자는 이와 같은 깨달음을 얻기까지 본질에 접근하지 못하도록 방해하는 요인으로 '지성'과 '습관'을 지적한다.

> 물질, 경험, 단어 아래에 무언가 다른 것을 알아보고자 하는 예술가의 작업은, 매 순간 우리가 우리 스스로부터 등을 돌린 채 살아가는 순간 자기애, 정념, 지성, 그리고 습관이 우리 안에서 행하는 것과는 정반대 작업에 해당한다.
>
> —『되찾은 시간』

지성과 습관은 이렇듯 삶의 본질로부터 멀어지게 만드는 요인들이다. 지성은 이미 알고 있는 지식에 의거하여 논리적 사고의 틀 속에서 삶을 대하려는 자세로, 의도적 기억과 유사한 역할을 수행한다. 스완이 뱅퇴유의 소나타를 들으며 오데트를 향한 사랑의 본질을 깨닫는 과정에서, 그는 지성은 과거의 본질을 전혀 간직하지 못한 채 단순히 과거의 편린들만을 떠올릴 뿐이라고 사색한다.

스완은 뱅퇴유의 소나타를 듣는 순간 그것을 오데트와 사랑하던 시절 자신들의 사랑의 찬가로 여기던 과거를 떠올린다. 지성에 의거하여 기억되는 그 시절은 그가 행복했었고, 사랑받던 시절로 기억될 뿐이었다. 또한 소나타를 구성하는 그 특별한 악절을 논리적 사고로 분석하면 그것의 음악적, 미적 가치에 대해 생각해볼 수는 있지만, 자신의 고유하며 주관적 인상에 의거할 때만이 그 하나의 악절에 담긴 스완과 오데트의 사랑의 본질에 깊게 접근할 수 있음을 깨닫는다. 지성은 진실이 결여된 기억으로, 우리를 표면적 과거에만 머물게 한다면 지성의 편의에서 탈피할 때 우리는 삶의 본질에 한층 더 가깝게 다가갈 수 있다. 소나타의 악절은 "어둠에 가려지고, 알려지지 않았으며, 지성이 헤아릴 수 없는 생각들"을 품고 있기 때문이다.

프루스트는 습관을 지성과 동일선상에 위치시킨다. 습관의 속박에서 벗어나는 순간 우리는 삶의 본질에 한 걸음 더 접근할 수 있기에, 작가는 습관에 길든 시선에서 탈피하여 사물의 본질을 밝혀야 한다. 25세의 청년 베케트가 출간한 첫 비평서인 『프루스트』에서 그는 프루스트 식 습관을 다음과 같이 정의한다. "습관은 개인과 환경 사이에 이루어지는 일종의 협상이다. [……] 불가침의 것이자 그의 존재를 보호하는 피뢰침이다." 베케트는 삶을 습관의 연속으로 보고, 습관을 끊임없이 갱신해야 하는 계약에 비유한다. 만약 습관이라는 이름의 계약에서 당사자 중의 하나인 환경이 변하게 되면, 그 계약은 파기되고 계약의 다른 당사자, 즉 개인은 안전장치가 고장 난 열차를 탄 것처럼 당황하게 된다. 바로 이 순간 그는 삶의 본질 — 그 위험함만큼이나 아름다움까지도 — 에 노출된다는 것이다.

베케트는 "만약 습관이 이차적 성질의 것이라면, 이는 일차적 성질의 잔인함도, 환희도 가지고 있지 않으면서 그것을 알지 못하게 방해한다"라는 프루스트의 화자를 인용한다. 이어서 베케트는 인간의 일차적인 성질은 자기 보존을 목적으로 하는 동물의 생존 본능보다 더 깊이 내재한 것이며, 습관이 모습을 감추는 순간 드러난다고 한다. 이렇듯 습관이 사라지는 순간, 특정 대상이나 환경은 매우 특별하며 유일하다고 느껴질 수 있고, 모든 일반적인 개념에서 자유로워질 수 있다. 베케트에 의하면 바로 이런 순간에만 대상은 환희의 근원이 될 수 있는데, 이런 특별한 순간에조차 "안타깝게도, 습관은 이렇게 지각하는 방식에 거부권을 행사한다. 습관의 행위는 바로 사물의 본질, 그 의미를 개념과 편견의 안개 속에 감추는 데 의의가 있기 때문이다."

마찬가지로 지성과 습관에서 벗어난 새로운 시선으로 결국 프루스트가 추구하는 것은 '사물의 본질essence des choses'을 발견하고 이해하는 것이다. 프루스트는 『되찾은 시간』에서 사물의 본질을 시간과 관련하여 해석한다. 그에 따르면 사물의 본질은 과거에도 있었고, 현재에도 있는 공통의 것으로 시간의 흐름에 파괴되는 인간이나 사물 등 물질적인 것들과 대조되는 것, 즉 초시간적인 것이다.

바로 이 때문에 프루스트의 화자는 이 세계를 이루는 사물들을 그 안에 특별한 의미를 내포하고 있는 상형문자로 보았고, 작가는 그러한 문자의 의미를 '해독déchiffrage'해야 하는 임무를 띤다고 믿었다.

이미 콩브레에서 나는 구름, 삼각형, 종탑, 꽃, 돌멩이 등 내가 그것들

을 바라보게끔 만드는 어떤 이미지를 내 영혼 앞에 주의 깊게 살펴보곤
했다. 사람들은 그러한 상형문자들이 단순히 물질적인 사물들만을 재현
한다고 믿었으나 나는 이러한 기호들 아래에 내가 발견해야만 하는, 어
쩌면 완전히 다른 무언가가 있으리라 느꼈다.

— 『되찾은 시간』

이어서 화자는 진정한 작가는 "미지의 기호들로 된 내면의 책"
을 발견해야 한다고 주장한다. 하지만 많은 작가들은 그것을 알아보
고, 빛을 비추고, 끄집어내리는 노력 대신 당시 사회를 뒤흔들고, 사
람들 사이에서 가장 많이 이야기되는 현상을 다룬다. 앙투안 콩파뇽
Antoine Compagnon에 의하면 프루스트가 화가 에밀 블랑슈와 생트뵈
브를 비난했던 이유는 그들이 자신들이 속한 시대 및 인물들에게 지
나치게 무게중심을 두었기 때문이라고 한다. 프루스트에게 예술은 역
사와 별개이며 양립할 수 없는 것이자, 아름다움은 자신의 가장 깊고
가장 예상치 못한 곳에서부터 나오기 때문이다.[3]

따라서 프루스트의 화자가 자신의 주변에서 벌어지는 사회, 정치적
흐름에서 자유롭고 독립적인 책, 자신만이 들어갈 수 있고 밝힐 수 있
는 내면의 본질에서 앞으로 자신이 써야 할 책을 발견하는 것은 당연
한 수순이다. "그 책은 모든 책 가운데 해독하기가 가장 어려운 것으
로, 현실이 우리에게 유일하게 암시한 것이자, 또한 현실에 의해 우리
가 그것의 '인상'을 받은 유일한 책이다."

여기서 한 가지 짚을 점은 내면의 책을 발견하는 데 그치지 않고,

해독하는 과정이 필수적이라는 사실이다. 질 들뢰즈가 『프루스트와 기호들Proust et les signes』에서 『잃어버린 시간을 찾아서』는 화자가 총 네 개의 기호 체계를 해독해나감으로써 진리를 탐구하는 일종의 성장소설이라고 분석한 데서 그 근거를 찾아볼 수 있다. 들뢰즈가 말하는 진리 탐구란 분석하고 해독하고 설명하는 것이다.[4] 즉 이미 존재하고 있으나 그 의미를 밝히지 못한 것을 해독함으로써 숨겨진 진리를 밝히는 작업이다.

본질적 언어로서의 문체

각자의 내면에 숨어 있던 본질을 발견하는 새로운 시선과 이를 통해 한 번도 시도된 적이 없는 감각을 표현하기 위해서는 기존의 방식으로는 불가능하다. 새로운 내용을 담기 위해서는 새로운 언어가 요구되는 이유다.

사로트는 1971년 기획된 학회에서 발표한 「내가 하고자 하는 것Ce que je cherche à faire」이라는 다소 개인적인 제목의 글에서 이를 구체적으로 증언한다. 1971년 7월, 슈리지라살Cerisy-la-Salle에서 열린 이 학술 대회는 사로트를 비롯해서 클로드 시몽Claude Simon, 알랭 로브그리예Alain Robbe-Grillet, 미셸 뷔토르Michel Butor 등 누보로망에 기여한 여러 작가들이 발표를 하고 이어 토론이 진행되었다. 하지만 첫 발제자였던 사로트는 이런 작가들과 새로운 형태의 소설을 추구했다는 본질적인 공통점을 공유하기는 하지만 그것을 추구하기 위한 방법과 원칙에 너무나 다양한 차이가 존재하기 때문에 그들과 한자리에서 누보로망에 대해 이야기하는 것에 불편함을 느꼈다고 한다.

그 발표문에서 그녀는 40여 년 전에 처음으로 시도했던 새로운 소설이 추구한 방향을 짚어보고, 기존 소설의 요소들 중 특히 인물들 간의 대화 방식이 그녀로 하여금 회의를 갖게 했다고 설명한다. 사로트가 자신의 작품에 등장시키는 인물들은 "기존의 모든 특권, 성격을 박탈당한 단순한 눈속임, 잔재, 우연의 매체에 불과하다"라고 한다. 특히 이름도 부여받지 못한 인물들은 종종 그저 복수형 인칭대명사로 지칭되는 무리 속에서 구별되지 못한 채 서로 혼동되기도 한다.

이렇듯 이름조차 없이 서로 차별화되지 못하는 인물들이 나누는 대화는 그래서 기존 소설의 대화와 다른 양상을 띨 수밖에 없다. 인물들 간의 대화를 생생하게 전달하려는 목적으로 직접화법과 함께 쓰이는 큰따옴표를 비롯해서 "그녀는 말했다", "그는 대답했다" 식의 표현도 사로트의 소설에서는 찾아볼 수 없다. 사로트에 따르면 이러한 장치는 인위적이며 현실을 제대로 반영하지 못하는 무용한 도구다.

이어서 줄거리는 누보로망과 함께 "이제는 그 어떤 연대기적 순서의 지지도 받지 못하는 하나의 매우 느슨한 짜임에 불과하고, 분리되고, 해체되고, 종종 완전히 사라진다." 사로트는 자신의 작품에 똑같은 장면이 다른 방식으로 여러 차례 묘사되기도 한다고 지적하는데, 이는 음악에서 동일한 라이트모티브를 다양하게 편곡하여 연주하는 변주, 혹은 클로드 모네가 같은 각도에서 바라본 루앙 대성당을 하루

의 어느 순간에 보았는지에 따라, 그리고 빛과 그림자의 유희에 따라
수십 장 제작한 연작을 떠올리게 한다.

사로트에게 문체는 언어의 문제와 직결된다. 그녀에게 소설 속 언
어는 그것이 담고 있는 내용을 전달하는 단순한 도구에 그쳐서는 안
된다. 소설의 언어는 그 자체로 본질이어야 한다는 점에서 시의 언어
와 일치한다.

> "나는 결코 [······] 소설과 시 사이에 경계를 그을 수가 없었다. [······]
> 시의 언어와 마찬가지로 소설의 언어는 본질적인 언어다."
>
> ──「내가 하고자 하는 것」

이어서 사로트는 다른 작가들이 언어를 최대한 말쑥하게 차려입고
메시지를 잘 전달하는 충직한 하인의 역할만으로 제한하려 하는 시도
를 보면서 분개할 수밖에 없다고 한다. 언어를 마치 보이지 않는 투명
인간으로 격하하면서, 그 존재감이 최대한 눈에 띄지 않고 자연스러워
야 훌륭하게 쓰인 소설이라는 주장을 펼치는 이들에 반해, 사로트에
게 언어는 내용 전달만 하는 도구가 아니라 그 자체가 독립적인 정체
성을 띤 본질이어야 하기 때문이다. 노엘 다조르Noël Dazord는 사로트
의 언어를 가리켜 현대적이며 시적이라고 평가했는데, 그 이유는 그녀
의 언어가 "말하여질 수 없는 것에 정면으로 맞서기 때문"이며, "소설
가는 시인과 닮았다. 소설가의 임무는 의식의 움직임을 표현해야 하는
것인데, 이는 말로 표현 불가능한 것이기 때문"이라고 지적한다.[5]

언어와 마찬가지로 사로트에게 문체의 의미로서 이해할 수 있는 또 다른 표현은 '텍스트texte'다. 사로트가 "텍스트는 소설에 있어서 색이나 소리의 등가이기 때문에, 그림이나 음악 작품을 서술하는 것만큼 소설이나 시를 서술하는 것은 불가능하다"라고 말할 때 독자는 프루스트가 『잃어버린 시간을 찾아서』 중 화자가 앞으로 나아가야 할 글쓰기 방향을 모색하는 장면에서 서술한 다음의 유명한 문장을 떠올리지 않을 수 없다. "작가에게 문체는 화가에게 색과 마찬가지로 기술이 아닌 시선의 문제다." 사로트와 프루스트는 모두 텍스트/문체가 문학과 맺는 관계를 색이 회화와 맺는 관계로 보고 있다. 문체와 색은 각각 소설과 회화라는 예술을 구현하기 위한 도구임에는 분명하지만, 그것 자체로도 소설가와 화가의 본질을 드러낼 수 있다는 것이다.

문체에 대한 프루스트의 관심은 「플로베르의 문체에 관하여À propos du style de Flaubert」라는 논평에서 특히 잘 드러난다. 1920년 1월 《N. R. F.》에 게재된 이 글은 그 전해 같은 문예지 11월 호에 알베르 티보데Albert Thibaudet가 「플로베르의 문체에 대한 문학적 질문」이라는 제목의 글에서 플로베르의 문체를 혹평한 데 대한 답변이었다.

이 글에서 프루스트는 플로베르가 소설에 전례 없는 새로운 프랑스어 문법 구사와 어휘 활용을 통해 완전히 독창적인 문체를 구축하였고, 그것이 플로베르 소설의 가치를 결정한다고 옹호한다. 프루스트는 특히 『보바리 부인』과 『감정 교육』의 문체를 분석하며 플로베르 소설에는 "문법적 옳고 그름과는 별개의 아름다움이 생겨났으며, 바로 이런 종류의 아름다움을 플로베르는 힘들여 창조"했는데, "이와 같은 아름다움은 특정 통사 규칙을 적용하는 그만의 방법"에 기인한 다고 주장한다. 플로베르의 원고를 읽으면 학생이라도 오류를 찾아낼 수 있을 만큼 그의 글이 문법적으로는 교과서적 전통성을 추구했다 고는 할 수 없으나, 플로베르는 그때까지 인물들에게만 부여하던 행 위적 동사를 사물과 동물에게 부여하였다. 그럼으로써 사물과 동물은 생명감을 띠고, 동사들은 다양해질 수밖에 없었다는 것이다.

자기 주장을 뒷받침하기 위해 프루스트는 『감정 교육』을 여는 첫 장면을 묘사하는 문장인 "오른쪽에서 센강 줄기를 따라가던 언덕이 낮아졌고, 더 가까운 곳에, 맞은편 연안에 또 다른 언덕이 솟아났다" 를 예로 든다. 플로베르가 플로베르일 수 있는 이유는 시제, 전치사, 부사의 완전히 새로운 활용에 있는데, 특히 전치사와 부사는 통상적 으로 그렇듯 의미를 부여하기 위해서가 아니라 그저 문장을 읽을 때 소리를 맞추기 위해, 즉 리듬을 부여하기 위해 그 자리를 차지한다는 것이다. 이때 프루스트는 문체가 문학과 맺는 관계를 다시 한번 색 이 회화와 맺고 있는 관계로 옮기며, 앞서 언급한 바 있는 화가인 블 랑슈를 인용한다. "자크 블랑슈는 미술사에서 독창성, 새로움은 종종 톤 간의 단순한 관계, 혹은 나란히 병치된 두 색에 의해 나타난다고 말했다."

이렇듯 플로베르는 통사 규칙을 그만의 방법으로 새롭게 적용하고, 기존의 어휘들에 내용에 관한 역할이 아닌 리듬에 관한 역할을 부여 하였다. 프루스트는 『감정 교육』은 『보바리 부인』에서 시도한 혁명을 완성했으며, 플로베르 전까지의 소설들이 '행위'에 대한 것이었다면,

그와 함께 이제는 '인상'에 관한 것이 되었고, 인물들이 행위에 능동적인 자리를 차지하지 않으면서도 삶 전체가 오랜 관계를 이루게 되었다고 한다. 프루스트는 플로베르의 문체를 분석하면서 인물들의 행위가 축소되어도 그 작품이 삶으로 가득할 수 있는 이유는 사물과 동물에 전례 없이 새로운 동사들과 관계를 맺어주었기 때문이며, 시가 독점했던 운율과 리듬을 산문으로 쓰인 작품에 부여했기 때문이라는 사실을 발견한다. 즉 인물과 줄거리에 초점을 맞추는 대신 그것을 담고 있는 언어의 독보적인 활용과 문체의 중요성을 인식한 것이다.

물론 소설에 대한 사로트와 프루스트의 원칙이 완전히 일치하지는 않는다. 엘자 바인베르그Elsa Vineberg는 프루스트 소설의 화자는 멀리 떨어진, 혹은 가까운 과거의 이야기를 시공간적 거리를 두고 서술하기 때문에 동사의 시제가 대부분 반과거로 전개된다고 지적한다. 반면 사로트의 작품에서는 독자를 눈앞에 전개되는 현상에 직접 개입시키려는 작가의 의도로 인해 현재 시제가 현저히 눈에 띈다는 것이다.[6]

더구나 콩파뇽은 사로트가 『잃어버린 시간을 찾아서』를 "존경심이 담긴 침묵이기는 하지만 무기력한 감탄이 흐르는 학생 단체들이 가이드의 안내 없이는 머지않아 방문하지 않게 될 그런 역사적인 건물들"[7]에 비유한 사실을 인용하며, 그녀의 지적으로부터 수십 년이 지난 오늘날 『잃어버린 시간을 찾아서』는 여전히 읽히고, 현대 소설의 고전이 되었으니 프루스트는 지나가는 일시적인 하나의 현상에 불과하다는 사로트의 평가가 옳지 않았다고 반박하기도 한다.

하지만 사로트와 프루스트는 모두 한 번도 표현된 적이 없으나 각자의 내면 가장 깊숙한 곳에서 찾아볼 수 있는 본질을 발견하는 새로운 시선을 요구하였고, 그러한 시선을 갖춤으로써 사물의 본질을 밝히는 것을 작가의 임무로 보았다. 즉 작가는 새로운 무엇을 창조하는 사람이라기보다는 시대와 환경의 흐름에도 변치 않는 개인의 내면에 존재하는 본질을 이해하고 분석함으로써, 그것이 뜻하는 의미를 해독하는 임무를 띠고 있다는 데에는 사로트와 프루스트의 의견이 일치한다.

또한 두 작가는 모두 발자크로 상징되는 인물과 줄거리 중심적인 전통 소설에 등을 돌린 채 인물들에게 새로운 감각을 표현하기 위한 도구로 역할을 부여하는 시도를 했다. 사로트의 인물들은 종종 이름도 없고, 무리 속에서 구별되지 못한 채 서로 혼동되기도 한다. 반면 사로트에 따르면 프루스트의 인물들은 그보다 더 생생하고 손에 잡힐 듯한 인물들을 찾아보기 힘들다는 점에서는 전통 소설의 요소를 간직하고 있으나, 그러한 인물들만큼이나 소설 속에서 기억의 작용을 통한 과거의 부활, 현재 한순간의 무한한 확장 등 전통 소설에서는 찾아볼 수 없었던 새로운 감각의 표현이 중요한 소재가 되었다고 한다.

소설의 구성 요소 중에서 언어에 전에 없는 역할을 부여한 것도 사로트와 프루스트의 공통점이다. 사로트에게는 새로운 내용을 담을 수 있는 새로운 방식이 무엇보다도 중요한 과제였다. 그녀는 소설의 언어를 시의 언어와 마찬가지로 본질적인 언어로 봄으로써 새로운 대화 방식을 추구하였고, 음악에서의 변주와 같이 동일 장면을 반복적으로 묘사하는 실험을 하기도 한다.

　프루스트에게 문체는 인물의 행동이나 상황을 묘사하는 도구에 그치지 않고, 그 자체로 작품 전체를 이끌어갈 수 있는 힘을 가진 독립적인 요소다. 플로베르의 문체를 분석하며 프루스트는 인물들의 행위가 부재해도 살아 있는 문장들을 통해 사물들이 생명감을 띨 수 있고, 그 작품은 독자에게 고유한 인상을 남길 수 있음을 깨달았다. 이러한 깨달음 이후 프루스트는 그만의 고유의 문체를 만들어가는 노력을 기울였고, 『잃어버린 시간을 찾아서』가 이를 증명하고 있다.

5

통일성의 재발견*

질 들뢰즈의 『프루스트와 기호들』

질 들뢰즈
Gilles Deleuze, 1925-1995

프루스트 연구에 있어 질 들뢰즈의 『프루스트와 기호들*Proust et les signes*』(1964)은 새로운 지평을 열었다고 평가된다. 이 책의 출간으로 『잃어버린 시간을 찾아서』의 심리적, 서사적 측면에 관심을 가지던 종전 연구와 달리 제라르 주네트, 롤랑 바르트, 폴 리쾨르 등은 프루스트 소설의 형식적 구조 및 서술 기법을 연구하게 되었고, 프루스트 소설은 그들이 각자의 이론을 전개시키도록 뒷받침해주는 훌륭한 매개가 되었다.

『잃어버린 시간을 찾아서』가 프루스트 사후 1927년에 완간된 이후, 최초의 프루스트 연구자들은 대부분 자전적 비평에 머물러 있었다. 앙리 게옹, 장 로랭, 앙드레 모루아 등이 그 경우에 속하는데, 이들은 프루스트 소설이 기억과 과거에 관한 것이라고 분석했다. 반면 작가와 작품을 분리해 분석한 첫 번째 연구자는 발터 베냐민이었으며, 들뢰즈의 해석에 영향을 끼친 모리스 블랑쇼는 프루스트 소설이 과거에 관한 책이 아닌 미래를 향한 것임을 처음으로 지적한 바 있다.[1]

그런데 들뢰즈의 이 책을 읽다 보면 작가의 한 가지 모순된 입장을 발견하게 되어 당혹감을 느낀다. 책의 1부와 2부가 해석하는 입장이 사뭇 다른 데서 느껴지는 당혹감이다. 들뢰즈는 1부에서 네 가지 기호 체계를 구분하고 그것을 해독해가는 배움의 과정이 이 거대한 소설을 지탱하는 통일성이라고 이야기한다.

반면 2부에서 프루스트의 소설은 부분들을 하나로 통합되도록 모으고자 하는 로고스에 반하는 안티로고스가 지배하는 세계관을 다루고 있으며, 그 결과 이 소설은 부분, 파편, 조각들이 '닫힌 항아리' 속에서 독립적으로 존재하는 단절된 세계를 그리고 있다고 논한다. 한 연구자의 지적대로 1부에서 2부로 넘어가는 과정에서 가히 '원칙의 전복'[2]이 일어났다고 해도 과언이 아니다. 또 다른 연구자는 프루스트에 관한 들뢰즈의 이어지는 개정판들이 결국은 먼젓번 텍스트를 이어감과 동시에 전복시킨다고 지적하고, "절단은 지속성에 반대되지 않는다 [……] 지속은 절단에 의해 정의된다"라고 언급한 들뢰즈의 또 다른 텍스트를 인용한다.[3]

1부에서는 통일성을 논하다가 2부에서는 파편성을 이야기하는 모순적인 입장의 일차적인 원인은 우선 『프루스트와 기호들』의 집필 및 출간 과정 자체에서 어느 정도 찾아볼 수 있다. 『프루스트와 기호들』이 현재와 같은 모습으로 나타나기까지는 거의 10년이라는 기간 동안 들뢰즈가 여러 차례의 가필을 거쳐 총 네 개의 판을 출간했다는 사실을 짚고 넘어가야 한다.

1판은 1964년에 출간된 것으로 제목도 '마르셀'이 들어간 『마르셀 프루스트와 기호들』이다. 이 판은 현재의 1부에 해당하는 내용만 담고 있는 것으로 원래는 그 전해에 「『잃어버린 시간을 찾아서』에서의 통일성Unité de *À la recherche du temps perdu*」이라는 제목으로 발표한 논문을 수정, 보완한 것이다. 프루스트에 관한 들뢰즈의 최초의 논문 제목이 가리키듯 이 논문은 다양한 기호 체계를 해독해나가는 주인공의 진리 탐구를 통해 작품의 통일성이 완성된다고 바라본다.

그리고 이어서 1970년과 1971년에는 2판, 3판이 출간되고, 이때는 '문학 기계'라는 제목이 붙은 2부가 새로이 추가된다. 이때 1부의 제목으로 '통일성'이 사라지고 '기호들'이 등장한다. 이는 결코 우연이 아니며, 2부에서 다루게 될 단절과 파편성의 문제를 의식한 선택으로 이해할 수 있다.

들뢰즈는 1973년 「『잃어버린 시간을 찾아서』에서 광기의 현존과 기능Présence et fonction de la folie dans *la recherche du temps perdu*」이라는 논문을 발표하고 이를 발전시켜 1976년 4판에 「광기의 현존과 기능, 거미Présence et fonction de la folie, l'Araignée」라는 제목을 붙여 2부의 결론으로 삼는다.

들뢰즈의 프루스트론이 초기 통일성에서 후기 파편성으로 넘어가는 과정은 대조되기보다는 회귀성을 갖는다고 분석된다. 그 이유는 들뢰즈가 '횡단성'이라고 부른 개념 때문이다. 횡단성은 프루스트 소설의 형식적 구조의 근간을 이루고 있으며 단절되고 밀폐된 요소들의 소통을 가능하게 하는 궁극적인 개념이다. 따라서 횡단성에 의해서 파편들은 독립적인 존재를 유지하면서도 배척하지 않고 이어질 수 있는 것이다. 들뢰즈가 초기에 발견한 통일성과 후기에 주장한 파편성은 횡단성의 존재를 통해 결국 서로 소통하게 됨을 이해해보고자 한다.

통일성

앞에서 언급한 들뢰즈 책의 1부를 구성하는 논문의 원래 제목 「『잃어버린 시간을 찾아서』에서의 통일성」이 말해주듯이 들뢰즈는 여기서 프루스트 소설 전체를 지배하는 거대한 원칙인 통일성을 발견하고자 노력한다.

그런데 들뢰즈는 프루스트 소설의 다양한 요소들을 하나 되게 하는 통일성이 무엇인지 밝히기에 앞서, 먼저 통일성에 해당하지 않는 것이 무엇인지부터 지적한다. 그는 두 가지를 언급하는데, 첫째 『잃어버린 시간을 찾아서』는 비의도적 기억에 관한 것이 아니며, 둘째 과거 또한 시간에 관한 가장 본질적인 구조는 아니라는 점이다. 비의도적 기억을 통해 잃어버린 시간을 되찾게 되는 경우도 있지만(가령 따뜻한 차에 찍어 먹는 마들렌이나 게르망트 공작 저택의 앞마당에 깔린 포석들처럼), 마르탱빌의 종탑이나 뱅퇴유의 칠중주 속 작은악절은 그 어떤 기억도 개입시키지 않은 채 마르셀에게 무한한 기쁨을 느끼게 한다. 그 기쁨의 원인은 그가 그토록 오래 탐구한 삶의 의미, 본질을 발견할 수 있게 만들기 때문이며, 이때에는 과거를 비의도적으로 떠올리는 기억은 등장하지 않는다.

들뢰즈는 마르셀이 상형문자를 해독하는 이집트 학자처럼 그러한 것들 속에 숨겨져 있는 본질을 해독한다고 이야기한다. 즉 『잃어버린 시간을 찾아서』는 "비의도적 기억에 관한 전개가 아니라 배움에 관한 이야기"이며 이때 "배운다는 것은 본질적으로 기호들에 관한 것이다"라고 표명한다.

프루스트의 소설이 기호 해독이라는 거대한 원칙 아래 구성되었다는 논의는 두 가지 특성을 수반한다. 첫째는 기호 해독에 앞서 기호 습득이 선행함으로써 거치게 되는 '발견'과 '실망'의 과정이다. 들뢰즈에 따르면 프루스트의 소설은 끊임없는 학습과 환멸의 반복이다. 주인공은 처음에는 어떤 사실을 몰랐다가 나중에 그에 관한 진실을 알게 되고, 처음에는 인물이나 장소에 대한 환상을 가지고 있다가 나중에 그 인물을 직접 만나고, 그 장소를 방문하게 됨으로써 환멸을 느끼게 된다는 식이다.

두 번째는 기호의 다양성이다. 여기에서 들뢰즈가 말하는 다양성 pluralité은 파편성fragmentaire과는 구분되어야 한다. 다양성은 기호들이 하나의 세계가 아니라 여러 세계에서 다양한 형태로 방출된다는 의미에서 사용된 반면, 파편성은 하나, 혹은 전체를 구성하는 여러 요소들로서 여러 파편들, 조각들이 서로 단절된 상태에서 그 존재를 유지함을 뜻한다.

들뢰즈는 프루스트 소설이 기호 해독이라는 하나의 통일성을 바탕으로 건설되었지만, 이 통일성 안에는 다양성이 존재한다는 놀라운 사실을 지적한다. 이러한 다양성은 기호들을 방출하는 세계들, 기호들이 드러나는 방식들, 그리고 기호들을 해독하는 방법들이 다양하다는 것을 의미한다.

들뢰즈는 이러한 다양한 기호들을 크게 네 가지 종류로 분류하는데 그것은 사교계의 기호, 사랑의 기호, 감각의 기호, 그리고 예술의 기호이다. 그런데 마지막 네 번째인 예술의 기호는 앞의 세 가지 기호와 차별되는데, 그것은 나머지 기호들이 물질성을 갖는 데 반해 예술의 기호만이 유일하게 비물질성을 갖기 때문이다.

물질적 기호들

첫 번째 물질적 기호는 사교계의 기호이다. 들뢰즈에 의하면 "사교계만큼 좁은 공간에서 그토록 빠른 속도로 기호들을 방출하고 집중시키는 장소도 없다." 그도 그럴 것이 사교계 기호는 어떤 것을 지시하지 않으며 그것을 대체하기 때문이다. 사교계에서 교환되는 무수한 기호들은 즉각적으로 만들어지고 받아들여지는데, 이는 그 기호들이 비어 있기에 가능하다.

사교계의 기호는 행동이나 생각을 대체한 것처럼 나타난다. 그것은 행동과 생각을 대신한다. 즉 그것은 무엇을 지시하거나, 외재적 의미 혹은 이상적인 내용을 가리키지 않고 단순히 어떠할 것이라고 가정한 의미에 해당하는 것을 탈취할 뿐이다. 바로 이런 이유 때문에 행동의 관점에서 판단했을 때 사교계는 실망스럽고 잔인하며, 생각의 관점에서는 어리석게 느껴진다.

— 『프루스트와 기호들』

실제로 『잃어버린 시간을 찾아서』에 묘사되는 대표적이면서 동시에 대조적인 두 사교계 — 하나는 예술적 이상을 표방하지만 어쩔 수 없는 속물주의와 귀족들에 대한 멸시와 증오로 뭉친 베르뒤랭 부인의 사교계이고, 다른 하나는 파리 생제르맹을 대표하며 귀족적 자부심과 허영심으로 가득한 게르망트 공작 부인의 사교계 — 에서는 끊임없이 기호들이 방출되지만, 그것들은 지속성을 갖지 못하고 받아들여지는 순간 사라지는 공허한 기호들이다. 이 두 사교계에서는 아무도 행동하지 않고, 아무도 생각하지 않는다. 베르뒤랭 부인의 살롱에 초대받은 손님들은 실제로 재미있는 말을 하는 것이 아니라, 재미있는 말을 한다는 기호를 방출한다. 그러면 베르뒤랭 부인은 실제로 웃는 것이 아니라, 웃는다는 기호를 방출하는 식이다. 그녀의 남편 또한 이에 질세라 적절한 기호들을 만들어내서 마치 의미 있는 행동이나 생각을 하고 있다는 인상을 준다. 마찬가지로 게르망트 공작 부인은 실제로 매력이 있는 것이 아니라 매력적인 기호들을 만들 뿐이다. 이렇듯 공허함으로 가득한 사교계 기호들이지만 그 종류는 무수히 많고 시간과 함께 진화한다. 그 결과 사교계의 기호들만큼 형식적 완벽함을 요구하는 기호들도 없다. 따라서 사교계 기호들은 그곳에 속한 사람들에게만 의미를 지니고 이해되며 외부인들에게는 접근이 금지된 암호와도 같다.

두 번째 물질적 기호로 들뢰즈는 사랑의 기호를 언급한다. 사랑에 빠진다는 것은 사랑하는 대상이 만드는 기호들을 통해 그/그녀를 개별화함을 의미한다. 발베크 해변가에서 처음 본 소녀들은 처음엔 하나의 덩어리, 집단으로서 마르셀에게 매혹의 대상으로 여겨진다. 그러다가 시간이 지남에 따라 그는 알베르틴을 그 무리의 다른 소녀들로부터 떨어뜨려 생각하게 되고, 그녀를 개별화하게 되면서 사랑에 빠진다. 동시에 사랑하는 대상은 그 안에 해독해야 하는 세계를 안고 있다. 바로 이런 이유 때문에 들뢰즈는 "사랑한다는 것은, 사랑하는 대상 속에 내재되어 있는 미지의 세계들을 설명하고, 전개시키는 것을 의미한다"라고 말한다.

여기서 눈여겨볼 것은 들뢰즈가 복수형으로 표현한 미지의 '세계들'이다. 사랑하는 대상 속에는 하나가 아닌 여러 세계들이 존재하고, 사랑에 빠진 이는 그러한 세계들의 다원성 앞에서 한층 신비감을 느끼게 됨으로써 그 대상에 자신이 만들어낸 환상을 덧입힌다. 여기서 프루스트의 사랑이 갖는 모순성이 드러난다. 마르셀과 알베르틴의 경우, 그녀가 방출하는 기호들을 해석하기 위해서는 그녀 안에 있는 다양한 세계들에 입장이 허용되어야 하는데 그런 세계들은 마르셀을 고려하지 않은 상태에서 먼저 만들어진 세계들이다. 즉 마르셀은 그녀가 다른 사람들을 위해서, 다른 사람들과 함께 만들었을 다양한 세계들에 발을 들여놓더라도 그에 앞서 그녀의 세계들을 형성했을 다른 이들에 비해 특별한 위치를 차지하는 것이 불가능하다. 그 결과 마르셀의 사랑은 언제나 질투와 그에 따른 고통으로 점철된다. 이는 비단 마르셀과 알베르틴의 경우에만 한정되지 않고, 스완과 오데트의 사랑에도 그대로 적용된다.

들뢰즈는 프루스트 소설 속 사랑의 모순성을 질투심과 연관하여 다음과 같이 분석한다. 즉 "질투심에서 헤어나기 위한 방법들 자체가 그러한 질투심을 발전시키는 방법들로서, 사랑에 대한 일종의 자발성과 독립성을 부여한다"라는 것이다. 알베르틴과 오데트가 그들 안에 각각 가지고 있는 고모라의 세계는 마르셀과 스완을 만나기 이전에 형성된 세계로, 그들에게 접근이 허용되지 않을뿐더러, 그들은 고모라의 세계가 방출하는 기호들을 해독하기도 하지만 본질적으로 결코 그 세계를 체험할 수 없기에 미지의 고모라의 세계를 구성했을 다른 애인들에게 질투심을 느낄 수밖에 없다.

사교계의 기호, 사랑의 기호에 이은 세 번째 기호는 감각의 기호이다. 프루스트 소설에서 마르셀은 전혀 기대하지 않은 순간, 특정 감각으로 인해 잊어버리고 있었던 과거의 일부를 되찾는 경험을 여러 번 하게 된다. 이때 본질 되찾기는 크게 세 가지 과정을 거친다. 우선 감각을 통해 최상의 기쁨 혹은 행복을 느끼게 된다. 이어서 그 기쁨의 근원에까지 거슬러 올라가고자 하는 의지와 노력이 동반된 기호 해독이 따르고, 마지막 단계로 마침내 기호의 의미를 파악하게 된다.

여기서 들뢰즈는 기호 해독이 필수적인 이유가 기쁨의 원인이 그것을 발생시킨 감각적 대상에 있는 것이 아니라, 그 대상의 본질에 있기 때문이라고 한다. 가령 마들렌 에피소드에서 화자가 되찾는 것은 유년기의 콩브레나 주민들, 마을의 성당 등이 갖는 물질적 존재감이 아니다. 반면 그러한 대상들은 "결코 경험해보지 못한 상태로, '본질'

적인 형태 혹은 영원한 형태"로 떠오른다.

감각의 기호들은 사교계의 기호처럼 비어 있지도 않고, 사랑의 기호처럼 거짓말로 뭉쳐 있지도 않다. 하지만 감각의 기호들은 그것이 관계하는 본질이 물질과 관계된다는 점에서 언제까지나 물질적 기호라는 한계를 벗어나지 못한다. 본질을 떠올리는 근원인 감각 자체가 미각(차에 찍어 먹은 마들렌), 촉각(입가를 닦는 빳빳하게 풀 먹인 냅킨), 시각(게르망트 공작의 서재에서 본 『프랑수아 르 샹피』), 청각(하인이 나르는 찻잔들이 부딪히며 내는 소리) 등 물질적이기 때문에도 그렇지만, 그 기호들을 해독함으로써 발견한 본질이 각각 콩브레, 발베크, 이층 방, 기차 여행 등이라는 물질적 대상과 결부되어 있다는 점에서도 그렇다.

하지만 마들렌 에피소드의 경우 화자는 중요한 암시를 하나 남기는데, 그것은 이 감각의 기호가 그 자체만으로는 결코 완전할 수 없다는 들뢰즈의 논리를 뒷받침한다. 화자는 괄호 안에 "(그 기억이 나를 왜 그토록 행복하게 만들었는지 당시에는 아직 몰랐고, 훨씬 나중에 그 이유를 발견하게 되었지만)"이라는 문장을 삽입함으로써 그 순간에는 일차적으로 감각의 기호만을 해독할 수 있었다는 사실을 고백함과 동시에 나중에, 즉 예술의 기호를 해독할 수 있게 되었을 때 마들렌이 가져다준 최상의 기쁨을 진정으로 이해할 수 있게 될 것임을 예고한다.

이는 소설의 마지막 권인 『되찾은 시간』에서 마르셀이 게르망트 공작의 저택 앞마당을 건너다가 내려앉은 포석을 밟아 무게중심을 잃고 휘청거리는 순간 느끼게 되는 형용할 수 없는 기쁨과 연관된다. 그때 화자는 "내가 방금 느낀 행복감은 마들렌을 먹었을 때 느낀 것과 같은 종류의 것이었는데, 당시엔 깊은 원인을 찾는 일은 미뤄두었다"라고 마들렌 에피소드를 상기한다.

이때 마들렌과 고르지 못한 포석의 공통점은 무한한 행복을 불러일으킨 도구가 되었다는 사실인 반면, "다른 점은 순전히 '물질적인' 것으로, 상기된 이미지들과 연관된다"라고 한다. 또한 마들렌을 첫 입 베어 물었을 때 느끼게 된 놀라운 감정과 그 근원을 파악하고자 두 입, 세 입 먹었던 것과 같이 이번에도 화자는 발부리가 걸려 휘청거렸을 때 느낀 그 감정을 재현하기 위해 두 번, 세 번 같은 자세를 반복해서 취한다. 이때도 화자는 "물질적으로 같은 발걸음을 옮길 때마다 쓸모없는 일이었다"라고 묘사한다. 여기서 들뢰즈가 말한 감각의 기호가 갖는 물질적인 측면이 강조된다. 마침내 화자가 마들렌의 경우에 미뤄두었던 숙제를 뒤늦게 해결할 수 있게 된 이유에 대해 들뢰즈는 그 중간에 예술의 문제가 제기되었고, 그 해답을 찾게 되었기 때문이라고 한다. 그리고 예술이 방출하는 기호들은 비물질적인 것으로 이상적인 본질 안에서만이 의미를 갖는다.

비물질적 기호들

들뢰즈는 예술의 기호들이 앞서 말한 사교계, 사랑, 감각의 기호들과 차별되는 점은 그것의 비물질성이라고 강조한다. 이때 비물질성은 예술의 기호들이 어디서 만들어지고(근원), 어떻게 만들어지고(방식), 무엇으로 발전되는지(전개)에 대해서도 해당한다. 예술 기호들의 비물질성을 설명하기 위해서 들뢰즈는 뱅퇴유의 피아노 소나타와 연극배우 라베르마의 연기를 예로 든다. 뱅퇴유 음악의 경우 그의 소나타에서 기호를 만들어내는 것은 피아노라는 물질적인 악기다. 하지만 피아노는 전혀 다른 성질을 가진 건반의 공간적 이미지로서, 그리고 음표는 순전히 정신적인 한 개체의 청각적 외관으로서만 존재할 뿐이라는 것이다.

마찬가지로 여배우 라베르마는 무대 위에 서서 목소리를 사용하여 대사를 읊고, 몸으로 연기를 하지만 그녀의 신체는 비물질적인 본질을 투영하는 투명한 몸이라고 한다. 이어서 들뢰즈는 미숙한 여배우를 다음과 같이 묘사한 프루스트를 인용한다. "그녀들이 눈물을 철철 흘리는 것을 볼 수 있는데, 그것은 자신들의 차가운 목소리에 아리시 Aricie나 이스메네Ismène를 흡수시킬 수 없었기 때문이다."

예술의 기호가 다른 기호들과 차별되는 점은 이렇듯 그 근원, 방식, 전개가 갖는 비물질성에 있을 뿐만 아니라, 기호와 의미의 통일성에서도 찾아볼 수 있다. 들뢰즈는 예술의 세계에서만 관찰되는 기호와 의미의 통일성을 '본질Essence'이라 부른다. 오로지 예술의 세계에서만 기호는 그 의미를 다른 물질에서 찾으려 하지 않는다. 반면 마들렌은 콩브레에서 의미를 찾고, 고르지 못한 포석은 베네치아의 산마르코 광장에서 의미를 찾는다.

프루스트는 그에게 부과된 필연성에 대해서 자주 이야기한다. 즉 무엇인가는 그에게 언제나 다른 무엇을 떠올리거나 상상하게 만든다는 것이다. 하지만 이러한 유추의 과정이 예술에 있어 얼마나 중요하건 간에, 이 점이 예술에서 가장 중요한 자리를 차지하지는 않는다. 기호의 의미를 다른 것에서 발견하는 한, 정신에 위배되는 아무리 작은 물질이라도 남아 있게 마련이다. 반면 예술에는 진정한 통일이 이루어지는데, 이것은 비물질적인 기호와 완전히 정신적인 의미의 통일이다.

—『프루스트와 기호들』

그렇다면 들뢰즈가 여러 차례 강조하는 본질, 예술의 기호를 통해서만 발견하게 된다는 본질은 궁극적으로 무엇인가? 그는 본질을 정의할 때 그것은 예술 작품을 통해서만 드러나는 "궁극적이며 절대적인 차이"로서, 이러한 "차이는 존재를 구성하고, 우리로 하여금 존재를 사유하게 만드는 것"이라고 한다. 이어서 본질을 특징짓는 절대적인 차이에 대해서는 두 개의 사물이나 대상 사이에 존재하는 차이가 아니라 하나의 주체 속에 존재하는 차이라고 한다. 프루스트는 화자의 입을 빌려 이러한 절대적인 차이에 대해서 언급한 바 있는데, 이때는 화자가 마침내 자신의 삶의 의미를 예술에서 발견하는 부분이다.

그것은 질적인 차이, 우리에게 세계가 보이는 방식과 연관된 차이로서 만약 예술이 존재하지 않았다면 그것은 각자가 영원히 간직하는 비밀이 되었을 것이다. 예술을 통해서만 우리는 우리로부터 벗어날 수 있고,

우리의 것과는 다른 우주에 속한 이가 보는 것이 무엇인지를 알게 된다.

— 『되찾은 시간』

    절대적인 차이로서의 본질이 대상들 간에 존재하는 것이 아니라, 주체 속에 내재되어 있음으로써 예술을 통해서만 외부로 표출될 수 있다는 말은 다양한 예술가들이 존재하는 만큼 다양한 세계가 창조된다는 말로 이어진다.

    들뢰즈는 여기서 '관점point de vue'이라는 또 하나의 요소를 개입시킨다. 각 주체는 자신의 내부에 존재하는 차이를 일정한 관점에 따라 표현한다는 것이다. 또한 관점이 주체마다 다르기 때문에 각각이 표현하는 세계가 다를 수밖에 없다. 그런데 들뢰즈가 지적하다시피 주체와 그것이 표현하는 세계는 서로 분리되어 존재할 수 없음에도 동일하지는 않다는 모순점을 안고 있다.

    표현된 세계는 그것을 표현하는 주체의 외부에서는 존재할 수 없다 (이때 우리가 외부세계라고 부르는 것은 표현된 모든 세계들이 갖는 실망스러운 투영과 획일적인 한계를 의미한다). 그렇지만 이렇게 표현된 세계는 주체와 하나가 되지도 않는다. 그것은 주체와 구분되는데, 이는 마치 본질이 존재와 구분되는 것과 같은 이치이고, 이때 본질 그 자신의 존재도 포함한다.

— 『프루스트와 기호들』

주체와 그 안에 있는 세계를 동일시할 수 없다는 사실은 또 하나의 다른 특징을 생산해낸다. 그것은 본질이 주체보다 한층 근본적인 성질을 가지고 있다는 것이며, 주체가 본질을 설명하는 것이 아니라 본질이 주체 안에서 작용한다는 사실이다. 그 결과 주체성을 구성하는 것은 주체 안에서 작용하는 본질이 된다.

본질은 이렇듯 한 개인을 규정지음으로써 그 개인이 상징하는 세계를 다른 개인들의 것과 구분하게 만든다. 이때 예술 작품을 통해 개인 하나하나의 개별화된 세계가 표현되면서 그것을 표현한 도구로서의 개인이 사망해도, 그 안에 표현된 본질은 영원하기에 프루스트가 베르고트의 죽음을 통해 말하는 '영혼의 불멸성'이 증명된다. 프루스트가 영혼이라고 표현하고, 들뢰즈가 본질이라 표현한 이것, 주체 속에 존재하며 주체 안에서 작용하지만 주체보다도 더욱 근본적인 성질을 지닌 절대적인 차이로서 본질은 그 결과 죽음을 덜 강력하게 만든다.

그러나 이러한 본질도 예술 작품을 통해 투영되기 위해서는 물질에 기댈 수밖에 없다. 이는 예술가의 죽음 이후에도 그를 부활시키는 본질이 외부의 소통을 가능하게 하는 물질에 의지함을 의미한다. 이러한 물질은 화가의 경우는 색, 음악가의 경우는 소리, 작가의 경우는 단어가 된다. 하지만 예술의 기호들을 구성하는 색, 소리, 단어 등은 앞서 살펴본 뱅퇴유의 소나타, 라베르마의 목소리처럼 "자유롭게 늘릴 수 있는 이러한 물질들로 마음껏 주무르고 길게 펼 수도 있어서 완전히 정신적인 것"이 된다. 물질들의 정신화가 발생함으로써 예술 작품의 진정한 주제는 더 이상 그것이 다루고 있는 소재에 관한 것, 가령 책을 구성하는 단어들이 가리키는 대상에 관한 것이 아니라 단어가 스스로 삶을 이어가는 무의식적이며 비의도적 전형들에 관한 것이 된다.

그럼으로써 자연스럽게 작가의 문체에 초점이 맞추어진다. 들뢰즈는 작가의 문체는 작가가 그의 내부에 있는 본질을 예술 작품으로 구현하기 위해 단어라는 물질에 기대야 하지만 그 대신, 그 물질을 자유롭게 반죽하고 펼쳐 보임으로써 비물질적인 것, 완전히 정신적인 것으로 변형시킨 것이라고 지적한다. 즉 작가 고유의 문체는 나열된 단어들이 가리키는 대상에 있는 것이 아니라, 완전히 다르다고 생각한 두 대상을 가르고 있는 거리를 좁힘으로써, 다시 말해 두 대상 사이에 존재하는 공통분모를 발견함으로써 탄생한다. 이렇게 하여 프루스트 문체를 특징짓는 은유의 법칙으로 연결된다.

파편성

들뢰즈가 「『잃어버린 시간을 찾아서』에서의 통일성」이라는 제목의 논문을 발표하고, 그것을 바탕으로 『마르셀 프루스트와 기호들』의 초판을 출간한 1964년 이후, 6년이라는 세월이 흘러 두 번째 판을 출간한 1970년, 이번에는 '문학 기계'라는 제목이 붙은 2부가 첨가된다. 그런데 그동안 들뢰즈는 프루스트의 소설을 지탱하는 통일성에 대한 새로운 접근 방식을 요구하게 되었다. 들뢰즈는 부분들이 일정한 법칙의 지배를 받으며 전체로 향하는 전통적인 통일성이 아니라 '현대적'이면서 '새로운' 통일성을 보게 된다.

프루스트가 『잃어버린 시간을 찾아서』의 집필에 앞서 막연하게나마 작품에 통일성을 부여할 생각을 가지고 있었다거나, 쓰다가 나중에야 통일성을 발견했지만 그것은 처음부터 소설에 흐르고 있었다고 주장하는 것은 억지스럽게 읽는 것으로, 프루스트가 그토록 거부한 유기적인 전체성이라는 이미 만들어진 기준을 적용하는 것이자, 그가 구성 중이던 새로운 통일성에 관한 개념을 받아들이지 못하는 것이다.

—『프루스트와 기호들』

들뢰즈의 이러한 전복적인 독서에 대해 필립 망그Philippe Mengue는 68혁명의 영향을 언급한다. 이 사건으로 인해 "해석에 있어서 의미와 가치의 전복이 필수불가결하게 되었고, 마르크스의 유명한 선언대로 이제는 세상을 해석하는 것이 아니라 변화시키는 것"[4]에 초점이 맞춰지게 되었기 때문이다.

프루스트 소설의 새로운 통일성은 들뢰즈에 따르면 "파열, 단절, 간극, 중단 등에 의한 부분들의 파편화"에 의한 것으로, 이러한 단절은 궁극적으로는 다양성을 보장하게 된다고 한다. 반면 전통적인 통일성을 설명할 때 들뢰즈는 로고스에 의한 통일성이라고 한다. 이러한 고전적 통일성은 "끊임없이 부분을 전체에, 전체를 부분에 연결"하려

하고, "각 부분을 전체로서 관찰하고, 이어서 그것을 전체의 일부로 만드는 법칙에 따라 생각하는 것"이다. 로고스의 변치 않는 특성, 그 것은 "전체화에 대한 취향"이라고 할 수 있다. 파열과 단절에 의한 부 분들의 독립성은 각 요소들이 하나의 유기적 존재를 가진 전체를 향 해 가지 않는다는 사실, 그럴 필요가 없다는 사실에 의해 로고스가 설 자리를 잃게 한다.

프루스트 소설에서는 한 부분이 스스로 말을 하고, 그 자체로 존재 함으로써 기호들이 발생한다. '시간'은 작품의 소재이며 동시에 주제 가 되는데, 그럼으로써 부분들이 생기게 되고 그러한 부분들은 "하나 의 퍼즐에 끼워 맞출 수 없는 조각들"처럼 서로 이어질 수가 없게 되 며 각자의 공간에서 존재를 유지한다.

그와 동시에 들뢰즈는 시간을 가리켜 "서로에게 수용되기를 거부 하고, 동일한 리듬으로 발전하지 않으며, 문체의 흐름에 의해 같은 속 도로 이끌리지도 않는 부분들의 궁극적인 존재"라고 정의한다. 일반 적 질서가 무너진 이러한 세계에서는 주체가 중심이 되는 로고스가 아니라, 주체보다 한층 상위에 있는 '관점'이 중요성을 띠게 된다.

불규칙한 연상의 고리는 창조적 관점에 의해서만 통일된다. 이러한 관점은 그 자신도 전체에서 불규칙한 부분의 역할을 수행한다.

—『프루스트와 기호들』

프루스트의 세계가 파편들, 조각들로 파열된 이유도 비의도적 기억이라 불리는 메커니즘에 의해 기존의 법칙이 무너지면서 과거가 현재에서 부활하는 순간, 중요한 것은 이러한 모든 것을 느끼는 주체도 아니고 주관적 연상에 의해서 떠오르는 대상들도 아니며, 이 모든 것들을 뛰어넘는 관점이다. 바로 이러한 이유 때문에 들뢰즈는 프루스트 식 비의도적 기억이 완전히 새로우며 현대적이라고 평가한다.

열린 상자와 닫힌 항아리

1970년 출간된 2판에서 들뢰즈의 논리를 가장 상징적으로 표현하는 개념은 바로 '열린 상자boites entrouvertes'와 '닫힌 항아리vases clos'일 것이다. 이 말들은 프루스트 소설의 파편성을 개념화하기 위해 만든 도구라 할 수 있다. 우선 들뢰즈는 열린 상자들은 '담는 것contenant'과 '담긴 것contenu'에 관한 문제라고 지적한다.

가령 『잃어버린 시간을 찾아서』에서 사물, 인물, 고유명사 등은 각각 상자들이라고 할 수 있는데, 그 상자들의 열린 틈 사이에서 화자는 완전히 다른 내용물을 끄집어내고는 한다. 이때 화자가 하는 일은 상자에 담긴 것을 "설명하는 것인데, 다시 말해 그 깊이를 헤아릴 수 없는 내용물을 담고 있던 것에서부터 펼치고, 전개시키는 일"이다.

담긴 것이 담은 것 밖으로 터져 나오면서 전혀 이질적인 내용물이 펼쳐지는 현상을 형상화하는 것은 다름 아닌 마들렌 에피소드에서 언급되는 일본식 놀이다. 프루스트의 화자에 의해 일본 사람들이 즐기는 것으로 묘사되는 그 놀이에서 형체를 알 수 없는 아주 작은 종잇조각들을 물에 담그는 순간, 그것들은 만개하는 꽃처럼 활짝 펼쳐지면서 "늘어나고, 뒤틀리고, 색채를 띠고, 구분된다."

이때 그것을 가능하게 하는 것은, 주네트에 의하면 '팽창하는 힘'이다. 들뢰즈, 바르트, 주네트, 두브롭스키 등이 참가한 '프루스트와 신비평'이라는 주제의 1972년 토론회에서 들뢰즈가 프루스트의 세계를 파편성으로 설명했다면, 주네트는 확장하는 세계라고 표현하기도 한다. 끝없이 확장하는 우주처럼 프루스트의 소설에서는 처음에는 가까웠던 요소들이 시간이 지남에 따라 점차 멀어진다고 지적한다.[5]

그런데 들뢰즈는 열린 상자 틈 사이로 담긴 것이 빠져나올 때 그것의 본질을 설명하기 위해서는 담겨 있는 모든 것들을 비우는 작업이 선행되어야 한다고 지적한다. 마르셀은 알베르틴을 자기 방에 가두고 그녀의 일거수일투족을 감시하는데, 그 이유는 알베르틴이라는 상자가 담고 있는 세계들이 무엇인지 알기 위해서, 즉 그녀를 설명하기 위해서다. 그녀를 가둠으로써 그녀 안에 있는 세계들이 밖으로 튀어나오게 하여 그녀를 비우는 것, 그럼으로써 알베르틴을 설명하고자 한 것이다.

또 고유명사야말로 화자에게 담는 것과 담긴 것 사이의 불일치성을 극명하게 보여주는 상자다. 게르망트라는 이름은 마르셀로 하여금 "오렌지빛 띠에 불과한 두께감이 없는 성의 큰 탑"을 떠올리게 한다. 하지만 이렇듯 고귀하고 낭만적인 이름은 그 속에 완전히 다른 세계를 담고 있다는 것을 발견하면서 마르셀은 실망을 넘어 환멸감을 느낀다. 그 결과 이름은 그것에 담겨 있는 것이 밖으로 방출되는 순간 터지고 만다.

> 고유명사, 인물, 사물은 그것에 가득 담긴 것들에 의해 터져버린다. 담긴 것은 그것을 담는 것을 폭파시킬 뿐만 아니라, 펼쳐지고 설명되면서 그것들 자체도 터지며 하나의 형상이 아닌 조각난 이질적 진리들을 형성한다. 그리고 이러한 진리들은 서로 조화되기보다는 계속해서 서로 맞선 채 대치한다.
>
> —『프루스트와 기호들』

이렇듯 프루스트의 세계는 이질적인 조각들, 파편들이 하나의 전체를 구성하기 위해 조화를 이루는 대신 제각각의 자리에서 독립적으로 자신들의 존재를 유지해나가는 단절된 세계, 부분들의 세계라고 할 수 있다.

이는 1964년 판에서 들뢰즈가 말한 『잃어버린 세계를 찾아서』의 통일성과 대조되는 시각이라 할 수 있는데, 자신의 논리를 뒷받침하기 위해 들뢰즈는 조르주 풀레Georges Poulet를 인용한다. 풀레는 "프루스트의 세계는 조각들의 세계이다. 이러한 조각들은 다른 세계들을 담고 있는데, 이러한 세계들 또한 마찬가지로 조각들로 구성되어 있다"[6]라고 앞서 지적한 바 있다. 그러나 들뢰즈는 풀레가 프루스트의 소설에는 일종의 연속성과 통일성이 존재한다고 주장하지만, 그러한 통일성의 특성을 제대로 정의하지 않는다고 비판한다. 그 이유에 대해서 들뢰즈는 풀레가 프루스트 작품 속 시간을 공간화된 시간으로 인식했을 뿐, 프루스트 시간의 특수성을 충분히 인식하지 못했기 때문이라고 한다.

열린 상자에 이어 들뢰즈가 프루스트 세계의 파편성을 이야기하기 위해 언급하는 두 번째 도구는 닫힌 항아리다. 이 두 번째 경우에서 핵심적인 관계는 부분과 전체 사이에 있으며, 화자의 역할은 설명하거나 전개하는 대신, 선택하는 데 있다. 이때 들뢰즈가 항아리를 닫혀 있는 상태로 설정한 이유는 "가까이 있되 소통하지 않는 것들을 대립시켰을 때" 발생하는 현상을 재현하기 위함이다.

『잃어버린 시간을 찾아서』에는 그 시작부터 인접해 있지만 서로 소통하지 않은 채 상반되는 요소들이 등장하고, 화자는 그러한 것들 사이에서 선택을 해야 하는 상황에 있다. 소설의 도입부는 화자가 잠에 대해 길게 사색하는 것으로 시작된다. 화자는 오랫동안 일찍 잠자리에 들곤 했다고 고백하지만, 선천적인 불면증으로 어둠 속에서 여러 시간을 뜬눈으로 지새우다가 깜빡 잠이 들고, 잠시 깨어나서는 지금이 밤중 어느 시간인지, 새벽인지, 머물고 있는 방은 어느 방인지 모른다. 화자가 그동안 지냈던 수많은 장소의 방들과 시간들이 그의 머릿속을 스치고 지나간다.

자는 사람은 그를 동그랗게 둘러싼 시간의 끈, 세월과 우주의 정렬을 쥐고 있다.

— 『스완네 집 쪽으로』

그런데 화자는 잠에서 깨어나는 순간 바로 선택이 일어난다고 한다. 즉 다음날 잠에서 깨어나는 내 안의 자아는 과거와는 다른 전혀 새로운 자아가 아닌 바로 어젯밤과 똑같은 자아인데 그 이유는 무엇일까? 누가 존재 가능한 수많은 자아들 중에 하필이면 어젯밤의 바로 그 자아를 선택하여 내 안에 집어넣는단 말인가? 들뢰즈는 이러한 활동을 '순수 해석un pur interpréter', '순수 선택un pur choisir'이라고 이름 붙인다. 잠이 수행하는 이러한 '순수 선택'의 활동 덕분에 들뢰즈는 잠이 기억보다 한층 더 본질적이라고 설명한다. 왜냐하면 그것이 아무리 비의도적일지라도 기억이라는 것은 그것을 떠올리는 감각의 기호를 비롯해서 이미 선택된 내 안의 자아와 연관되어 있기 때문이다. 반면 "잠은 모든 기호들 속에 감싸여 있으며, 모든 능력들을 가로질러 전개되는 순수 해석의 이미지"이기 때문이다.

닫힌 항아리를 구성하는 또 다른 예는 앞서 1장에서 언급한 바 있는 스완 쪽과 게르망트 쪽으로 갈라지는 두 개의 산책로다. 이 두 산책로는 어느 길을 선택하느냐에 따라 집을 나서는 문조차도 달라진다. '닫힌 항아리'라는 표현도 사실은 화자가 이 두 산책로를 묘사할 때 "서로를 알아보지 못한 채, 닫힌 항아리 속에서 소통하지 않으며 서로 다른 오후들로" 구성되어 있었다고 서술하는 부분에서 차용한 것이다. 지리적으로, 그리고 사회적으로 상징하는 바가 완전히 상반되어 대척점에 있다고 생각한 두 산책로가 실제로는 그 끝에서 만난다. 하지만 그러한 사실을 알게 되기까지는 오랜 시간을 기다려야 한다.

산책로와 마찬가지로 인물들 또한 닫힌 항아리가 되고, 그 안에는 이질적인 부분들이 존재한다. 발베크의 그랑 호텔에서 알베르틴에게 입 맞추려던 마르셀의 어설픈 시도는 그녀의 완강한 저항으로 실패한다. 하지만 그 후 파리의 아파트에서 그녀는 너무나도 순종적이다. 그녀의 반응이 의외여서 마르셀은 그 상황을 낯설게 느끼는데, 그래서인지 마르셀의 입술이 그녀의 뺨을 향해 짧은 거리를 가로지르는 동안 그녀를 구성하고 있던 부분들이 분해되고 파편화됨으로써 마르셀은 "열 명의 알베르틴"을 보게 된다. 그는 알베르틴이 "머리가 여러 개 달린 여신"이 되어 공통점이 없는 여러 알베르틴들로 나누어지는 듯한 인상을 받는다.

그런데 알베르틴의 경우 들뢰즈는 그녀가 방금 살펴보았듯이 닫힌 항아리라는 형상을 구현하기도 하지만, 그보다 앞서 분석한 열린 상자가 되기도 한다고 지적한다. 화자가 알베르틴의 뺨에 입맞춤하는 장면에서 그녀의 입술, 뺨, 턱 밑의 점 등은 모두 제각각 존재하는 파편들과도 같은 인상을 준다. 하지만 화자가 알베르틴을 처음 본 발베크의 해변가에서 그녀는 그녀가 속한 무리 속 여러 소녀들과 한 덩어리를 이루고, 그 무리와 구분해서 생각할 수 없는 존재에 불과했다. 이때 화자에게 알베르틴은 바다와 소녀들의 무리에 감싸여 있는 덩어리의 일부로 그것의 열린 틈 사이로 펼쳐지고, 전개시키고 설명해야 하는 존재이기도 했던 것이다.

횡단성

그런데 들뢰즈는 이러한 단절된 파편들 사이에도 그들을 관통하는 하나의 구조가 있다고 주장하며, 그것에 '횡단성'이라는 이름을 붙인다. 스완네 쪽 길과 게르망트 쪽 길이 지리적으로 연결되어 있을 뿐만 아니라 사회적으로도 스완의 딸 질베르트와 게르망트 공작 부인의 조카인 로베르 드 생루가 결혼함으로써 화합하게 되듯, 프루스트 소설 전체가 이러한 단절된 부분들 사이를 잇는 횡단성에 의해 관통된다는 것이다. 그리고 이러한 횡단성을 부분들이 전체를 향하는 움직임이나 로고스의 법칙과는 분명히 구분해야 함을 강조한다.

작품 전체가 횡단성을 확립하는 것과 관계한다. 이러한 횡단성은 알베르틴의 한 측면을 그녀의 다른 측면과, 이 알베르틴을 저 알베르틴과, 이 세계를 다른 세계와, 이 낱말을 다른 낱말과 연결하는데, 그것은 다양성을 결코 하나로 화합시키는 일 없이, 파편들을 전체로 끌어모으지 않으면서, 다양성이 갖는 독창적인 통일성을 확인시킨다.

— 『프루스트와 기호들』

즉 횡단성이야말로 프루스트 소설 속에 산재하는 부분들, 파편들을 연결하면서 다양성 속에서 통일성을 유지하는 궁극적인 체계가 된다. 1부의 통일성에 2부의 파편성이 추가되었지만 그 둘이 대척하지 않는 이유는 횡단성에 있다.

사랑의 다양한 측면을 관통하는 횡단성이 있다면 그것은 질투이고, 장소들의 다양성을 관통하는 횡단성은 여행이다. 화자가 처음으로 발베크를 방문하는 길에 그는 기차 안에서 일출을 보게 된다. 화자는 새벽녘 어스름한 하늘이 분홍빛을 머금은 모습에 매료되는데 기차가 선로를 따라 방향을 틀자 분홍빛 하늘이 가려 없어진다. 그러다가 기차가 다시금 방향을 바꾸면 나타나는 하늘은 한층 강한 붉은 기운을 내뿜고 있다. 화자는 시시각각 변하는 하늘의 풍경을 놓치지 않기 위해서 기차가 곡선을 그리며 방향을 틀 때마다 이 창문에서 저 창문으로 이동한다.

나는 한 창문에서 다른 창문으로 뛰어다녔다. 진홍색이며 변덕스러운 나의 아름다운 아침을 구성하는 간헐적이며 대조되는 조각들을 연결하고, 얽어매고, 전체적인 풍경과 연결되는 그림을 연상하기 위함이었다.

—『꽃핀 소녀들의 그늘에서』

들뢰즈는 이 장면을 인용하면서 그가 언급하는 닫힌 항아리들을 이어주는 횡단성을 화자의 이러한 노력에 비교한다. 기차의 네모난 창문 너머로 바라보는 하늘들은 선로의 방향에 따라 산이나 나무에 의해 가려지며 소통하지 못하고 단절된다. 하지만 분홍빛이었다가 붉은색이 되는 그 하늘들은 기차 안에서 이 창문에서 저 창문으로 이동하는 화자의 횡단적 움직임에 의해 통일성을 갖게 된다.

들뢰즈는 화자의 이러한 움직임을 거미줄을 치는 거미에 비유한다.

보지도, 듣지도, 이해하지도 못하는 화자는 기관 없는 신체로서, 횡단적 움직임을 통해 거미줄을 치고 미세한 진동, 즉 기호들이 발생하면 즉각 반응하여 먹이를 향해 달려드는 점이 거미와도 같다는 것이다. 이런 면에서 프루스트의 소설은 거대한 성당이나 프랑수아즈의 치마보다는 차라리 거미줄에 가깝다고 한다. 이 통일성은 그러한 하늘들이 저마다의 파편적인 존재를 간직한 채 서로 소통하는 것을 가능케 하지만 하나의 전체로 잇지는 않는다.

횡단성에 의한 통일성은 샤를뤼스와 쥐피앵의 극적인 첫 만남에서도 단적으로 드러난다. 『소돔과 고모라Sodome et Gomorrhe』의 도입부에 전개되는 이들의 만남은 진귀한 화초에 벌 한 마리가 날아든 장면과 나란히 묘사된다. 두 동성애자의 만남을 화자는 의도치 않게 목격하는데, 게르망트 공작 부인이 실내에서 기르다가 안뜰에 잠시 내놓은 화초에 벌 한 마리가 날아든 모습을 마침 그가 관찰하고 있었기 때문이었다. 스스로는 생식할 수 없는 식물은 그 자리에 고정되어 있는 닫힌 항아리로, 벌은 그들을 이어주는 횡단적인 존재다.

들뢰즈는 횡단성이 『잃어버린 시간을 찾아서』의 형식적 구조의 근간을 이루지만, 이 작품 안에만 한정되지 않고, 이 소설과 다른 글들 사이에도 통일성을 구성한다고 분석한다. 더 나아가 프루스트의 작품과 그가 좋아하고 영향을 받은 다른 작가들의 작품들을 소통시키는 역할을 하는 것도 횡단성이라고 단언한다.

왜냐하면 한 예술 작품이 대중과 소통하고 더 나아가 대중에게 무언가를 떠올리게 한다면, 예술 작품이 같은 작가의 다른 작품들과 소통하고 그것들을 떠올리게 한다면, 예술 작품이 다른 예술가들의 다른 작품들과 소통하고 그것들을 떠올리게 한다면, 그것은 언제나 횡단성의 차원에서다. 이러한 횡단성의 차원에서 통일성과 전체성은 대상들이나 주체들을 통일시키거나 전체화하는 일 없이 그 자체로 확립된다.

—『프루스트와 기호들』

횡단성에 의해 예술 작품이 대중과 소통할 때 우리는 우리의 세계에서 벗어나 다른 이들이 사는 다른 세계를 경험할 수 있다. 프루스트는 『되찾은 시간』에서 다양한 예술가들이 존재하는 만큼 대중은 다양한 세계들과 소통할 수 있게 된다고 서술하고 있다.

오로지 예술에 의해서만 우리는 우리로부터 벗어날 수 있고, 우리의 우주와는 다른 이 우주에서 다른 사람이 보는 것이 무엇인지를 알게 된다. 그곳의 풍경은 달나라의 풍경들과도 같이 우리에게 미지의 것으로 남아 있었을 것이다. 예술 덕분에 우리는 단 하나의 세계, 우리의 세계 대신 그 세계가 증가하는 것을 볼 수 있다. 독창적인 예술가들이 존재하는 만큼, 우리가 만날 수 있는 세계는 증가하고, 그것들은 무한대에 존재하는 세계들보다도 서로 다르다.

—『되찾은 시간』

이렇듯 진정한 예술 작품이 지니는 횡단성에 의해 그것과 대중이 연결되듯이, 한 작가의 다양한 작품들 사이에도 횡단성은 그것들이 서로를 알아보고 소통하게끔 한다.

프루스트 소설의 제5권인 『갇힌 여인 *La Prisonnière*』의 한 부분에서 화자는 베르뒤랭 부인의 살롱에 있다. 그곳에서는 칠중주가 연주되고 있었고, 화자는 그것이 누구의 작품인지 모르는 상태에서 듣는다. 그러다 문득 예전에 스완과 오데트의 사랑의 찬가가 되었던 뱅퇴유의 소나타를 특징짓는 작은악절을 알아채고 그것이 뱅퇴유의 칠중주임을 깨닫는다. "분명히 붉은 칠중주는 하얀 소나타와 완전히 달랐고", "칠중주에 비교하면 소나타를 비롯해서 [……] 그의 다른 작품들은 이 위대하고 완전한 걸작 옆에서 감미롭지만 약하고 무기력한 습작들"에 불과하다는 인상을 받는다.

하지만 소나타와 칠중주의 이러한 차이에도 불구하고 뱅퇴유의 두 작품을 잇는 횡단성이 존재하니, 화자는 그것을 뱅퇴유 고유의 '악센트accent'라고 이름 붙인다. 뱅퇴유의 음악들을 서로 소통시키고 이어주며, 그의 음악을 다른 작곡가들의 음악과 구분지어주는 이러한 악센트에 대해 화자는 "두 사람의 목소리에서 느껴지는 차이보다도 훨씬 더 큰 차이"이자 "위대한 음악가들이 의도하지 않아도 어쩔 수 없이 그것으로 향하고, 되돌아오는 고유의 악센트이며, 영혼의 확고부동하게 개별적인 존재에 대한 증거"라고 한다.

음악에 악센트가 존재한다면 화가에게는 '색', 작가에게는 '문체'가 존재한다. "작가에게 문체는 화가에게 색과 마찬가지로, 기술이 아닌 시각의 문제다." 프루스트가 악센트, 색, 문체라고 이름 붙인 것에 들뢰즈는 횡단성이라는 개념을 덧입힘으로써 한층 포괄적인 역할을 부여한다. 이러한 횡단성이야말로 "새로운 언어적 규약이자 작품의 형식적 구조"다. 프루스트 작품에서 횡단성은 한 문장 전체를 가로지르기도 하며, 이 문장에서 저 문장으로 옮겨지고, 프루스트의 소설을 그가 좋아했던 작가들의 소설과 이어지게 한다.

들뢰즈는 10여 년간 여러 판에 걸쳐 살을 붙이고 개정하면서 출간한 『프루스트와 기호들』을 통해 프루스트의 세계를 기호의 체계가 구성하는 통일성이 지배하는 세계에서 하나의 전체로 향하려는 열망이 부재한 독립적이고 단편적인 파편들로 구성된 세계, 안티로고스의 세계로 보게 되었다.

실제로 들뢰즈의 초기 프루스트론은 『잃어버린 시간을 찾아서』에서 비의도적 기억은 부차적인 역할만을 수행할 뿐이며, 이 소설은 마르셀의 학습 이야기로, 여러 세계들이 방출하는 다양한 기호를 해독하는 방법을 배워나감으로써 진리를 발견하는 소설이라는 주장에 바탕을 두고 있다. 사교계, 사랑, 감각, 예술이라는 세계가 구성하는 네 개의 기호 체계를 해독해가는 과정에서 마르셀은 진리를 탐구하고, 궁극적으로는 그것을 예술 창작에서 발견하게 된다는 설정이다. 들뢰즈는 이러한 논리 전개를 통해 기호 체계가 구성하는 통일성에 초점을 두었다.

하지만 그의 후기 프루스트론은 조직적인 총체와 보편적인 이성에 반대하면서 부분과 단편적인 것에 특권을 부여한다. 서로 이어지지 않는 조각들로 구성된 알베르틴의 얼굴, 밀폐된 성을 간직한 동성애자들, 선로의 방향에 따라 기차 안에서 본 단절된 풍경들 등은 제각각 독립적으로 존재하는 파편들이다.

그러나 통일성에서 출발하여 파편성으로 향했던 들뢰즈의 연구는 횡단성이라는 개념을 도입하면서 결국 분해되고 와해된 조각들 사이에 소통을 가능케 함으로써 통일성으로 회귀한다. 물론 이때 횡단성에 의한 통일성은 부분들을 하나의 거대한 전체로 향하게 하는 로고스가 추구하는 전체화도 아니며, 다른 파편들을 같은 것이 되게 하는 동일화도 아니다. 들뢰즈가 최종적으로 발견한 파편성 속 횡단성은 그러한 분열된 것들의 존재가 유지되면서 다양성 속에서 발견하게 되는 통일성이다.

닫힌 항아리들은 여전히 그 밀폐성을 유지하면서 서로 소통한다. 거짓말로 점철된 사랑의 언어를 사용하는 오데트는 횡단성을 통해 스완과 소통하며, '갇힌 여인' 알베르틴 또한 밀폐된 동성애의 언어를 사용하지만 횡단성을 통해 마르셀과 소통한다. 횡단성은 닫힌 요소들을 서로 이어주고, 한 예술가의 다양한 작품들 사이에서 통일성을 발견하게 하며, 더 나아가 한 예술가를 그가 좋아하고 영향을 받은 다른 예술가들과 이어주기도 한다. 이렇듯 횡단성은 프루스트 소설 속에 존재하는 형식적 체계의 근간을 이룸과 동시에 그 범주를 벗어나 다른 작가의 작품들과도 소통시킨다.

들뢰즈는 긴 사색의 여정 동안 『잃어버린 시간을 찾아서』를 지배하는 통일성의 법칙에서 출발하여 파편성이라는 대척점까지 갔다가 횡단성의 발견을 통해 다양성 속 통일성이라는 매우 특별한 체계적 법칙을 전개시킴으로써 프루스트 연구에 그만의 독보적인 시각을 부여할 수 있었다. 그의 이러한 순환적인 여정은 마르셀이 너무나도 다른 두 산책로라고 여겼던 스완네 쪽 길과 게르망트 쪽 길이 결국은 그 끝에서 만나 원을 그리는 형태라는 사실을 발견하게 되는 깨달음과 닮은 듯하다.

6

프루스트와 간접 언어*

제라르 주네트의 『형상 II』

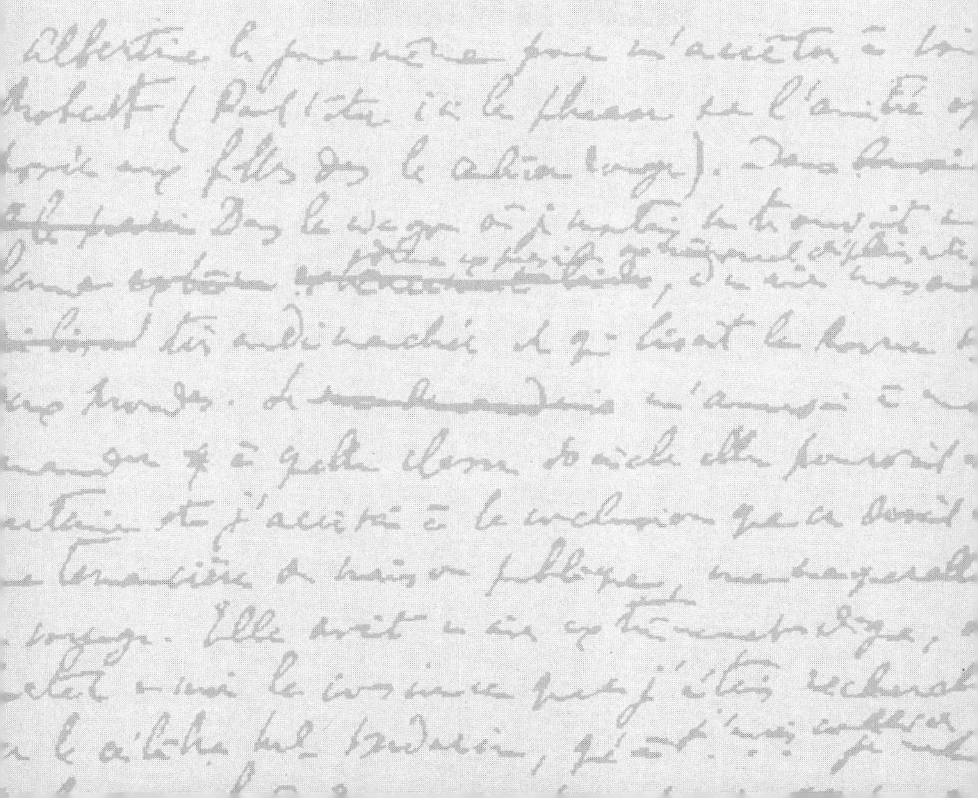

제라르 주네트
Gérard Genette, 1930–

현대 서술 이론을 구축했다고 평가받는 제라르 주네트에게 마르셀 프루스트가 갖는 의미는 남다르다. 총 다섯 권으로 구성된 『형상 Figures』 연작 중 가장 중요하다고 평가되는 첫 세 권에는 모두 프루스트를 분석한 길고 짧은 글들이 실려 있다.

첫 번째 권인 『형상 I』(1966)은 총 18개의 비평으로 이루어져 있는데, 그중 「프루스트 팔랭프세스트Proust Palimpseste」는 프루스트의 문체를 분석하고 있다. 열 개의 글 모음으로 구성된 『형상 II』(1969)에서는 「프루스트와 간접 언어Proust et le langage indirect」를 찾아볼 수 있다. 또한 『형상 III』(1972)에서는 「프루스트에서의 환유Métonymie chez Proust」라는 글을 비롯하여, 세 번째 권의 대부분을 차지하는 「서술 담론Discours du récit」의 머리말에서 작가는 "이번 연구의 목적은 『잃어버린 시간을 찾아서』의 서술 분석"이라고 밝히며 프루스트의 소설을 매개로 자신의 서술 이론을 한층 더 확고하게 다진다. 「서술 담론」에서 주네트는 『잃어버린 시간을 찾아서』를 자신의 서술 이론을 적용하기 위한 비평적 도구로 활용하고 있다.

주네트는 『형상』 연작 외에도 롤랑 바르트 등과 함께 공동으로 집 필한 『프루스트 찾기*Recherche de Proust*』(1980)를 통해 「글쓰기의 문 제La question de l'écriture」를 게재했으며, 미국 대학에서 프루스트 소 설을 주제로 한 강연에서는 다시 한번 환유의 문제를 제기하며 「콩브 레-베네치아-콩브레」(1999)라는 글을 발표한다. 이렇듯 주네트에게 프루스트는 평생 연구 대상이었다 해도 과언이 아니다.

다양한 학자들은 주네트가 서술 분석을 목적으로 한다고 선언할 때 이를 위해 언어학적 접근이 아니라 기호학적 시각으로 분석한다 고 지적한다. 연구자 데린 오켈리Dairine O'Kelly는 「서술 담론」에 주 네트가 인용한 참고 문헌를 보면 바르트, 그레마스, 토도로프 등의 구 조주의자들을 찾아 볼 수 있지만, 언어학자는 벤베니스트를 제외하고 는 누구도 찾아볼 수 없다고 지적한다.[1] '간접 언어' 분석을 목적으로 하는 이번 장에서도 우리는 마찬가지로 언어학의 입장에서가 아니라 텍스트 안에서 일종의 체계와 법칙을 발견하고자 하는 형태론적 접 근 방식을 채택할 것이다.

이번 장에서는 『형상 II』에 실려 있는 「프루스트와 간접 언어」에 집 중해보고자 한다. 주네트의 이 글에서 우리는 간접 언어를 크게 두 가 지로 분류해볼 수 있다. 하나는 언어적 오류들로, 발화된 내용이나 방 식의 오류를 가리킨다. 둘째는 언어 외적 기호들로, 암시, 완화, 부인 등의 형식을 사용하여 발화자가 감추고자 하는 진리를 드러낸다. 위 두 가지를 중심으로 프루스트 소설 속 간접 언어를 주네트의 분석에 기대어 살펴보자.

언어적 오류들 — 법칙

프루스트가 창조한 수많은 인물들 중 상당수는 그들이 사용하는 언어에 의해 특징지어지고 규정된다고 해도 과언이 아니다. 그들이 사용하는 언어는 말해진 그대로도 많은 것을 드러내지만, 반대로 말해지지 않은 것들, 말 속에 숨어 있는 것들, 잘못 말하여진 것들 또한 발화자를 이해할 수 있는 도구가 된다. 주네트는 이렇듯 직접적이며 의지에 의해 발화되는 담론을 제외하고, 간접적이며 비의도적인 방식으로 인물의 특색을 드러내는 기호들을 가리켜 간접 언어라 이름 붙인다.

프루스트의 이러한 인물들 중에는 언어를 사용하는 데 어려움을 느끼거나, 잘못된 언어 사용을 하는 경우가 눈에 띄게 많다. 가령 단순하게는 외국어를 잘못 쓰는 경우가 있는데, 주인공 마르셀의 학교 친구인 블로크는 영어식 발음을 지나치게 의식하다가 '리프트lift'를 '라이프트laïft'로, '베니스Venice'의 프랑스식 발음인 '브니즈Venise'를 '베나이스Venaïce'로 잘못 발음하는 웃지 못할 오류를 저지른다. 이러한 언어적 오류는 마르셀 가족의 하녀이자 요리사인 프랑수아즈나 호텔의 엘리베이터 보이처럼 무지몽매한 인물들에게서도 나타나지만, 의사 코타르와 같이 고등 교육을 받았거나 게르망트 공작처럼 사회적 신분이 높은 이들에게서도 드러난다는 점에서 흥미롭다.

오류의 법칙 1: 익숙함의 법칙

주네트는 이러한 여러 인물들에게서 다양하게 표현되는 언어적 오류들을 분석함으로써 그것을 관통하는 일반적인 규칙을 발견한다. 이러한 규칙들 중에서 첫 번째이자 가장 일반적으로 살펴볼 수 있는 규칙은 언어학자들이 소위 '통속적 어원'이라고 이름 붙인 현상을 찾아볼 수 있다는 것이다. 즉 "모든 새로운 형태를 친근한 형태로 가져오고자 하는 경향"에서 찾아볼 수 있는 규칙이다.

이 규칙에 의해서 프랑수아즈는 낯선 사람의 이름이나 낯선 마을의 이름을 예전에 알고 있던 인명과 지명으로 바꿔 발음한다. 가령 그녀는 '쥐피앵Jupien'을 '쥘리앵Julien'으로, '앙제Angers'를 '알제Alger'로 잘못 말한다. 또 호텔의 젊은 엘리베이터 보이의 경우 새롭게 등장한 '캉브르메르Cambremer'라는 까다로운 이름의 손님을 프랑스의 유명 치즈 이름인 '카망베르Camembert'로 잘못 발음하는 엉뚱한 실수를 한다. 프루스트는 엘리베이터 보이의 이러한 경향을 다음과 같이 설명하고 있다.

(옛 이름이 가지고 있는) 친근하고 의미로 가득한 음절들은 [……] 그처럼 어려운 이름 앞에서 쩔쩔매는 젊은 직원을 구하러 왔고, 그는 즉각적으로 옛 음절들을 선호하고 받아들였다. 그것은 그가 게을러서라기보다 뿌리를 뽑을 수 없는 오래된 습관에 의한 것으로, 그러한 음절들이 만족시켜주는 논리와 명쾌함 때문이었다.

—『소돔과 고모라』

주네트는 프루스트가 말하는 '논리'와 '명쾌함'은 다양한 새로운 형태의 무분별한 폭주 앞에서 단순하고 익숙한 것을 자연스럽게 선호하게 되는 경향에 의한 것이라 지적한다.

오류의 법칙 2: 저항성의 법칙

두 번째 법칙은 잘못된 형태의 사용을 올바르게 잡아주려는 모든 노력에 대한 저항감으로 인해 오류가 발생한다는 사실이다. 주네트는 오류에 집착하는 근원으로 "올바른 형태에 반하는 귀의 고집스러운 저항"을 꼽는다. 앞에서 언급한 같은 호텔 직원은 아무리 손님들이 반복해서 올바른 방법으로 '승강기'를 뜻하는 단어인 '아생쇠르ascenceur'를 말해도, 본인은 계속해서 '악생쇠르accenceur'로 잘못 발음한다.

이처럼 의식하지 못한 상태에서 습관에 의해 새로운 단어를 그와 비슷한 알고 있는 단어로 대체하여 잘못 발음하는 경우도 있지만, 반대로 발화자가 의식한 채 일부러 잘못된 단어를 선택하거나 잘못된 발음을 고집하는 경우도 있다. 이 경우 발화자의 선택은 그의 숨은 의도를 드러낸다.

가령 그랑 호텔의 지배인은 상사로부터 '역량'이란 뜻의 단어를 '앙베르귀르envergure'로 발음해야 한다는 지적을 받지만 그는 고집스럽게 g 대신 j를 사용하여 '앙베르쥐르enverjure'로 잘못된 발음을 고집한다. 이때 "그 발음은 무지에 의한 것이 아니라, 충분히 숙고하여 의도적으로 선택된 것"이다. 주네트는 호텔 지배인이 이렇듯 고집을 부리는 이유를 "호텔 내에서의 임무 외에는 상사로부터 그 어떤 명령도 받지 않겠다는 의지와 프랑스 대혁명은 헛된 것이 아니었다는 사실"을 보여주기 위함이라고 설명한다. 이와 비슷한 이유로 게르망트 공작 또한 언어에 대한 무지를 계속해서 드러내는데, 자신은 그 누구의 명령도 따를 필요가 없다며 — 그것이 잘못된 언어 사용을 고쳐주는 것이라 해도 — 잘못된 표현을 고치거나, 새로운 표현을 받아들이려 하지 않는다.

오류의 법칙 3: 반복성의 법칙

프루스트 소설 속 등장인물들의 잘못된 언어 사용을 관통하는 세 번째 법칙은 의식적인 실수건 아니건, 인물들은 잘못된 언어를 사용할 뿐만 아니라 같은 오류를 여러 번 반복해서 저지른다는 사실이다. 가령 호텔 지배인은 남자용 공중변소를 뜻하는 '피소티에르pissotière'를 '피스티에르pistière'로 발음하는데 그것을 "잘못 말할 뿐만 아니라 계속해서" 되풀이한다. 독일인인 파펜하임 대공의 경우 고고학자를 뜻하는 'archéologue'를 어떻게 발음하는지 모르는데, 그는 확신이 없는 그 단어 사용을 피하는 대신에 기회가 닿을 때마다 잘못된 발음으로 그 단어를 계속해서 사용한다. 주네트는 이렇듯 한 번이 아니라 여러 번에 걸쳐 같은 언어적 오류를 저지르는 이유에 대해서 "고의적 의지 불량 아니면 실수에 내재하는 쾌감" 때문이라고 본다.

언어적 오류들 — 예외

예외 1: 의사 코타르의 경우

하지만 잘못된 언어 사용 법칙의 지배에도 예외는 존재한다. 인물들은 자신이 무엇을 어떻게 잘못 사용했는지 깨닫고 그것을 고쳐서 올바른 언어를 쓰게 되기도 한다. 그 대표적인 예가 의사 코타르다. 소설에 처음으로 등장할 때 코타르의 언어 사용은 그야말로 순진무구하다. 즉 그는 상대방의 말을 있는 그대로 받아들이고 무엇이 과장된 것인지, 반어적인 표현인지, 에둘러 하는 말인지 분간하는 능력이 전무한 상태로 묘사된다.

하지만 다른 인물들이 언어적 무지와 오류의 고집 속에 머무는 반면, 코타르는 자신이 모르는 새로운 언어의 세계에 스스로 뛰어들어 모든 것을 배우고자 하는 의지로 가득하다. 그렇게 해서 비속어, 욕설, 은어 등 그에게 낯설었던 모든 단어들을 문자 그대로 암기하고, 여기에 한 걸음 더 나아가 자신이 익힌 단어들을 직접 사용할 수 있는 환경을 만든다.

주네트는 코타르의 변화가 프루스트의 다른 인물들과 마찬가지로 단계적으로 드러나지 않고 모든 과정을 건너뛴 채 갑자기 나타나며, 그가 어느 순간 완전히 달라진 모습으로 재등장한다고 지적한다. 게르망트 공작 부인의 살롱에서 대화를 전혀 파악하지 못한 채 엉뚱한 대답을 하고, 자신이 조롱의 대상이 된 것조차 인식하지 못하던 코타르는 그 후 역에서 급하게 기차를 잡아타면서 '제때에 오다, 딱 맞는 순간에 오다'라는 뜻을 가진 속어인 'tomber à pic'를 재치 있게 사용하는 모습을 보인다.

이게 바로 제때에 온다는 거지! 그는 윙크를 했는데 그것은 그 표현이 올바른지 물어보기 위한 것이 아니라, 만족감의 표시였다. 이제 그는 완전히 자신감으로 넘치기 때문이었다.

—『소돔과 고모라』

예외 2: 마르셀의 경우

언어적 오류에 빠졌다 벗어나는 이가 코타르만은 아니다. 간접 언어 사용에 있어서 발전이라고 부를 만한 경험을 하는 가장 중요한 인물은 바로 주인공이다. 특히 인명과 지명에 대한 환상에 빠져 있다가 그것에서 벗어나는 과정은 세상을 배워가는 단계에서 큰 역할을 한다는 점에서 그에게 의미가 남다르다.

여기서 한 가지 짚고 넘어가야 할 점은 'mots'와 'noms'의 정의이다. 화자가 말하는 'mots'는 '단어'라기 보다는 '일반명사'로 해석해야 하며, 'noms'은 '이름'이 아닌 '고유명사'를 뜻한다. 다음 본문이 이와 같은 특별한 활용에 대한 이해를 돕는다.

일반명사les mots는 우리에게 선명하고 일상적인 이미지를 보여주는데 그것은 아이들에게 작업대, 새, 개미집이 무엇인지 예를 들기 위해 교실 벽에 걸어놓는 그림들처럼 같은 종류의 모든 것들에 대해서 동일하게 떠오르는 이미지들이다. 하지만 고유명사les noms는 사람들에 대해서 — 그리고 사람과 마찬가지로 개인적이며 유일하다고 믿게 만들어버리는 마을에 대해서도 — 눈부시거나 어두운 음색, 그리고 획일적으로 채색된 색감으로부터 나타나는 불명확한 이미지를 보여준다.

—『스완네 집 쪽으로』

이렇듯 프루스트의 화자에게 일반명사와 고유명사는 각각 '선명하고 일상적인' 이미지와 '불명확한' 이미지만큼 대조되는 자리를 차지한다.

고유명사의 함정

함정 1: 마을의 이름

주네트는 한 가지 사실을 더 지적하는데, 그것은 고유명사 중에서도 인명보다 지명이 오히려 더 '개인적'이라는 점이다. 자신의 주장을 뒷받침하기 위해 주네트는 "장소의 개별성은 사실 프루스트에게서 사람의 개인성보다 훨씬 강조된다"라며 인명은 그 사람의 본질과는 특별히 관계가 없음을 강조한다. 한 사람이라도 여러 이름으로 불릴 수 있는데, 애칭이나 별명일 수도 있고, 여자의 경우는 결혼이나 이혼, 재혼 등을 통해서 여러 이름으로 불릴 수 있다는 것이다. 로베르 드 생루와 샤를뤼스가 전자의 경우고, 오데트가 후자에 속한다.

마르셀이 아직은 직접 방문하지 않은 특정 마을을 상상하고 그곳에 대한 이미지를 떠올릴 때 그것은 그 마을의 이름, 특히 음색sonorité과 밀접한 관계가 있다. 불리는 이름으로서의 기표signifiant가 실제 그 마을의 본질이라는 기의signifié에 영향을 주는 것은 마을 이름에 한정되지 않고, 사람의 이름에도 마찬가지다. 마르셀은 직접 그 인물과 대화하고, 함께 시간을 보내는 등 직접적, 개인적 경험을 겪기 전에 그 인물의 이름을 듣고 그 혹은 그녀가 어떤 사람일 것이라 상상을 해왔던 것이다. 하지만 소리와 의미, 기표와 기의 사이에는 아무 관계가 없으며 마을의 이름은 마을의 본질과는 별개로 만들어지고 유지되어 왔고, 사람의 이름은 그 사람의 본질을 담고 있지 않다는 사실을 깨닫기까지는 오랜 기다림과 환멸의 과정을 거쳐야 한다.

마을 이름에서 그 장소의 이미지를 만들어 상상하는 것 또한 간접 언어의 오류를 구성하는 또 다른 요소라고 할 수 있다. 가령 '파르마 Parme'라는 지명은 마르셀에게 "단단하고, 매끄러우며, 엷은 보랏빛에 부드러운" 마을을 떠올리게 한다.

> 나는 파르마라는 공기가 전혀 통하지 않는 이름이 띠는 무거운 음절의 도움을 통해서만 그 마을을 상상했는데, 나는 그것에 스탕달식의 부드러움과 제비꽃의 그림자를 흡수시켰던 것이다.
>
> ―『스완네 집 쪽으로』

즉 파르마가 연상시키는 네 가지 특성 중 '단단함'과 '매끄러움'이 이름을 구성하는 음절이 발음될 때 발생하는 느낌에 의한 것이라면, '보랏빛'은 그 마을이 제비꽃으로 유명하다는 말을 전해듣고 생긴 것이고, '부드러움'은 스탕달의 소설 『파르마의 수도원La Chartreuse de Parme』을 읽으며 가졌던 감정에 의한 것임을 알 수 있다.

주네트는 여기서 이름으로서의 파르마라는 기표가 마을로서의 파르마라는 기의에 영향을 주어 마르셀로 하여금 전체적으로 단단하고, 매끄러운 마을을 상상하게 만들기도 하지만, 또한 반대로 기의가 기표에 작용을 함으로써 마을로서의 파르마라는 기의가 이름으로서의 파르마라는 기표에 보랏빛 감도는 부드러운 느낌을 갖게 만드는 것 또한 사실이라고 지적한다. 주네트에 의하면 파르마의 경우 발생하는 것은 "관념에 의한 이름과 이름에 의한 관념 사이의 상호적 전염"이다.

파르마가 실제 존재하는 지명이라면 '발베크Balbec'는 작가가 만든 허구의 지명이다.[2] 이름으로서의 발베크라는 기표가 떠올리게 하는 마을로서의 발베크는 고전적이며, 노르망디 특유의 거친 바닷가 마을이다. 특히 마르셀은 그 마을의 성당을 방문하기 전에 "거의 페르시아 스타일에 가까운 이름"으로 인해 가파른 절벽 위에 우뚝 솟아 있고, 성당 발치에는 거친 파도가 부서지는 페르시아 양식의 이국적인 건축물일 것이라 상상했다.

주네트는 발베크가 노르망디 지방의 전통을 떠올리게 하는 것은 실제 노르망디에 위치한 지역인 볼베크Bolbec, 코드베크Caudebec 등과 겹치는 마지막 음절 때문이라고 지적한다. 또한 발베크라는 이름에서 페르시아 양식을 연상하는 이유는 몽테스키외의 『페르시아인의 편지』에서 우즈베크라는 페르시아인이 등장하기 때문이라고 한다.

하지만 실제로 발베크를 방문하자마자 그 이름이 상상하게 만든 마을의 이미지가 모두 환상에 지나지 않았음을 깨닫는다. 처음 발베크를 방문하여 그토록 기대한 마을 성당을 찾아갔을 때 그 환멸은 극에 달한다.

하지만 채색 유리 발치에 와서 부서질 것이라 상상했던 바다는 20킬

로미터도 더 떨어진 발베크 해변가에 있었으며, 둥근 지붕 옆 종탑은 [……] 그 밑에서 솟아오른 파도의 마지막 거품이 내게까지 튈 것이라 상상했었는데, 두 가닥의 전차 철로가 분기하는 광장, 맞은편에 '당구'라 는 글씨가 황금색으로 써진 카페가 있는 광장에 솟아 있었다.

—『꽃핀 소녀들의 그늘에서』

발베크 성당은 마르셀의 상상처럼 바닷가 가파른 절벽 위에 서 있는 것이 아니라, 너무나도 세속적인 마을의 광장 한가운데에 있었던 것이다. 주네트는 화자가 이렇듯 소리와 의미 사이에 상응 관계를 연상하던 것에 대해 "이름이 지시하는 마을의 통일성과 개인성에 대한 유아적인 믿음"이라고 설명하며, 그것은 "지리적 실재와의 접촉에 의해 무너진다"라고 덧붙인다.

함정 2: 사람의 이름

고유명사가 갖는 함정에 빠졌다가 벗어나는 과정은 이렇듯 마을 이름에서뿐 아니라 사람 이름에서도 일어난다. 인명이 주는 환상에서 벗어나는 데 가장 중요한 역할을 하는 사람은 단연 게르망트 공작 부인이다.

마르셀이 콩브레에서 유년기를 보내던 시절, 그가 가족과 함께 걸었던 산책로 가운데 유구한 역사를 자랑하는 가문인 게르망트가로 통하며 마르셀에게 감히 범접할 수 없는 대상으로 느껴졌던 '게르망트 쪽' 길이 있었다. 게르망트Guermantes라는 이름은 어린 마르셀에게

"오렌지빛 띠에 불과한 두께감이 없는 성의 큰 탑"을 떠올리게 한다.

여기서 게르망트라는 이름이 연상시키는 두 가지 요소 중 첫 번째 요소인 큰 탑은 이 오래된 봉건 귀족 가문이 콩브레에 소유하고 있는 성의 탑 때문이다. 이어서 두 번째 요소인 오렌지빛은 게르망트라는 이름의 마지막 음절 '-antes'와 'orangée'의 두 번째 음절의 공통적인 발음 때문이다. 게르망트와 오렌지빛 사이의 상관관계는 "마지막 음절 '앙트'로부터 파생되는 오렌지빛"이라며 화자에 의해 이미 한 차례 강조된 바 있다. 하지만 게르망트라는 이름이 떠올리는 색깔은 오렌지빛에 한정되지 않는다. 같은 원리로 마지막 음절 '-antes'가 떠올리는 또 다른 색깔로 맨드라미의 붉은 자주색amarante이 언급된다.

주네트가 언급하는 또 다른 이름은 스완의 딸 질베르트Gilberte다. 그녀 이름의 마지막 음절 또한 초록색verte을 연상시킨다. 마르셀이 질베르트가 "초록색 물뿌리개에서 나오는 시큼하고 시원한 물방울" 같다고 이야기할 때 그녀의 이름과 초록색이 갖는 공통된 음절 때문임을 알 수 있다.

마을 이름이 주는 환상에서 벗어나는 데 결정적인 역할을 한 것이 앞서 주네트가 지적했다시피 그 마을을 직접 방문하여 얻게 된 느낌, 즉 "지리적 실재와의 접촉"이라면 사람의 이름이 주는 환상에서 깨어나는 과정은 크게 두 가지로 나뉜다. 첫 번째는 마을의 경우와 마찬가지로 그 사람과의 직접적인 만남과 대화를 통해 그의 실재를 파악하게 되면서이다.

그리고 두 번째는 유구한 역사를 자랑하며 그 자체로 순수하고 확고부동하다고 생각했던 게르망트 가문이 다양한 혼인 관계를 통해 전혀 상관없고, 먼 관계에 있어야 할 것 같은 다른 가문들과 가까운 사이임을 발견하는 순간이다. 샤를뤼스 남작이 게르망트 공작의 남동생이라는 사실을 알았을 때 마르셀의 놀라움은 이루 말할 수 없다. 생루는 게르망트 가족에 대해서 "셔츠를 갈아입는 것처럼 이름을 바꾼다"라고 표현한 바 있지 않은가.

또한 그토록 저속하고 속된 베르뒤랭 부인이 마침내 게르망트 공작과 재혼함으로써 게르망트 공작 부인이라는 호칭을 얻게 되는가 하면, 콩브레에서 귀족들에 대한 혐오감과 증오를 퍼붓던 르그랑댕이 결국은 메제글리즈 공작이 되어 있다.

이렇듯 이혼과 재혼으로 새로운 이름이나 호칭을 얻게 되는 경우도 있지만, 다양한 친인척 관계를 통해 동시에 여러 이름과 호칭을 갖는 경우도 있다. 오데트가 처녀 때의 성인 크레시에서 출발해 스완에 이어 포르슈빌이라는 이름을 가지게 되고, 그녀의 딸 질베르트 역시 마찬가지로 스완과 포르슈빌에 이어 로베르 드 생루와 결혼함으로써 생루라는 이름까지 갖게 된다. 그에 비해 샤를뤼스 남작은 "브라방 공작, 몽타르지 귀족, 올레롱, 카랭시, 비아레기오, 된 대공"이라는 여러 이름을 동시에 가지고 있다.

주네트는 마르셀이 사람의 이름이 주는 환상에서 깨어나는 과정을 다음과 같이 표현한다.

다시 한번 거리가 와해되고, 벽이 허물어지고, 양립할 수 없을 것이라 생각된 본질들이 서로 섞이며 그 자체가 사라지는 것이다. 이름의 생은 일련의 계승과 사칭의 연속임이 드러나면서 고유명사에 대한 꿈의 근간을 완전히 와해시킨다.

—『형상 II』

마르셀이 게르망트라는 이름을 통해 게르망트 공작 부인에게 이상적인 이미지를 덧입혀 상상하고, 콩브레 마을 성당의 스테인드글라스에서 본 게르망트가 선조의 모습과 겹쳐서 실제 인물에 대해 환상을 가졌던 것이 모두 실제와는 전혀 상관이 없음을 깨닫는 데는 일종의 '진리 학습'이 동반된다.

이에 대해 바르트는 마르셀이 경험하는 환멸을 그가 앞으로 발견하게 될 작가로서의 소명에 필수적이었다고 분석하기도 한다.

프루스트의 작품은 거대하고 끝없는 하나의 학습을 묘사한다. 이러한 학습은 언제나 두 순간을 경험한다. [……] 하나는 환상이고, 다른 하나는 환멸인데, 이 두 순간을 거쳐서 진리, 즉 글쓰기가 탄생한다.

—「프루스트와 이름들」

함정에서 벗어나기 — 어원학

이처럼 마르셀이 지명이나 인명을 듣고 그 마을이나 사람의 이미지를 상상했던 것이 근본적으로는 그 마을이나 사람의 실재와는 전혀 상관없음이 드러나는데, 이와 같은 소리와 의미, 기표와 기의 사이에는 아무 연관이 없다는 것을 과학적으로 증명하는 역할을 하는 인물이 있으니 바로 어원학에 집착하는 대학 교수 브리쇼다.

소르본 대학의 교수로 등장하는 브리쇼는 처음 등장할 때부터 어원학에 대한 자신의 지식을 내보이기에 여념이 없다. 소설의 제4권인 『소돔과 고모라』의 마지막 부분에 본격적으로 두 차례에 걸쳐 브리쇼의 어원학이 펼쳐지는데, 소설의 내용 전개에 별 관계가 없는 그의 어원학에 그토록 긴 부분을 할애한 데서 프루스트가 이름, 다시 말해 고유명사에 얼마나 큰 비중을 두었는지 알 수 있다.

브리쇼의 어원학은 마르셀에게 자신이 알고 있다고 생각한 지명이나 인명의 고유 의미가 실제로는 그것이 아니며, 그 결과 실제 마을과 인물은 그것을 칭하는 이름이 떠올리는 인상과는 아무 상관이 없다는 사실을 깨닫게 한다.

브리쇼의 어원학이 수행하는 역할에 대해 연구자들은 다양한 해석을 제시하는데, 그중에서 주네트는 많은 연구자들이 동의했던 조제프 방드리에스Joseph Vendryès의 논지를 정면으로 반박한다. 방드리에스는 "프루스트는 어원학을 고유명사에 숨어 있는 의미를 파악할 수 있는 합리적인 방법으로, 그것을 통해 사물의 본질에 대해서 배울 수 있다고 믿었다"[3]라고 주장한다. 이에 더해 소설 속 브리쇼의 어원학이 "실제적으로 아무것도 설명하지 않기 때문에, 존재의 이유가 없다"라고 신랄하게 비난한다. 하지만 '아무것도 설명하지 않는다'는 말은 브리쇼의 어원학이 수행하는 두 가지 역할 중 하나만을 본 것이다.

　주네트는 브리쇼의 어원학이 오히려 그와는 완전히 반대되는 역할을 한다고 주장한다. 즉 브리쇼의 언어학은 고유명사의 현재 형태에 대상의 본질을 연결하려는 마르셀의 감상적이며 시적인 노력에 정면으로 반박하는 기능을 한다고 믿는다. 브리쇼가 그토록 집착하는 어원학은 과학적 증거로서 "역사적 유래에 관한, 음성의 침식에 대한, 즉 언어의 통시적 측면에 대한 실망스러운 진리를 밝힌다"라는 것이다.

　실제로 마르셀은 브리쇼의 어원학을 통해 '옹플뢰르Honfleur'에는 '꽃fleur'과 연관된 본질이 전혀 없으며(사실 'fiord'는 '항구port'를 뜻한다고 한다), '브리크뵈프Bricquebœuf'에는 '소bœuf'와 연관된 어떤 재미난 설화도 없다는 사실을 알게 된다. 마르셀은 그런 실망의 과정을 반복적으로 경험하면서 점차 마을 이름에 대해 갖고 있었던 시적 환상에서 깨어난다. 그럼으로써 사람만큼이나 각각의 마을에 개인성을 부여했던 마을의 이름은 그 기능을 잃고, 일반화된다.

　특별해 보이던 것이 일반화되었다. 브리크뵈프는 엘뵈프와 만나게 되었고, 펜드피와 같은 이름 속에는 — 이성에 의해서 밝히기 가장 불가능한 신비한 요소들은 내게 아득한 옛날부터 노르망디 지방의 특정한 치즈와도 같이 서민적이며, 향기 가득하고, 단단한 단어 속에서 혼합된 것으로 여겨졌었는데 — '산'을 뜻하는 골족 언어의 '펜'이 들어가 있고, 이 음절은 펜마르크와 마찬가지로 아펜닝에도 들어 있다는 사실을 발견했을 때 나의 실망은 이루 말할 수 없었다.

—『소돔과 고모라』

마르셀이 이름에서 상상했던 마을들과 사람들이 거의 모두 그에게 실망감만을 안겨주게 된다는 설정에 대해 이 학습이 비극적이라 생각될 수도 있다. 하지만 이러한 환멸의 과정은 그가 소설의 마지막 권에서 작가로 거듭나는 데 필수불가결한 요소이기도 하다.

이러한 언어적 환상이 간접 언어를 구성하는 하나의 축이라면, 또 다른 축은 언어 외적 기호들이라고 할 수 있다. 이러한 기호들은 발화자가 의도했건 의도하지 않았건, 그 말 속에 감추어져 있는 진리를 다양한 형태로 드러낸다.

언어 외적 기호들

프루스트의 소설에 등장인물에 관한 진리는 그 인물이 하는 말에 의해서가 아니라 그것을 말하는 방식에 의해 드러나는 것이 대부분이라 해도 과언이 아니다. 다르게 표현하면 말하여진 내용보다 말하는 방식을 통해 발화자가 의도하지 않은, 혹은 숨기고자 한 사실을 발견하게 된다.

가령 마르셀이 스완의 딸 질베르트와 가까워지면서 그녀를 방문하는 횟수가 늘어가던 중, 미리 알리지 않고 그녀의 집을 찾아갔을 때

집사는 그녀가 외출했음을 알린다. 그런데 집사가 말하는 방식, 지나치게 그 사실을 강조하며 자신의 말이 거짓이 아님을 증명할 수도 있다는 식의 말투에서 마르셀은 자신이 스완네 집 사람들에게 귀찮게 받아들여지고 있음을 깨닫는다.

또 다른 예로 마르셀이 이제는 연인이 된 알베르틴의 과거를 추궁하는데, 그때 그녀는 뱅퇴유의 딸과 친분이 있다고 말한다. 그 말에서 마르셀은 또 다른 진리를 발견한다. 그녀가 하고 있지 않은 말, 즉 그녀의 동성애가 확인된 순간이다. 마르셀이 콩브레에서 유년기를 보내던 시절, 그는 뱅퇴유의 딸을 통해 처음으로 고모라의 세계를 엿보았던 것이다.

이렇듯 스완네 집사가 하나의 사실을 지나치게 반복, 강조해서 말하는 방식이나, 알베르틴이 호들갑스럽게 뱅퇴유의 딸은 사람들이 생각하는 그런 여자가 아니라고 말할 때와 같은 지나친 부인은 그 속에 또 다른 진리를 담고 있다. 이러한 간접 언어는 화자의 표현대로 "진리가 드러나기 위해서는 말하여질 필요가 없다"라는 사실을 증명하는 듯하다. 주네트는 이러한 언어 외적 기호들이 진리를 전달하는 방식을 분석하며 그 형태를 크게 세 가지로 구분한다. 바로 암시, 완화, 부인이다.

기호 1: 암시allusion

암시는 언어 외적 기호를 구성하는 여러 형태 중 하나다. 주네트는 이를 "발화된 생각이 발화되지 않은 다른 생각을 떠올리는 것"이자 "말하여진 것과의 관계를 말하여지지 않은 다른 것으로 느끼게 하는 것"[4]
이라 정의한 피에르 퐁타니에Pierre Fontanier를 인용하여 설명한다.

퐁타니에는 수사 기법의 정의, 종류, 형태 등을 총망라하여 정리하여 『전의 학습을 위한 전통 개론서Manuel classique pour l'étude des tropes』 (1821)와 『전의를 제외한 다른 담론 형상Des Figures du discours autres que les tropes』(1827)이라는 두 권의 단행본으로 출간한다. 당시 퐁타니에의 이 두 책은 전통 수사학에 관한 가장 대표적이며 완성된 표본으로 칭송받았으나, 20세기 들어 한동안 잊혔던 것을 1968년에 주네트가 그 두 권을 엮어 『담론 형상Les figures du discours』이라는 제목으로 출간하여 재조명되었다.

주네트는 언어 외적 기호들의 다양한 형태들 중에서 암시야말로 마르셀이 가장 처음 접하게 되는 형태라고 지적한다. 『스완네 집 쪽으로』에서 마르셀은 셀린과 플로라라는 두 이모할머니가 나누는 대화를 듣는데, 두 사람은 누가 더 재치 있는 표현을 사용하는지 경쟁이라도 하듯 말하고자 하는 바를 결코 직접 드러내어 표현하는 일이 없다.

가령 이웃 스완이 좋은 포도주를 선물한 것에 대해서 포도주를 보내주어 고맙다고 하는 대신, 그전에 뱅퇴유의 이웃 한 사람이 매우 친절하더라라는 이야기가 나왔던 데에 착안하여 셀린 이모할머니는 스완에게 그녀가 의미심장한 눈길이라고 부르는 것을 보내며, "뱅퇴유 씨에게만 친절한 이웃이 있는 법은 아니지요"라고 수줍게 말한다. 즉 자신들에게 그토록 고급 포도주를 보낸 스완을 이웃으로 둔 자신들도 뱅퇴유만큼 친절한 이웃이 있다는 것이다. 이처럼 감사의 표현을 직접 하는 대신 다른 말을 통해 자신의 의도를 전달하는 암시는 마르셀의 이모할머니들에게는 재치와 순발력을 드러낼 수 있는 본능적인 수단이 된다.

이러한 의도적 암시 외에 발화자가 의도하지 않은 암시도 존재한다. 주네트는 이러한 비의도적 암시를 프로이트가 말하는 실수lapsus와 같은 선상에 위치시킨다. 주네트는 프로이트가 『정신분석학 입문』에서 설명한 바 있는 실수에 대한 정의를 프루스트의 인물들에게서 드러나는 비의도적 암시에 그대로 적용한다.

> 말하는 사람이 (검열된 경향을) 자신의 말에 드러나지 않게 노력할 때 그 사람은 실수를 저지른다. 다시 말해 발화자의 노력에도 불구하고 검열된 경향이 드러나는데, 그것은 표면상의 의도를 변형시키거나, 그것과 겹쳐지거나, 아니면 단순히 그것의 자리를 대체하면서 드러나게 된다.
>
> ―『정신분석학 입문』

즉 주네트는 프로이트가 분석한 실수와 마찬가지로 프루스트 인물들에게서 드러나는 비의도적 암시는 "검열된 깊은 서술에 의해 표면적 서술이 그 정도가 다양하게 감염된 것"이라고 한다.

이를 가장 잘 보여주는 예로 프루스트 소설 속 인물들이 저지르는 발음상의 실수를 들 수 있다. 주네트가 선택한 두 경우는 공교롭게도 모두 유대인들이 자신의 민족적 정체성을 숨기고자 하는 노력에도 불구하고, 아니 프로이트 식으로 말하면 바로 그 노력 때문에 그들이 '검열하고자 하는 경향'을 그대로 드러내게 되는 경우이다.

앞서 '리프트'를 '라이프트'라고 발음하는 지나친 영어식 발음으로 웃지 못할 언어적 오류를 저지른 블로크에게는 누이가 한 명 있다. 이미 결혼하여 남편의 성을 쓰게 된 그녀에게 누군가 결혼 전의 성이 무엇인지 묻자 자신이 유대인임이 드러날까 당황하여 'Bloch'를 독일식으로 발음한다.

또 다른 인물로 유대인 스완의 딸인 질베르트도 마찬가지의 상황에서 같은 질문에 'Swann'을 독일식으로 발음한다. 블로크의 누이와 질베르트가 아무리 자신의 유대성을 숨기려고 해도 서투른 시도로 어색하게 발음된 이름을 들은 상대방은 그들이 유대인임을 알게 되는 것이다.

기호 2: 완화 atténuation

언어 외적 기호들로서 발화자가 진리를 전달하는 또 다른 방식은 완화다. 이때 주네트는 프루스트의 인물들이 사용하는 완화의 형태를 크게 두 가지로 구분한다. 첫째는 양적 감소를 통해 숨기고자 하는 진리를 덜 강해 보이게 하는 형태이고, 둘째는 상황을 변질시킴으로써 진리의 일부만을 드러내 보이는 형태다.

우선 첫째 경우에 해당하는 양적 감소를 통한 진리의 완화 방식을 가장 간단하면서도 직접 드러내는 예는 늘 침대에서만 생활하는 레오니 아주머니의 상태를 주위 사람들이 묘사할 때다. 그녀는 밤낮을 가리지 않고 늘 침대에서 생활하는데, 병상에 있는 그녀의 상태를 가리켜 마르셀의 가족은 그녀가 '생각하고 있다'거나 '쉬고 있다'라고 표현한다. 그 정도를 완화하여 말함으로써 가족은 마치 그녀의 병세가 한결 좋아진 듯 느끼는 것이다.

진리가 듣는 사람의 마음을 상하게 할까 염려하여 그 정도를 완화하여 말하는 또 다른 예로 주네트는 게르망트 공작 부인을 두고 생루와 마르셀이 나누는 대화를 언급한다. 인물의 이름이 주는 환상에서 아직 깨어나지 못한 마르셀은 게르망트 공작 부인에 대해 고결하며 우아한 이상적인 귀부인의 이미지를 가지고 있다. 마르셀은 그녀가 잘 다니는 산책로에 숨어 있다가 우연을 가장하며 갑자기 나타나 어설프게 인사를 하거나, 그녀의 사진을 어떻게든 손에 넣기 위해 온갖 방법을 동원하기도 한다. 친구가 된 생루가 게르망트 공작 부인의 조카라는 사실을 알게 되자 그에게 그녀와 만남을 주선해달라고 간청한다. 이에 생루는 숙모에게 미처 말을 꺼낼 기회가 없었다며 다음과 같이 덧붙인다.

오리안 숙모는 전혀 친절하지가 않아. 예전의 나의 오리안이 더 이상 아니라고. 완전히 바뀌었어. 장담하건대 숙모는 네가 관심 가질 가치가 없단 말이지.

—『게르망트 쪽 Du Côté de Guermantes』

이때 생루가 마르셀에게 하는 답변, 조금 더 정확하게 표현하자면

답변하는 방식은 게르망트 공작 부인이 마르셀과 만나는 것을 거절했다는 사실, 아니면 그녀가 거절할 것을 알고 생루가 아예 그녀에게 말도 꺼내지 않았다는 사실을 완화해서 담고 있다.

완화의 두 번째 방식으로 실제 상황을 변질시킴으로써 진리의 일부만을 드러내 보이는 형태는 샤를뤼스가 모렐과의 관계를 이야기할 때 살펴볼 수 있다. 주네트는 이 경우 "완화는 상황을 변질시킴으로써 일종의 환유적 변화를 통해 벌어진다"라고 지적한다.

동성애자인 샤를뤼스 남작은 자신의 애인인 젊은 바이올리니스트 모렐과의 관계를 사람들에게 알리고 싶은 욕망과 감추어야만 하는 모순적인 상황에 놓여 있다. 따라서 실제로는 그날 오후에 모렐을 만났지만 사람들에게 말할 때는 그날 아침에 만났다고 부분적인 거짓말을 한다. 이때 모렐을 만났다는 사실은 변함이 없지만 상황을 일부 변질시킴으로써 진실과 거짓을 동시에 발화한 셈이 된다.

주네트는 이처럼 거짓말을 해야만 하는 필요성과 진실을 말하고자 하는 깊은 욕망은 "서로 반대되는 방향으로 작용하는 두 개의 힘이 아니라, 다른 방향으로 이끄는 두 힘으로 그 결과는 고백과 변명의 기묘한 혼합이라는 일탈로 드러난다"라고 분석한다.

기호 3: 부인dénégation

또 다른 형태로 발화자의 의도와 상관없이 감추고자 하는 진실이 끼어들 때가 있다. 그것은 부인의 형태로 드러나는데 발화자는 어떤 내용을 부인하지만 발화의 내용은 사실과 정확히 반대되는 경우다.

주네트는 이러한 부인이 수사학에서 말하는 반어법antiphrase에 해당한다고 지적한다.

언어적 오류들로 가득했던 블로크가 이번에도 다시 한번 그 예로 등장할 수밖에 없는데, '라이프트'가 잘못된 발음이라는 사실을 알게 되었을 때 그는 메마르고 도도한 어투로 "그런 건 전혀 중요하지가 않아"라고 받아넘긴다. 블로크의 이 같은 반응에 대해 화자는 다음과 같이 이해한다.

> 가장 심각한 상황만큼이나 가장 대수롭지 않은 상황에서 자존심이 강한 모든 사람들에게서 드러나는 반응과도 같은 문장으로, 이번 것과 마찬가지로 전혀 중요하지 않다고 말하는 그 사람에게 사실 그 문제는 매우 중요하다는 사실을 부인하는 문장.
>
> ―『꽃핀 소녀들의 그늘에서』

즉 대수롭지 않은 실수에서 그 중요성을 부인하는 사람에게 사실은 그것이 매우 중대한 사안으로 생각된다는 것이다.

자신의 잘못된 발음에 대한 블로크의 반응이 부인에 관한 하나의 독립적인 예인 데 비해 『잃어버린 시간을 찾아서』에는 동성애자가 동성애를 부인하는 발언과 속물이 속물주의를 부인하는 발언으로 점철되어 있다.

주네트는 동성애를 부인하는 동성애자로 단연 샤를뤼스를, 그리고 속물주의를 부인하는 속물로 르그랑댕을 꼽는다. 샤를뤼스는 "나는 동성애자가 아니다"라고 말하는 대신 끊임없이 동성애자들을 비난하고 그런 행위를 소리 높여 저주한다. 마찬가지로 르그랑댕 또한 "나는 속물이 아니다"라고 직접 부인하지 않는다. 다만 그는 주변에서 찾아볼 수 있는 많은 사람들의 속물주의를 꼬집으면서 그러한 경향을 신랄하게 비난한다.

자신 안에 존재하는 특정 성향을 부인하기 위해 그것에 대해 끊임없이 말하는 방식인데, 주네트는 이것이 "부인과 투영의 혼합, 투영적인 고백"이며 "죄책감을 느끼게 하는 본인의 정념을 자신으로부터 멀어지게 함과 동시에 다른 사람들의 경우에 대해 끊임없이 말할 수 있게" 한다고 분석한다.

르그랑댕의 경우에는 의복 선택을 통해서도 자신이 속물이 아니라고 부인하고자 한다. 일요일이면 대부분의 콩브레 주민들은 가장 좋은 옷을 입은 채 성당에서 미사를 드리고, 친구들을 초대하여 근사한 식사를 함께한다. 그런데 르그랑댕은 보란 듯이 초라한 저고리와 구겨진 나비넥타이를 매고 시내를 활보한다.

그런데 그러한 차림이 정말로 전통과 인습으로부터 자유롭고 독립적인 영혼을 가진 자의 자연스러운 발현이 아님은 자신의 차림을 어떻게든 말로써 해명하려는 필요성을 느끼고 있음을 보여주는 그의 발화 내용으로 증명된다. 콩브레의 이웃으로서 마르셀이 소년이었을 때 종종 만나던 르그랑댕의 그 같은 차림은 수년이 흐른 후 그를 파리 근교에서 우연히 만났을 때도 그대로였다. 그는 머리가 희끗하게 세었지만 여전히 자유로운 영혼의 시인을 표방하는 옷차림을 하고 있다. 반면 정장 차림을 하고 있던 마르셀을 보며 르그랑댕은 다음과 같이 말한다.

> 아, 여전히 프록코트를 입은 우리 멋쟁이 양반이 납셨군! 자유로운 내게는 그야말로 어울리지 않는 차림 말이지. 자네는 여기저기 초대를 받는 사교계 인물이지. 나처럼 반쯤 허물어진 무덤 앞에서 몽상에 젖기에는 내가 입고 있는 저고리와 나비넥타이가 제격이지만 말일세.
> — 『스완네 집 쪽으로』

자신의 의복 선택이 세속적인 것과는 전혀 상관이 없음을 표현하는 행위 자체가 르그랑댕의 속물주의를 드러내고 있다.

의복과 마찬가지로 르그랑댕의 발화 내용은 그의 속물주의를 부인하고자 하지만 그런 노력에도 불구하고 그것은 어떻게든 드러난다. 다음 몇 가지 예만 봐도 낭만주의 시인의 전형을 구가하려는 그의 의도적 노력, 세속을 초월한 듯한 이미지를 형성하려는 그의 의식적인 시도를 알 수 있다. 콩브레에 있다가 파리 집으로 돌아간다며, 콩브레의 거리에서 만난 마르셀에게 르그랑댕이 말한다.

> 내 집에는 온통 불필요한 것들만으로 가득하다네. 꼭 필요한 것은 없지. 이곳에서와 같은 커다란 하늘 한 조각 말일세. 자네 인생 위에 항상 하늘 한 조각을 간직하길 바라네.
> — 『스완네 집 쪽으로』

또한 마르셀을 자신의 집에 초대하여 저녁 식사를 하며,

다시는 되돌아가지 않을 마을에서 여행자가 보내온 꽃다발처럼, 자네의 먼 청소년기에서부터 나도 수년 전에 거쳐온 봄의 꽃내음을 맡아볼 수 있게 해주게.

—『스완네 집 쪽으로』

게르망트 가족과 아는 사이인지 묻는 마르셀의 질문에,

사실, 내가 이 세상에서 좋아하는 것이라고는 몇몇 교회들, 두세 권의 책들, 겨우 그림 몇 점들, 자네 젊음의 산들바람이 나의 늙은 눈동자가 더 이상 분간하지 못하는 땅의 향기를 나한테까지 전달할 때의 달빛이라네.

—『스완네 집 쪽으로』

발베크에 아는 사람이 있느냐고 묻는 마르셀 아버지의 질문에는 이렇게 답한다.

상처받았으되 굴복하지 않은 나무들의 무리가 무자비한 하늘에 함께 간청하기 위해 비장한 결의로 모인 곳이라면 저는 친구들이 있습니다.

—『스완네 집 쪽으로』

주네트는 르그랑댕의 언어를 반어적 담론의 전형이라고 평가한다. 르그랑댕이 자연, 풍경, 꽃내음, 초승달 등에 대해 끊임없이 이야기하는 이유는 그가 사교계, 살롱, 귀족 부인들에 대해서 끊임없이 생각하는 속물이기 때문이라는 것이다.

반면 이러한 르그랑댕의 말하는 방식에 대해 마르셀의 할머니는 "지나치게 말을 잘한다, 지나치게 책처럼 말한다, 그의 말에는 자연스러움이라는 것이 없다"라고 평한다. 그런데 무심코 한 듯한 "책처럼 말한다"는 표현은 주네트에 의하면 프루스트의 간접 언어의 특징인 여러 층위를 가장 상징적으로 표현하는 것이다.

여기서 주네트는 그 고유의 '팔랭프세스트palimpseste' 원리를 적용한다.[5] 팔랭프세스트란 예전에 쓰여 있던 글을 지우고 그 위에 새로운 글을 입힌 양피지를 일컫는다. 중세 유럽에서 문서 기록에 사용되던 양이나 염소의 가죽은 제조 과정이 워낙 까다로워 비싼 가격에 판매되었다. 때문에 이 같은 텍스트 덧입히기가 행해졌는데, 그 과정에서 처음 글의 흔적이 연하게 남아 읽어볼 수 있는 경우가 많았다.

주네트는 이러한 텍스트 덧입히기에 착안해 여러 층위를 가진 언어를 가리켜 팔랭프세스트라 칭하고, 르그랑댕의 언어야말로 이러한 팔랭프세스트의 전형이라고 한다. 그의 언어는 우선 말이기에 앞서 하나의 완전한 텍스트라고 할 수 있으며, 그것은 여러 겹에 걸쳐 쓰여 있다고 한다. 따라서 주네트는 르그랑댕의 말은 여러 단계의 읽기를 통해 해석해야 한다고 지적한다.

다양한 층위를 구성하는 첫 번째 층위로는 낭만주의적 요소들로 가득한 기표이며, 두 번째로는 발화자가 전달하고자 한 "나는 속물이 아니다"라는 의도된 기의, 그리고 세 번째로는 감추고자 하지만 실제 의미하는 바인 "나는 속물에 불과하다"라는 비의도적 기의로서의 세 층위다. 여러 층을 내포하고 있는 르그랑댕의 언어는 주네트의 표현에 따르면 "침묵하고자 하는 것을 말하며, 부인하고자 하는 것을 고백하는 [……] 모순된 언어"로, 프루스트의 간접 언어에 관한 가장 아름다운 예 가운데 하나다.

주네트는 『잃어버린 시간을 찾아서』의 화자를 비롯하여 여러 인물들이 사용하는 간접 언어를 분석함으로써 프루스트 글쓰기에서 커다란 축을 구성하는 언어의 문제를 짚었다. 인물들이 저지르는 언어적 오류들 — 그것이 의도적이건, 비의도적이건 — 은 발화자를 이해할 수 있는 중요한 요소가 된다.

하녀 프랑수아즈, 그랑 호텔의 엘리베이터 보이, 게르망트 공작 등 프루스트 소설 속 많은 인물들은 신분이나 계층, 교육 정도에 상관없이 무수한 언어적 오류들을 저지른다. 그들은 특정 단어를 잘못 발음하는 단순한 실수를 저지르기도 하고, 전부터 사용해온 입에 익숙한 표현을 새롭고 낯선 표현 대신 사용할 뿐 아니라, 같은 실수를 반복해서 끊임없이 되풀이하기도 한다.

특히 마르셀은 지명과 인명에서 소리와 의미, 기표와 기의 사이의 연결고리를 형성시켰다가 그 둘 사이에 아무 관계가 없음을 깨닫게 되는데, 그 과정에서 이름을 통해 환상을 가졌던 마을과 인물에 대해 환멸감을 느끼기도 한다.

이러한 언어적 오류들을 지배하는 법칙과 예외에 대한 분석이 말해진 내용에 관한 것이라면, 말해지는 방식 또한 발화자에 관한 숨은 진리를 보여주는 간접 언어로서 언어 외적 기호들로 분류할 수 있다. 말해진 것이 말해지지 않은 다른 것을 떠올리는 암시, 부분적 사실만을 드러내는 완화, 반어적 형태로서 거짓을 말하는 부인 등의 형태는 이러한 언어 외적 기호들을 가장 잘 나타낸다.

주네트가 분석한 프루스트의 간접 언어는 이렇듯 진리를 결코 직접적으로, 표면적으로 드러내는 법이 없다. 진리는 언어 이면에 숨어 있고, 가장되어 있으며, 부분적으로만 드러날 뿐이다. 주네트는 "만약 단어가 사물의 이미지에 의한 것이었다면, 모든 사람들은 시인이 될 것이고, 시는 시가 아닐 것이다. 시는 언어의 결여에 의해 결여에도 불구하고 태어난다"라고 한 바 있는 말라르메를 인용한다. 이어서 프루스트에게 문학작품이 무엇을 의미하는지를 말라르메에게 시가 차지하던 자리에 비유한다.

프루스트가 주는 교훈은 이와 유사하다. 만약 '첫 번째' 언어가 진리를 담고 있는 것이었다면, 두 번째 언어는 존재할 이유가 없을 것이다. 언어와 진리의 충돌이 [……] 간접 언어를 '생산'한다. 그리고 간접 언어는 그야말로 글쓰기, 즉 작품 그 자체다.

—『형상 II』

즉 프루스트 작품의 존재 의미를 바로 간접 언어에서 발견한 것이다. 그만큼 주네트가 분석한 『잃어버린 시간을 찾아서』에서 언어의 문제, 특히 숨어 있는 진리를 발견해야만 하는 간접 언어는 작품을 구성하는 다양한 도구들 중 하나에 그치는 것이 아니라 작품의 근간을 이루는 것으로, 이는 초기에 프루스트가 그의 소설을 '이름의 시대l'Âge des noms', '단어의 시대l'Âge des mots', '사물의 시대l'Âge des choses', 이렇게 세 부분으로 구성하려 했던 계획에도 드러나 있다.

여기서 소설의 첫 부분의 제목으로 생각했던 '이름의 시대'를 화자는 "우리가 이름 붙이는 것을 창조한다고 믿는 시대"[6]라고 정의한다. 이름과 장소, 단어와 사물 사이에 선천적인 상응관계가 있다는 믿음은 앞에서 살펴보았듯이 마르셀이 장소나 사람을 직접 알아가면서 산산이 부서진다.

두 번째로 '단어의 시대'는 담론 속에, 발화된 내용 자체에 진리가 그대로 담겨 있다고 믿는 시대로, 코타르가 언어에 '눈 뜨기' 전에 놓여 있던 순진무구한 상태가 상징한다고 할 수 있다.

마지막 세 번째로 구상했던 '사물의 시대'는 앞의 두 부분과 마찬가지로 '잃어버려야 할 환상'이라고 생각할 수도 있겠으나 사실은 그 반대다. 사물, 즉 자신을 둘러싼 이 세상과 대면하면서 화자는 '눈에 보이는 세상monde visible'과 '실제 세상monde vrai'을 구분하는 법을 배운다.

그에게 살 만한 가치가 있는 유일한 세상, 그래서 예술 작품으로 승화시킬 가치가 있는 세상은 하나의 감각 안에 되살아난 또 다른 감각,

비의도적 기억에 의해 부활한 잃어버린 시간, 은유에 의해 발견한 상반된 두 요소에 숨어 있는 연결고리 등에 의해 되찾은 시간이다. '이름의 시대'와 '단어의 시대'가 고통스러운 환멸의 과정을 거친 후에 벗어나야 할 시대라면, 마지막 '사물의 시대'는 추락이 아닌 승화를 경험함으로써 화자에게 존재의 의미를 깨닫게 하고, 그 앞에 남은 얼마 안 되는 시간을 예술에 바칠 수 있는 힘을 발견하게 한다.

7

글쓰기를 넘어 삶 속으로

롤랑 바르트의 『밝은 방』

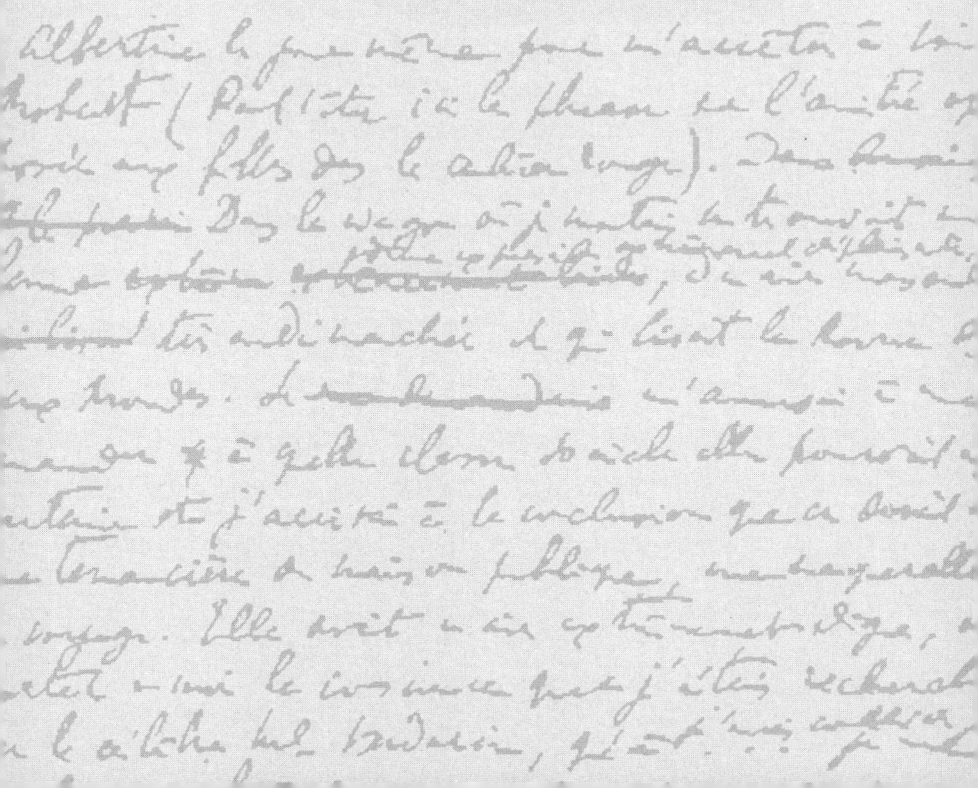

롤랑 바르트
Roland Barthes, 1915-1980

롤랑 바르트만큼 프루스트 효과를 전방위적으로 느낀 작가가 또 있을까? 그의 작가 인생 내내 지속된 프루스트 읽기는 프루스트 쓰기로 이어진다. 그 서막은 「프루스트와 이름들Proust et les noms」(1967)을 통해 열렸고, 「'잃어버린 시간을 찾아서'에 관한 어떤 생각Une idée de Recherche」(1971), 「오랫동안 나는 일찍 잠자리에 들었다Longtemps, je me suis couché de bonne heure」(1978) 등의 비평을 통해 이어졌다. 또한 콜레주 드 프랑스에서의 강의와 세미나를 엮어 작가 사후 출간한 『어떻게 더불어 살 것인가Comment vivre ensemble』(1976-1977년 강의 모음, 2002년 출간)와 『소설 준비La Préparation du roman』(1978-1980년 강의 모음, 2002년 출간)에서 수차례 프루스트를 언급하는 것을 볼 수 있다.

특히 『소설 준비』에는 바르트가 열지 못한 「프루스트와 사진Proust et la photographie」이라는 제목의 마지막 세미나 노트가 포함되어 있다. 바르트는 갑작스러운 교통사고의 후유증으로 사망함으로써 이 세미나는 실현되지 못하고, 현재 강연 노트 형식으로만 남아 있다. 바르트는 「프루스트와 사진」을 통해 프루스트와 관계된 인물들의 사진을 보여줄 생각이었다. 바르트는 스스로를 순수한 '마르셀주의자 marcellien'로 칭하며 구조주의 철학자에서 순수한 프루스트 애호가로 변모한 자신을 드러내길 주저하지 않는다.

바르트의 생전 마지막 저서이자 사진에 관한 이론서 성격을 띤 에세이 『밝은 방La Chambre claire』(1980)은 평생 지속된 프루스트에 대한 애정이 읽기부터 시작해서 쓰기로, 그리고 그것을 넘어 그의 삶 속에 온전히 융화되었음을 보여준다.

촬영자 : 구경꾼 = 작가 : 독자

『밝은 방』은 크게 1부와 2부로 구성되어 있으며 각각 24개의 짧막한 장, 즉 총 48개의 단편적인 장으로 이루어져 있다. 작품의 소제목인 '사진에 관한 노트'가 가리키듯이 각 장은 진지한 학술적 '연구'나 '분석'이라기보다는 저자의 주관적이며 파편적 단상을 기록한 모음집이라는 첫인상을 준다. 그래서 편안하게 페이지를 넘기려는 독자는 이내 1부에서 작가의 현학적 어휘와 간결하지만 압축적인 논지 전개 앞에서 당황하게 된다.

하지만 2부는 작가가 어머니의 죽음을 맞은 후 극적으로 경험하게 된 어머니의 부활 과정이 감동적으로 펼쳐지니, 학술서에 익숙하지 않은 독자라도 조금 인내심을 가지고 읽어나갈 만한 가치가 충분히 있다.

『밝은 방』의 제1부에서 바르트는 사진의 다양한 특성과 종류를 구분한다. 바르트는 사진을 구성하는 요소로 크게 세 가지를 언급하는데, '촬영자Operator'='생산자, 찍는 자', '구경꾼Spectator'='보는 자', 그리고 '유령Spectrum'='수동자, 찍힌 대상, 지시 대상'이 그것이다. 이때 바르트가 기준으로 삼는 것은 철저히 사진을 보는 구경꾼으로서의 '나'이다. 자신은 사진가가 아니기 때문에 사진의 행위자인 사진가는 완전히 배제하고, 그것을 보고 받아들이는 구경꾼에게만 초점을 맞추겠다고 당당히 선언한다.

사진에 관한 담론을 다룬 책에서 촬영자의 능동적이며 예술적인 역할을 이렇듯 완전히 배제하는 것에 대한 변명처럼 바르트는 사진의 구성 요소들 중 유달리 물리적이며 기술적인 측면만을 강조한다. 이는 바르트가 사진 찍기는 화학적이며 물리적인 두 가지 분리된 과정을 거쳐야지만 완성된다고 할 때, 사진가의 도구는 눈이 아니라 '손가락'이라고 할 때, 그리고 사진을 발명한 사람들은 우리가 믿고 있듯이 화가들이 아니라 '화학자들'이라고 할 때 드러난다.

이렇듯 사진의 기술적인 측면을 강조하면서 촬영자를 배제하는 반면 구경꾼 나의 역할에 초점을 둔다는 점에서 『밝은 방』은 저자의 죽음을 이야기함과 동시에 독자의 능동적인 참여를 중시한 바르트의 종래 입장의 연장선상에 있다고 할 수 있다. 이는 또한 프루스트의 독서론과도 일맥상통하는 부분이다. 프루스트는 책 읽기가 삶에서 중요한 자리를 차지한다면 그것은 작가나 작품 자체가 갖는 문학사적 의미 때문이라기보다는 그것을 읽는 독자의 개인적 인상 때문이라고

하지 않았던가.

이어 2부에서는 어린 시절 어머니의 모습을 담은 '온실 사진'을 중심으로 타계한 어머니의 본질을 되찾는 과정을 서술하고 있다. 한층 더 내밀하며 개인적인 작가의 모습을 드러내는 데 주저하지 않는 2부야말로 『밝은 방』의 존재 이유이자 가장 감동적인 부분이라고 할 수 있다. 바르트 총서를 출간한 쇠유Seuil 출판사의 편집 주간인 에릭 마티Éric Marty 또한 『밝은 방』의 1부는 '잃어버린 시간'이며, 2부는 '되찾은 시간'이라고 표현하기도 한다.[1]

바르트는 이 책의 앞 장에 "사르트르의 『상상계』에 경의를 표하며"라고 밝히며 공식적으로 사르트르의 저서에 헌사를 한다. 반면 프루스트에 대한 직접적 언급은 2부 첫머리까지 기다려야 한다. 여기서 바르트는 『잃어버린 시간을 찾아서』 속 한 구절인 "그 사람에 대해 생각하는 것보다도 그를 덜 잘 떠올리게 만드는 사진들(프루스트)"을 인용한다. 이 구절을 포함해서 『밝은 방』에 프루스트, 혹은 그의 작품이 직접 언급된 경우는 쇠유 출판사의 색인에 따르면 총 네 번이다. 반면 사르트르는 단 한 번 인용되었다.

하지만 『밝은 방』에서 프루스트가 차지하는 자리는 이렇게 프루스트라는 이름이나 그의 작품이 직접적으로 인용된 횟수에 비례하지 않는다. 이보다 더 중요한 사실은 바르트가 자신의 책을 이루는 전체적인 구성과 전개에 프루스트를 변용된 형태로 편입시켰다는 데 있다. 그 구체적 내용으로 『밝은 방』 제1부 본문을 이루는 첫 번째 문장은 다음과 같이 시작한다.

어느 날, 아주 오래전에 나는 나폴레옹의 막냇동생인 제롬의 사진 (1852)과 우연히 마주했다Un jour, il y a bien longtemps, je tombai sur une photographie du dernier frère de Napoléon, Jérôme(1852).

— 『밝은 방』

이 문장을 통해 바르트는 이 책을 1인칭으로 서술할 것임을 드러냄과 동시에 간접적으로는 사르트르에 대한 찬란한 헌사와는 달리 『잃어버린 시간을 찾아서』에 암시적 경의를 표하고 있다. 프루스트 소설의 유명한 첫 번째 문장인 "오랫동안 나는 일찍 잠자리에 들었다Longtemps, je me suis couché de bonne heure" 첫머리에 오는 단어 'longtemps'을 자기 저서의 첫 문장으로 차용한 점이 의미심장하다. 이는 결코 우연이라 볼 수 없다. 바르트가 콜레주 드 프랑스에서 프루스트에 관한 강연을 한 적이 있는데, 그 제목이 바로 「오랫동안 나는 일찍 잠자리에 들었다」였기 때문이다. 이는 바르트가 프루스트 작품의 첫 문장의 중요성을 인식하고 있었다는 사실을 뒷받침한다.

바르트의 '스투디움' / 프루스트의 '의도적 기억'

『밝은 방』을 관통하는 사진과 기억의 관계에서 바르트는 "사진은 과거를 기억해내지 않는다(사진에는 프루스트적인 게 전혀 없다)"라고 선언하면서 프루스트가 소설 속에서 사진에 부여하는 기억의 기능을 실제로는 수행하지 못한다고 주장하는 듯하다. 하지만 이때 바르트는 사진의 두 가지 특성을 분리하지 않고 모호하게 기억이 수행하는 일반적 역할 한 가지와 연관 지어 이야기하고 있다.

바르트가 사진은 기억의 역할을 못 한다고 이야기할 때의 기억은 프루스트 식으로 말하면 '의도적 기억mémoire volontaire'으로 이해해야 한다. 시간에 묻혀 있다가 뜻하지 않은 순간, 의도하지 않았으나 스스로 떠오른 기억에 의해 잃어버렸던 시간의 본질을 되찾음으로써 완벽한 충만함과 행복을 느끼게 만드는 비의도적 기억과 달리 의도적 기억은 진리가 아닌 표면만을 건조하게 재현한다.

프루스트는 『스완네 집 쪽으로』가 출간되기 직전, 한 문예지와의 인터뷰에서 다음과 같이 자신의 소설을 풀이한 바 있다.

제 작품은 비의도적 기억과 의도적 기억의 구분으로 지배됩니다. 이런 구분은 베르그송의 철학에는 없을뿐더러, 오히려 그것과 반대되는 것입니다.[……] 제게 있어서 의도적 기억은 무엇보다 지성과 눈에 의한 기억으로, 진리가 없는 표면만의 과거를 보여줍니다. 하지만 완전히 다른 상황에서 되찾은 향기나 맛이 우리의 의지와는 상관없이 우리에게 과거를 떠올리게 할 때, 그 과거는 마치 형편없는 화가들이 진리가 없는 색깔로 그린 그림과도 같은 의도적 기억이 떠올린 과거와는 너무도 다름을 깨닫게 됩니다.[2]

여기서 프루스트는 의도적 기억을 설명할 때 '지성'과 '눈'의 산물이라는 표현을 한다. 프루스트가 의도적 기억이라는 표현을 고안해 낸 것은 본격적으로 소설을 집필하기 시작한 1909년 후반으로 추정된다. 그해 여름까지만 해도 프루스트는 자신이 집필할 작품을 소설형태로 쓸지, 평론의 형태로 쓸지 선택하지 못한 상태였다. 그해 5월부터 집필하기 시작한 『생트뵈브에 반박하여』는 전기적 비평론을 주장한 생트뵈브의 방식을 정면으로 반박하는 평론서로 구상하였다. 이평론서는 결국 미완성인 채로 남겨지게 되고, 프루스트는 다시금 소설의 형식으로 작품을 재구성한다.

이때 『생트뵈브에 반박하여』의 서문에는 이미 『잃어버린 시간을 찾아서』의 비의도적 기억을 구성하는 거의 모든 요소들이 포함되어 있다는 점에서 주목할 만하다. "날마다 나는 지성에 가치를 적게 부여한다"라는 문장으로 시작하는 이 서문에는 마들렌 에피소드, 불규칙한 포석에 발부리가 걸려 넘어지려는 순간 떠오른 베네치아의 기억, 찻잔에 수저가 부딪치면서 내는 소리에 떠오른 기차 여행 중 철로 위를 내리치는 망치 소리 등이 이미 자세히 묘사되어 있다.

그러나 프루스트는 아직 의도적/비의도적 기억이라는 표현을 쓰지 않는다. 다만 '지성'에 의한 기억, 그리고 이에 대조되는 개념으로 '우연'에 의한 기억이라는 표현만을 반복할 뿐이다.

지성이 과거의 이름으로 우리에게 돌려주는 것은 과거가 아니다. 죽은 자들의 영혼을 이야기하는 민속 전설들과 마찬가지로 실제로 우리 삶의 매 시간은 죽은 바로 그 순간부터 몇몇 물체에 의해 형상화되고 그 속에 숨어 있다. 이런 시간은 우리가 그 물체와 만나게 되지 않는 한 영원히 그 안에 갇혀 있다. 그 물체를 통해 우리가 그것을 알아보고 이름을 불러주면 그것은 탈출에 성공한다. 시간이 숨어 있는 물체 — 혹은 감각이라고도 할 수 있는데, 모든 물체는 우리와의 관계에서 감각이기 때문이다 — 를 우리는 결코 만나지 못할 수도 있다. 이와 같이 우리 삶의 어떤 시간들은 결코 부활하지 못하기도 한다. 그런 물체는 지나치게 작고, 이 세상 속에 완전히 버려졌기 때문에 그것이 우리가 가는 길과 마주칠 가능성은 매우 작다. 내 삶의 여름을 여러 번 보낸 한 시골집이 있다. 가끔 나는 그 여름들에 대해 생각해보지만, 그것은 진정한 그 여름들이 아니었다. 내게 그 여름들이 영원히 죽은 것으로 남을 가능성이 매우 컸다. 그것의 부활은, 다른 모든 부활들과 마찬가지로 매우 단순한 우연 때문이었다.

—『생트뵈브에 반박하여』

프루스트가 지성에 의한 기억이라고 표현한 것을 소설에서는 의도적 기억이라고 칭할 때, 이는 주관적 감정이나 즉흥적 반응이 배제된 상태에서 떠올리는 기억이라는 점에서 바르트가 분류한 사진에 관한 두 가지 개념 중 '스투디움studium'에 해당한다고 할 수 있다. 자신의 이러한 개념을 명명할 프랑스어 단어가 없다며 굳이 라틴어에서 취한 이 단어를 바르트는 "어떤 대상에 관한 연구, 누군가에 대한 취향, 분명 열심이기는 하지만 특별한 날카로움 없는 일종의 일반적인 관심"이라고 말한다.

일반적으로 구경꾼은 사진을 대할 때 바로 이 스투디움을 통해서 보고, 이해하고, 분석한다는 것이다. 하지만 이렇게 보는 사진들은 바르트에게 진리가 아닌 표면만을 보여주고, 좋아할 수는 있어도 사랑할 수는 없는 사진들이다. 사진들이 오로지 스투디움만을 지니고 있는 경우가 많은데, 이러한 사진들은 바르트에게 "일반적인, 즉 일종의 '예절 바른' 관심"만을 불러일으킬 뿐이다.

또한 스투디움은 구경꾼 나가 아닌 촬영자를 이해하기 위한 도구이기 때문에 스투디움을 통해 보는 사진들은 결코 나를 찌를 수 없다고 말한다. 촬영자의 의도, 행위에 접근할 수 있는 방식으로서 스투디움은 생산자와 소비자 사이에 맺는 일종의 계약이자 구경꾼 나의 의지에 반하는 것이기 때문이다.

바르트는 윌리엄 클라인William Klein이 1961년 5월 1일 노동절에 찍은 모스크바 거리에 나온 시민들의 사진을 언급한다. 바르트는 그 사진에서 남자아이가 쓴 모자, 늙은 여인이 머리에 두른 목도리, 또 다른 남자아이의 머리 모양을 보며 당시 모스크바 시민들의 삶에 민족학적 접근을 가능하게 하는 "부분적 대상들의 모음"에 관심을 갖는다. 그리고 그러한 사진은 "지식을 좋아하는 자신의 특정 숭배주의를 만족"시킬 수 있다고 한다. 그런데 이러한 종류의 사진은 사진 속 대상의 단편적 요소들, 파편들만을 떠올리게 한다는 점에서 스투디움에 해당한다. 이러한 이미지들은 부분적으로 올바를 수는 있어도, 전체적으로는 그릇된 것이다.

바르트가 촬영 대상의 본질이 아닌 일부만을 겨우 재현하는 사진

윌리엄 클라인, 〈1961년 모스크바 고리키 거리의 노동절〉

에 대해서 실패한 사진이자 스투디움만을 연관시키는 사진이라고 하는 부정적인 평가는 다니엘 메오Danièle Méaux의 사진론과는 분명 차이가 난다. 후자의 경우 "사진기는 현실을 분해하고, 조작하고, 불투명하게 한다. 그것은 이 세계를 구성하는 요소들의 상관성과 연속성을 부정하는 개념이지만, 또한 매 순간마다 신비함을 부여하는 개념이기도 하다"[3]라고 주장함으로써 사진을 통해 부분의 가치가 승격하고, 비연속성이 전에 없는 의미를 띰으로서 작가가 현실을 새롭게 분해할 수 있음을 강조한다.

그러나 바르트는 『밝은 방』에서 본질이 아닌 일부만을 겨우 재현하는 사진은 실패한 사진이자, 스투디움만을 연상시킨다고 부정적 평가를 내린다. 전체가 아닌 부분, 연속성이 아닌 분해된 면만을 떠올리는 사진들에 대해 바르트가 비판적인 입장을 취하는 것은 프루스트가 어떤 과거를 떠올릴 때 본질 되찾기를 실패한 경험을 묘사하는 부분과 평행을 이룬다. 『생트뵈브에 반박하여』의 서문에서 프루스트는 개인적 경험이나 지성의 힘에 의지해 떠올리려 한 과거(의도적 기억)는 본질이 결여된 창백한 껍데기에 불과하다는 논리를 펼친다.

『잃어버린 시간을 찾아서』에서 화자는 나무들이 줄지어 서 있는 오솔길을 산책하다가 일순간 그와 비슷한 나무들과 연관된 과거의 기억이 있음을 떠올린다. 이때부터 그는 의식적으로 그 기억이 무엇인지 생각해내려 애쓴다. 하지만 이러한 노력은 과거 전체를 살려내지 못하고 그저 파편적이며 부분적인 모습만 보여줄 뿐이다. 화자는 "나는 그것의 형태, 배치, 선을 알아보았다. 그것은 내 마음 속에서 떨리는 어떤 신비한 밑그림 위에 올려놓고 그린 것 같았다. 하지만 나는 그 이상 말할 수는 없었다"라며 그것과 연관된 과거 전체를 부활시키는 것이 불가능함을 애석해한다.

『잃어버린 시간을 찾아서』에서 작가가 처음으로 의도적 기억이라는 표현을 쓴 곳은 소설의 제1권에서 화자가 어린 시절을 보낸 콩브레를 의식적으로, 의지적으로 추억하고 기억하는 장면이다. 그런데 그렇게 해서 떠올린 과거의 콩브레는 창백하기만 할 뿐이다.

하지만 내가 떠올린 것이 단지 의도적 기억에 의한 것이었기에, 그리고 그런 기억이 과거에 대해 주는 정보들은 과거를 전혀 보존하지 못하기 때문에 나는 콩브레의 이러한 남은 부분을 결코 기억하고 싶지 않았다. 이런 모든 것은 사실 내게는 죽은 것이나 다름없었다.

—『스완네 집 쪽으로』

소설의 이 부분에서도 프루스트는 사진에 대해 언급하지는 않는다. 마찬가지로 바르트 또한 『밝은 방』 그 어디에도 프루스트의 의도적 기억에 대해 논하지 않는다. 다만 프루스트가 『생트뵈브에 반박하여』에서 지성에 의한 기억으로 표현하고, 『스완네 집 쪽으로』에서 의도적 기억이라 표현한 것을 바르트는 '스투디움'이라고 말하면서 사진이 담고 있는 본질을 떠올리는 데 실패하고 피사체의 부분, 파편, 단면에 얽힌 것만을 떠올리는 것과 일치시킨다.

바르트의 '푼크툼' / 프루스트의 '비의도적 기억'

반면 스투디움과 대조되는 개념으로 제시한 '푼크툼punctum'은 구경꾼인 '나'에게 다가와 화살처럼 찌른다. 스투디움과 마찬가지로 라틴어에서 차용한 푼크툼은 "날카로운 도구에 의해 생긴 상처, 찔림, 표시"라고 한다. 앞서 말한 스투디움을 방해하고, 내게 상처를 입히고 괴롭히는 사진 속의 어떤 우연한 요소다.

푼크툼은 또 '세부détail'와도 연관된다. 바르트는 이 단어를 강조 부호 안에 표기하여 강조한다. 저자에 의하면 "푼크툼은 많은 경우 '세부', 즉 부분적인 사물"이자 "의도적이지 않거나, 적어도 전적으로 의도적이지 않은 것이어야" 한다. 이번에도 바르트는 프루스트를 떠올리는 직접적인 언급을 피하려는 듯, '의도적'이라는 개념을 표현하는 단어로 프루스트가 사용하는 'volontaire' 대신에 'intentionnel'을 선택한다. 하지만 푼크툼이라는 개념을 통해 바르트가 말하고자 하는 바는 프루스트가 비의도적 기억을 통해 살려내는 대상의 본질과 일맥상통한다.

바르트는 촬영자가 의도하지 않았으나 사진에 찍힌 어느 세부에 의해서, 그 세부적 요소가 구경꾼 나에게 직접 다가와 날카로운 도구로 찌르듯 예기치 못한 놀라움을 일으킬 때 사진의 본질이 부활함을 경험한다. 비의도적 기억과 푼크툼에 의한 되찾기에 대해서 프루스트와 바르트는 모두 '부활'이라는 표현을 쓴다.

『잃어버린 시간을 찾아서』에서는 화자가 의지가 결여된 상태에서 의식적으로 시도하지 않았을 때 비의도적 기억의 연속 작용으로 유년기의 콩브레가 부활하고, 베네치아의 산마르코 광장의 고르지 않은 포석이 부활한다. 이때 비의도적 기억의 촉매 역할을 하는 요소는 혀끝에 닿은, 따뜻한 차에 적신 촉촉한 마들렌의 맛이며, 게르망트 공작부인의 앞마당에 튀어나온 어느 포석에 걸린 발끝의 감각이다. 프루스트 식 비의도적 기억이 거의 언제나 오감의 자극을 동반하고, 과거의 어느 감각과 현재의 감각이 전혀 다른 상황에서 공통적으로 맞물릴 때 발생한다는 점에서 감각을 자극하는 마들렌이나 게르망트 공작 부인 앞마당의 포석은 바르트가 말하는 푼크툼을 구성하는 요소인 '세부'와도 맞먹는다.

그런데 세부로서의 푼크툼에 대해서 바르트는 "얼마나 강렬하건 간에, 푼크툼은 어느 정도 잠재적으로 확장하는 힘이 있는데, 이 힘은 종종 환유적이다"라고 이야기한다. 이는 제라르 주네트가 프루스트가 소설에 사용한 은유는 대부분 '환유적 변화'로서, '전염의 효과'를 발생시킨다고 분석한 것을 떠올리게 한다.[4] 푼크툼이 그것을 담고 있는 사진 밖으로 튀어나와 환유적이라 할 수 있다면, 프루스트가 소설에서 여러 차례 강조하는 은유는 환유의 또 다른 이면으로, 개념의 인접성, 근접성, 유사성은 그것 주변에 있는 개념까지도 침식한다.

주네트에 의하면 마르셀이 비본 강에 던져진 유리병을 보며 그것은 강물을 담고 있는contenant 동시에 그것 자체가 강물에 담겨 있다고contenu 표현할 때, 또한 오페라 극장의 칸막이 관람석을 가리키는 'baignoire'(프랑스어로 '욕조' 혹은 '오페라 극장 등의 칸막이 관람석'으로 사용되기도 한다)라는 표현이 연상시킨 물의 이미지에 의해 오페라 극장을 깊은 바닷속 수중에 묘사할 때, 이는 모두 은유라기보다는 전염의 효과를 가지는 환유라는 것이다.

그런데 바르트는 푼크툼의 확장시키는 기능을 설명할 때 프루스트를 언급한다.

푼크툼의 또 다른 (덜 프루스트적인) 확장이 있다. 역설적이게도 여전히 '세부'이면서 사진 전체를 가득 채우는 경우다. 듀안 마이클은 앤

듀안 마이클, 〈앤디 워홀〉, 1958

디 워홀을 찍었다. 도발적인 초상이다. 앤디 워홀은 두 손으로 얼굴을 가리고 있다. 나는 이와 같이 숨기는 게임에 대해 지성적으로 분석할 마음은 조금도 없다(그것은 스투디움에 해당한다). 왜냐하면 나한테 앤디 워홀은 전혀 숨기고 있지 않기 때문이다. 그는 내게 그의 두 손을 숨김없이 읽을 것을 제시하고 있다. 푼크툼은 행위가 아니라 이처럼 끝이 뭉툭한 주걱 모양의 여리고 거무스레한 손톱을 이루는 거부감을 일으키는 물질이다.

— 『밝은 방』

앤디 워홀의 손톱은 그의 가려진 얼굴 초상 사진 전체에서 세부지만, 그것을 보는 구경꾼 바르트에게는 생산자 듀안 마이클이 의도하지 않았으나 사진 전체를 가득 채우는 확장하는 힘을 발휘한 것이다.

그렇다면 프루스트는 소설 속에서 사진에 어떤 역할을 부여하는가? 『잃어버린 시간을 찾아서』에 등장하는 많지 않은 몇몇 사진들 중에는 작곡가이자 피아니스트인 뱅퇴유의 사진과 마르셀의 할머니 사진이 단연 가장 중요한 자리를 차지한다. 이 두 사진이 공통적으로 수행하는 역할이 있는데, 흥미롭게도 모두 주변 인물에 의해 성도착의 도구로 활용된다.

우선 뱅퇴유의 사진이 언급되는 상황은 다음과 같다. 『스완네 집 쪽으로』에서 마르셀은 작곡가이자 피아니스트인 뱅퇴유가 사는 몽주뱅에 산책을 나가서 뱅퇴유 씨네 집 그늘에 누워 쉬다가 잠이 든다. 마르셀이 눈을 떴을 때는 이미 어둠이 깔려 있었고, 음악가의 딸인 뱅퇴유 양이 집에 막 들어온 참이었다. 자신이 움직여 그곳에 있다는 사실을 들키게 되면 뱅퇴유 양으로부터 이상한 오해를 살까 봐 마르셀은 일어나지도 못하고 의도하지 않게 다음에 벌어지는 장면을 엿보게 된다.

뱅퇴유 양의 거실 안쪽 난롯가에는 아버지의 초상 사진이 올려져 있었는데 거리에서 자동차 한 대가 굴러오는 소리가 들리자 그녀는 재빠르게 그 사진을 가져와서 소파에 몸을 던진 후 옆에 작은 상을 가져와 그 위에 올려놓았는데, 그것은 마치 예전에 뱅퇴유 씨가 내 부모님에게 연주해주고 싶은 곡을 그의 옆에 놓아두었던 것과도 같았다. 곧 그녀의 여자 친구가 들어왔고 뱅퇴유 양은 두 손을 머리 뒤에 깍지 낀 채 친구를 맞았으며, 그녀에게 자리를 마련해주려는 듯 소파의 가장자리로 몸을 옮겼다.

[……]

뱅퇴유 양의 크레이프 천 블라우스의 벌어진 틈 사이로 친구가 입맞춤하는 것을 느낀 그녀는 작은 외마디 비명을 지르며 도망쳤고, 그 둘은 날개처럼 커다란 소매를 펄럭이며 사랑을 나누는 두 마리 새처럼 구구거리고 짹짹거리며 뛰어다니면서 서로 쫓고 쫓겼다. 이윽고 뱅퇴유 양은 친구의 몸에 깔려 소파에 쓰러졌다. 하지만 친구는 옛 피아노 선생님의 사진이 놓인 작은 상을 등지고 있었다. 뱅퇴유 양은 자신이 친구의 주의를 그쪽으로 끌지 않는 한 친구가 그것을 보지 못하리라는 것을 알았고, 마치 이제 막 그 사진을 알아본 것처럼 말했다.

"아, 대체 누가 이 사진을 여기 가져다 놓았는지는 모르겠지만 우릴 보고 있는 아버지라니! 여기에 놓지 말라고 내가 그렇게 여러 번 말했는데."

[……]

"내가 이 끔찍한 영감탱이에게 뭘 하고 싶어졌는지 알아?" 친구는 사진을 손에 들며 말했다. 그러고는 뱅퇴유 양의 귀에 뭐라고 속삭였지만 나는 알아들을 수가 없었다.

"아, 네가 설마."

"내가 설마 침을 뱉지 못할 거라고? 이까짓 것 위에?" 친구는 짐짓 거칠게 말했다.

나는 그 이상을 들을 수는 없었다. 뱅퇴유 양은 지치고 서투르고 겁먹고 솔직하고 슬픈 표정으로 겉창과 안쪽 창문을 닫았기 때문이다. 하지만 나는 이제 뱅퇴유 씨가 생전에 딸 때문에 느꼈을 커다란 고통에도 불구하고 그가 죽어서도 대가로 돌려받은 것이 무엇인지 제대로 이해하게 되었다.

—『스완네 집 쪽으로』

이와 같은 장면을 마르셀은 뱅퇴유 양이 창문을 닫아 안쪽을 보는 것이 물리적으로 불가능해질 때까지 오롯이 엿본다. 여기서 뱅퇴유의 사진은 바르트가 말하는 스투디움의 역할을 수행할 뿐이다. 그 사진은 마르셀에게 처음으로 여자 동성애자들의 행각을 적나라하게 엿보게 한 도구에 그친다. 뱅퇴유의 사진은 마르셀의 어떤 개인적인 과거의 경험이나 느낌을 찔러 아프게 하지도, 강력한 힘을 발휘하여 기억을 부활시키지도 않는다. 그 사진은 뱅퇴유 양과 그녀의 여자 친구가 자신들의 애정 행위에 한층 자극을 주기 위해 활용하는 소품일 뿐이다.

반면 프루스트 소설에 중요하게 언급되는 또 다른 사진인 생루가 찍은 할머니 초상은 마르셀에게 죽음이라는 것을 뼈저리게 느끼게 한다는 점에서 푼크툼의 기능을 수행한다. 마르셀이 처음으로 노르망디의 해변가 마을인 발베크를 방문했을 때 할머니와 함께였던 데 비해, 두 번째 방문에서는 할머니는 이미 돌아가시고 마르셀 혼자다. 기차를 타고 도착한 발베크에서 여행의 피로를 느끼던 첫날 밤, 예전에 할머니와 묵었던 바로 그 그랑 호텔에 머물며 마르셀은 신발을 벗기 위해 몸을 숙인다.

　내 존재는 송두리째 흔들렸다. 첫날 밤, 피곤 때문에 심장에 무리가 가는 것을 느끼고 그 고통을 달래려 애쓰면서 나는 신발을 벗기 위해 느릿느릿 조심스럽게 몸을 굽혔다. 하지만 구두의 첫 번째 단추에 손이 닿자마자 내 심장은 미지의, 신적인 존재로 가득 차서 부풀어 올랐고, 몸은 흐느낌으로 뒤흔들렸으며, 두 눈에서는 눈물이 넘쳐흘렀다. 나를 구조하러 온 자, 영혼이 메말라버리지 않도록 나를 구하러 온 자는, 몇 년 전 이처럼 동일한 비탄과 고독의 순간, 이처럼 내가 나를 전혀 갖고 있지 않은 순간 찾아와 내게 나를 돌려준 자로, 그것은 나였으며, 나 이상의 자(그릇 안에 담겨 있는 것 이상이자, 담겨 있는 것을 내게 가져다준 그릇)이기도 했다. 나는 기억 속에서 할머니의 얼굴, 나의 피곤함에 기울인 부드럽고, 근심 어리고, 실망한 얼굴, 발베크에 처음 도착했던 날과 똑같은 할머니의 얼굴을 보았다. 그것은 내가 그토록 그리워하지 않아서 스스로도 놀라고 나 자신을 나무라게 됐던 할머니, 이름뿐인 할머니가 아니라, 진정한 나의 할머니, 발작을 일으켰던 샹젤리제 산책 이후 처음으로 비의도적이며 완전한 기억으로 살아 있는 실재를 되찾은 내 할머니의 얼굴이었다. 이와 같은 실재는 우리의 생각에 의해 재창조되지 않는 한 존재하지 않는다(그렇지 않다면 거대한 전투에 참가한 사람들은 모두 위대한 서사시인이 될 것이다). 이렇듯 할머니의 팔 안에 안기고 싶은 미칠 듯한 열망에 사로잡힌 바로 그 순간 — 할머니의 장례를 치르고

1년도 더 지나서, 사실 사건의 달력이 감정의 달력과 일치하는 것을 방해하는 이와 같은 착오에 의해서 — 나는 할머니가 죽었다는 것을 지금 막 깨달았다.

—『소돔과 고모라』

마르셀이 신발 끈을 풀기 위해 몸을 숙이는 순간, 그는 과거 바로 그그랑 호텔에 처음 도착했던 날 밤 할머니가 그의 옷을 갈아입히고 신발 끈 푸는 것을 도와주기 위해 몸을 숙였던 순간이 떠올랐던 것이다.

비의도적 기억에 의해 할머니 존재의 실체, 그녀가 다시는 돌아올 수 없음을, 영원히 떠났음을 그녀의 물리적 죽음 이후 1년이 더 지나서야 처음으로 깨닫게 된다. 비의도적 기억에 의한 이러한 깨달음은 마르셀에게 할머니와 관계된 다양한 순간들을 묻혀 있던 기억의 수면 위로 연이어 떠올리게 한다. 그중에는 샹젤리제에서 할머니가 심장 발작으로 쓰러졌던 날의 충격도 있지만, 무엇보다 발베크에서 머물던 여름 로베르 드 생루가 할머니의 초상 사진을 찍던 날, 보통 때와 달리 진한 화장을 하고 황당하도록 챙이 큰 모자를 쓴 채 한껏 치장한 할머니를 보고 그녀에게 상처를 준 말을 던졌던 기억이 떠오른다.

조금씩 나는 할머니에게 필요에 따라서는 나의 고통을 보여주고, 또 과장도 하면서 할머니에게 고통을 느끼게 한 다음 그저 입맞춤을 하는 것으로 내가 보여주는 다정함이 나의 행복만큼이나 할머니의 행복을 결정지을 수 있기라도 한 것처럼 그녀의 고통을 없앨 수 있다고 생각한 모든 순간들을 떠올렸다. 그런데 이보다 더 최악은 이제 다정함으로 형상이 잡히고 방향이 결정된 얼굴의 단면들에 행복감이 이는 것을 되찾는 것만이 내가 행복해지는 방법이라고 깨닫게 되었지만, 예전에는 그런 할머니의 얼굴에 아주 작은 즐거움조차도 도려내고자 비이성적일 정도로 악랄하게 행동한 적이 있었다는 사실이다. 생루가 할머니의 사진을 찍던 날 어스름한 빛을 받으며 챙이 넓은 모자를 쓰고 자세를 취하는 허영심과 우스꽝스러운 유치함을 견디지 못한 나는 할머니에게 성급하고 상처 주는 몇 마디를 던졌는데 얼굴이 굳는 것을 보고 할머니가 타격을, 충격을 받았음을 알 수 있었다. 그 말들은 이제 나를 갈가리 찢어놓고 수천 번의 입맞춤도 나를 위로해줄 수 없었다.

—『소돔과 고모라』

사진 촬영을 하던 당시, 할머니의 이러한 모습이 유치한 허영심 때문이라 생각되어 마르셀은 그런 할머니가 영 마음에 들지 않았다. 하지만 두 번째 발베크 방문에서 예전에 할머니가 발작으로 쓰러진 적이 있었고 그 사실을 손자가 알지 못하도록 호텔 지배인에게 부탁했던 사실, 그리고 그토록 화장을 진하게 했던 이유가 악화된 건강을 감추기 위해서였다는 사실을 지배인을 통해 알게 된다.

즉 할머니는 자신에게 닥친 죽음을 예견하며 자신의 건강한 모습을 손자가 기억했으면 하는 바람으로, 자신의 죽음 이후에도 손자가 자신을 추억할 수 있는 사진을 가졌으면 하는 바람으로 생루에게 초상 사진을 부탁했던 것이다. 할머니의 사진은 마르셀에게 사랑하는 존재의 영원한 상실, 어리석고 응석받이였던 과거의 자신에 대한 고통과 후회로 몸부림치게 만드는 푼크툼이 된다.

생루가 찍은 할머니 사진과 관계된 이야기는 여기서 끝나지 않는다. 할머니의 죽음을 진정으로 깨닫는 이 장면은 소설의 제4권 『소돔과 고모라』에서 두 번째로 발베크를 방문하던 중 벌어지는데, 그로부터 두 권이 더 지난 제6권 『사라진 알베르틴』에서 마르셀은 세 번째로 발베크를 방문하게 되고, 이때 할머니의 사진이 다시 한번 언급된다. 그런데 바로 이 세 번째 방문에서 호텔 지배인은 사진을 찍은 후 생루가 네거티브필름을 인화한다는 핑계로 호텔의 엘리베이터 보이와 남색 행위를 벌였다고 증언한다.

이렇듯 할머니의 사진은 마르셀에게 영원한 상실감과 고통, 어리석었던 자신에 대한 후회와 죄의식을 느끼게 할 뿐 아니라 생루라는 주변 인물에 의해 성도착의 도구로 활용되고, 뱅퇴유의 초상 사진은 그의 딸과 그 여자 친구의 아슬아슬한 애정 행각에 한층 더 자극을 주기 위한 도구로 사용된다. 프루스트 소설에서 비중 있게 언급되는 사진 두 장이 모두 성도착과 연관된다는 점이 흥미롭다. 반면 바르트는 이러한 프루스트의 사진 활용을 자신의 어머니를 담은 온실 사진 묘사로 완전히 전복한다.

바르트는 어머니가 사망한 후 어머니가 머물던 빈 방에 들어가 사진들을 훑어보며 사진들을 세 종류로 나눈다. 첫째는 어머니의 신원적 정체성만을 확인시키는 형편없는 사진들, 둘째는 어머니를 그런대로 닮게 찍은 사진들로 이 부류에 속하는 사진이 제일 많았다. 그리고 셋째는 "이거다!"라는 탄성을 이끌어내는 사진들로, 이제 살펴볼 다섯 살 때 어머니의 모습을 담은 온실 사진이 여기에 해당한다.

온실 사진은 바르트에게 어머니에 관한 진실을 보여주는 것으로, 그것의 푼크툼은 사진 밖으로 튀어나와 그것이 담고 있는 사진과 독립적으로 존재한다. 바르트가 어머니의 온실 사진을 발견하는 순간과 그것에 연결된 어머니 되찾기 과정은 다음과 같이 묘사된다.

나는 이렇게 어머니가 얼마 전 숨을 거둔 아파트에 혼자 가서 전등 아래로 어머니의 사진들을 하나하나 보며, 그녀와 함께 시간을 거슬러 올라가 내가 사랑했던 얼굴의 진리를 찾으려 했다. 그리고 나는 그것을 발견했다.

사진은 매우 오래된 것이었다. 가장자리가 해졌고 판지를 댄, 빛바랜 세피아 톤 사진은 천장이 유리로 된 온실 안에서 작은 나무 다리 끝에 모여 서 있는 어린아이 둘을 겨우 담고 있었다. 어머니는 당시 다섯 살이었고(1898), 어머니의 오빠는 일곱 살이었다. [……]

나는 어린 소녀를 관찰한 끝에 마침내 어머니를 되찾았다. 얼굴의 광채, 순진한 자세로 놓은 두 손, 드러나지도, 숨지도 않은 채 온순하게 자리 잡은 모습. 또한 그녀의 표정은 선을 악에서 구분해주는 것처럼, 그녀를 신경질적인 소녀나 어른 흉내를 내는 아양 떠는 인형 같은 아이들과 얼마나 다른지를 보여주고 있었고, 이 모든 것은 절대적인 '순수함'(이 단어를 "나는 해를 끼칠 줄 모른다"라는 고유의 어원 그대로 받아들인다면)을 형성하고 있었으며, 사진 촬영을 다음과 같은 견딜 수 없는 역설이자 그녀가 생전 평생에 걸쳐 지키고자 하던 것으로 탈바꿈시켰는데, 그것은 바로 확고한 온유함이었다. [……]

이번만은 사진이 내게 기억만큼이나 확실한 감정을 느끼게 했다. 프루스트가 신발을 벗기 위해 어느 날 몸을 숙였을 때 갑자기 기억 속에서 "처음으로 비의도적이며 완전한 기억으로 살아 있는 실재를 되찾은" 할머니의 얼굴을 본 것처럼 말이다.

—『밝은 방』

바르트가 『밝은 방』에서 다섯 살 모습의 어머니를 담은 온실 사진을 발견하는 장면은 프루스트 소설에 등장하는 뱅퇴유나 할머니의 사진과 여러 면에서 대칭을 이룬다. 이때 대칭은 그 사이에 거울을 끼워둔 것과도 같은 형태로 나타난다. 바르트의 온실 사진이 마르셀의 할머니 사진과 비교해 갖는 하나의 큰 차이점은 온실 사진이 바르트에게 어머니를 되찾는 데 절대적 역할을 한 물리적 도구라면, 마르셀에게 할머니의 사진은 기억이 떠올린 결과물 중 하나다. 바르트에게 사진이 앞서고 기억이 뒤따른다면, 마르셀에게는 기억이 앞서고 사진이 뒤따른다. 마르셀은 신발을 벗기 위해 몸을 숙이는 과정에서 과거에 같은 장소에서 할머니가 자신의 신발을 벗겨주던 동작을 비의도적 기억을 통해 떠올리게 된 것이었고, 그 결과로 생루가 찍은 할머니의 사진을 기억해냈었다.

사진을 다루는 데 있어 바르트와 프루스트의 또 다른 차이점은 시간의 구체적인 언급에 있다. 바르트는 온실 사진을 언급하기에 앞서

1913년, 즉 어머니가 스무 살이었던 당시 찍은 사진을 언급한다. 그 사진을 보며 놀라움을 금치 못하는데 그 이유는 자신이 너무나 잘 알고 있던 사람이 평소와는 다른 차림을 하고 있었기 때문이다. 평소 소박한 어머니의 모습에 익숙해 있던 바르트는 스무 살, '꽃핀 소녀'의 모습을 한 어머니의 "멋진 도회적 차림, 테 없는 둥근 모자, 깃털, 장갑, 소매와 목둘레를 덮은 섬세한 옷감"에 어리둥절해한다.

이 같은 묘사는 생루 앞에서 포즈를 취하던 마르셀의 할머니에 대한 암시일까? 그런데 작가는 한껏 멋을 부린 어머니 사진이나 온실 사진에 정확한 연도를 표기하고, 또 온실 사진을 찍을 당시의 어머니뿐 아니라 어머니 오빠의 구체적 나이까지 언급한다. 하지만 프루스트의 작품 속에는 주인공 마르셀을 비롯해서 인물들의 나이를 직접 언급하는 경우가 거의 없고, 시대적 배경 또한 구체적 연도 없이 진행되는 특징이 있다.

하지만 마르셀의 할머니 사진과 바르트의 온실 사진이 갖는 보다 중요한 차이점은 마르셀이 한번 죽은 할머니를 다시 한번 죽이는 반면, 바르트는 온실 사진을 통해 어머니를 되찾고 부활시켰다는 점이다. 이 사진을 보고 바르트는 어머니의 살아 있는 실체를 되찾는 경험을 한다. 온실 사진이 바르트에게 얼마 전 돌아가신 어머니를 되살린 것이다.

마르셀이 할머니를 영원히 잃어버렸다는 상실감과 박탈감에 괴로워한다면, 바르트는 절대적이며 완전한 평온함을 느낀다. 마르셀이 할머니의 사진을 떠올림으로써 영원한 상실감을 뼈저리게 느낀다면,

바르트는 온실 사진을 보며 어머니의 부활을 경험하고 마침내 어머니의 진리를 되찾게 된다는, 완전히 다른 결론을 맺는다.

이는 바르트가 병상에 있는 어머니를 간호하며 그녀를 아기처럼 먹여주었던 기억을 떠올리면서 "내가 어머니를 낳았다"라고 서술하는 부분에서 상징적으로 확인된다. 바르트가 어머니와 자리를 대체하는 장면은 병상과 관련하여 구체적으로 언급된다.

> 어머니가 아팠을 때 나는 어머니를 간호했고, 어머니가 좋아하는 차를 공기에 담아 먹여드리고는 했다. 찻잔에 마시는 것보다 그편을 어머니가 더 편안해했기 때문이다. 어머니는 나의 어린 딸이 되었고, 어머니의 첫 번째 사진에 있던 본질적인 아이와 연결되었다.
>
> ─『밝은 방』

마들렌 에피소드로 이어지는 『잃어버린 시간을 찾아서』의 도입 부분에서 중년의 화자가 비에 젖은 채 아파트에 돌아오자 그에게 따뜻한 차 한 잔을 권하던 어머니처럼, 이번에는 바르트가 어머니가 되어 어린아이가 된 어머니에게 차를 내준다. 바르트가 마들렌 에피소드를 의식하고 어머니에게 차를 주는 장면을 삽입했는지, 작가의 의도를 독자가 단언할 수는 없는 일이다. 하지만 텍스트는 분명히 그 존재를 드러내고 있다. 바르트는 굳이 '찻잔tasse'이 아닌 '공기bol'에 차를 준다고 강조하면서 다시 한번 프루스트를 떠올리는 오브제를 『밝은 방』에 등장시키지만, 그것은 변형된 형태를 띤다.

하지만 나의 푼크툼은 타자의 푼크툼이 될 수 없다. 그것은 어디까지나 구경꾼에게 초점을 둔 개념이기 때문에 구경꾼이 누구인지에 따라 달라진다. 이런 이유로 바르트는 『밝은 방』에 온실 사진을 직접 보여주지 않는다.

> 나는 당신에게 온실 사진을 보여줄 수가 없다. 그 사진은 나만을 위해 존재한다. 당신에게 그것은 별것 아닌 사진이자 '아무것'에 관한 수많은 현상들 중 하나에 불과하다. [……] 그것은 기껏해야 시대, 의복, 촬영 방식 등 당신에게 스튜디움적 관심을 끌지 모른다. 하지만 그 사진은 당신에게 어떤 상처도 입히지 않는다.
>
> ─『밝은 방』

바르트가 독자에게 온실 사진을 보여주지 않는 이유에 대해서 에린 미첼Erin Mitchell은 이미지가 글을 뛰어넘기 때문에, 즉 독자가 작가 고유의 의도와는 상이하거나 그릇된 해석을 펼칠 수도 있기 때문이라고 한다. 이는 다르게 해석하면 사진의 무한한 힘, 억누를 수 없는 힘으로부터 작가의 글쓰기를 보호하는 것과도 연결된다.[5]

바르트는 프루스트가 설정한 손자와 할머니의 관계를 아들과 어머니로 대체한다. 이 점에 대해 에릭 마티는 프루스트가 할머니의 사진을 생루의 성도착 도구로 활용한 반면, 바르트는 어머니를 모든 형태의 성적 유희로부터 보호하려 했다고 분석한다. 마티는 "바르트의 모든 작업은 어머니를 성도착의 위험으로부터 보호하고, 환상 없는 기

어머니와 남동생과 함께, 랑드 해변가에서.(『롤랑 바르트가 쓴 롤랑 바르트』 중)

넘비를 제작하는 것이다. 생루 같은 훼방꾼이나 악한 분신은 없다"[6]
라며 프루스트의 할머니 사진과 바르트의 어머니 사진이 전혀 다르
게 활용되었음을 설득한다.

그런데 프루스트가 진정으로 어머니를 무엇으로부터 보호하려고
했다면 그것은 성도착보다 한층 두렵고 절대적인 존재, 즉 죽음 자체
가 아니었을까? 어머니의 죽음 이후 비로소 진정으로 소설 집필에 착
수할 수 있었던 프루스트는 동성애자로 자신의 정체성과 존재의 뿌
리를 마음 놓고 풀어나가기 시작했던 것 아닌가? 또한 아버지와 같은
의사의 길을 선택하고 가정까지 꾸린 남동생 로베르와 달리 평생 독
신에 의지의 결핍과 무능력의 증명으로서 자신의 존재가 어머니에게

일생 걱정거리만 안겨주었다는 사실, 그 죄책감과 속죄하는 마음이 소설 속에서나마 마르셀의 어머니가 돌아가시는 설정을 차마 하지 못하게 만든 것은 아닐까?

소설에서 마르셀이 사랑하는 가족 누군가의 죽음을 그토록 처절하게 느끼고 다시는 돌아오지 못하는 존재의 상실을 피부로 깨닫는다는 설정에서 그 가족은 응당 가장 가까운 어머니여야 한다. 하지만 자신의 불효가 실제로 어머니의 죽음에 일정 부분 기여했다는 죄책감에 괴로워했을 프루스트이기에 소설 속에서 어머니를 다시 한번 죽일 수 없었던 것이라 생각한다면, 그래서 어머니를 할머니로 대체한 것이라 여겨진다면 지나친 공상일까.

프루스트와 달리 바르트는 『밝은 방』에서 자신의 동성애에 관한 어떤 언급도 하지 않는다. 이는 작가가 남긴 프루스트와 관련한 다양한 글과 강의에서도 마찬가지다. 바르트가 계획한 마지막 강의인 「프루스트와 사진」에서 프루스트를 비롯한 작가 주변 인물들의 실재 삶에 대해서 이야기하지만, 이때조차도 바르트는 프루스트의 동성애에 대해 함구한다.

"나는 어머니 꿈을 자주 꾼다, 나는 오로지 어머니 꿈만 꾼다", "어머니가 죽은 이상, 나는 우월한 생존자(인류)의 행보에 나 자신을 맞출 이유가 완전히 없어졌다" 등의 고백에서도 알 수 있듯이 바르트에게 어머니는 절대적인 존재였고, 그러한 어머니를 위해 제작한 기념비에 성에 관한 담론 일체를 함구하기로 결심한 듯하다.

'밝은 방'의 부활 / '되찾은 시간'

바르트가 어머니를 부활시킨 사진은 온실의 '밝은 방'에서 탄생한다. "사진만으로는 자서전을 구성할 수 없다. 결국 그것을 가능하게 하는 것은 텍스트다"[7]라는 가브리엘 보레Gabriel Bauret의 말처럼 바르트의 『밝은 방』은 어머니의 죽음을 계기로 집필한 지극히 개인적인 상념을 사진과 텍스트로 펼친, 넓은 의미에서 일종의 자서전이자 발레리의 말을 인용하는 저자 자신의 고백처럼 "나 혼자만을 위한 어머니에 관한 작은 묵상집"으로 프루스트의 '되찾은 시간'과 같은 맥락이다.

결과적으로 바르트의 『밝은 방』은 촬영자를 철저히 배제하고, 구경꾼 나의 주관적이며 개인적인 잣대에 초점을 두는 모험을 한다. 그 덕분에 오늘날 사진이라는 너무나 대중화된 이미지의 매개체가 개인에게 갖는 주관성의 법칙을 보편적 이론으로 설명하는 데 성공한다.

그 과정에서 『잃어버린 시간을 찾아서』의 주인공인 마르셀이 스완과 알베르틴, 생루, 게르망트 공작 부인 등의 인물들과 콩브레, 발베크, 파리, 베네치아 등의 장소들(=잃어버린 시간)을 거친 후 마침내 작가로서의 소명을 발견(=되찾은 시간)하게 되는 것처럼, 『밝은 방』의 1부는 '잃어버린 시간'이며 2부는 '되찾은 시간'이라고 한 에릭 마티의 지적처럼, 바르트는 1부에서 촬영자, 구경꾼, 유령을 비롯, 스투디움과 푼크툼 등의 개념으로 사진을 이론적으로 풀이하는 비평가의 입장(=잃어버린 시간)을 거쳐 마침내 2부의 온실 사진을 통해 어머니의 본질을 되찾는 '묵상집'의 에세이 작가(=되찾은 시간)가 된다.

바르트는 "사진에는 프루스트적인 게 전혀 없다"라는 선언을 함으로써 사진이 수행하는 기억의 기능을 부정하는 듯 보이지만, 그것은 사진에 관한 한쪽 단면인 스투디움을 논하는 경우에만 해당함을 보았다. 바르트가 일반적이며 예절 바른 관심이라고 표현한 스투디움은 프루스트가 소설에서 말하는 의도적 기억에 해당하며, 반면 나를 괴롭히고 찌르고 상처 입히지만 그럼으로써 구경꾼 나에게 잃어버린 과거를 부활시키는 푼크툼은 프루스트 식으로 말하자면 비의도적 기억에 해당한다.

바르트는 삶의 마지막 2년 중 많은 시간을 자신이 쓰고자 하는 소설, 미래의 소설을 준비하는 데 보냈다. 그가 남긴 노트 속에서 그는 자신의 작품을 '소설'이라고 칭하며 다음과 같이 계획했다.

> 거대한 작품, 대전大全, 소설적이기조차 한 것(!). 『잃어버린 시간을 찾아서』 혹은 『전쟁과 평화』 유의 [……] 우주적이며 동시에 입문서이고, 지혜의 총집합과도 같은.[8]

이렇듯 바르트에게 프루스트의 『잃어버린 시간을 찾아서』는 소설의 대명사와도 같았다. 그는 자신의 소설 구상을 'Vita Nova'라는 이름하에 차곡차곡 정리 중이었고, 분량만 천 장이 넘었다. 교통사고만 당하지 않았던들, 그의 소설은 실현되었을까? 아무도 대답할 수 없으리라.

다만 마들렌 과자가 중년 마르셀에게 유년기를 보낸 콩브레의 집

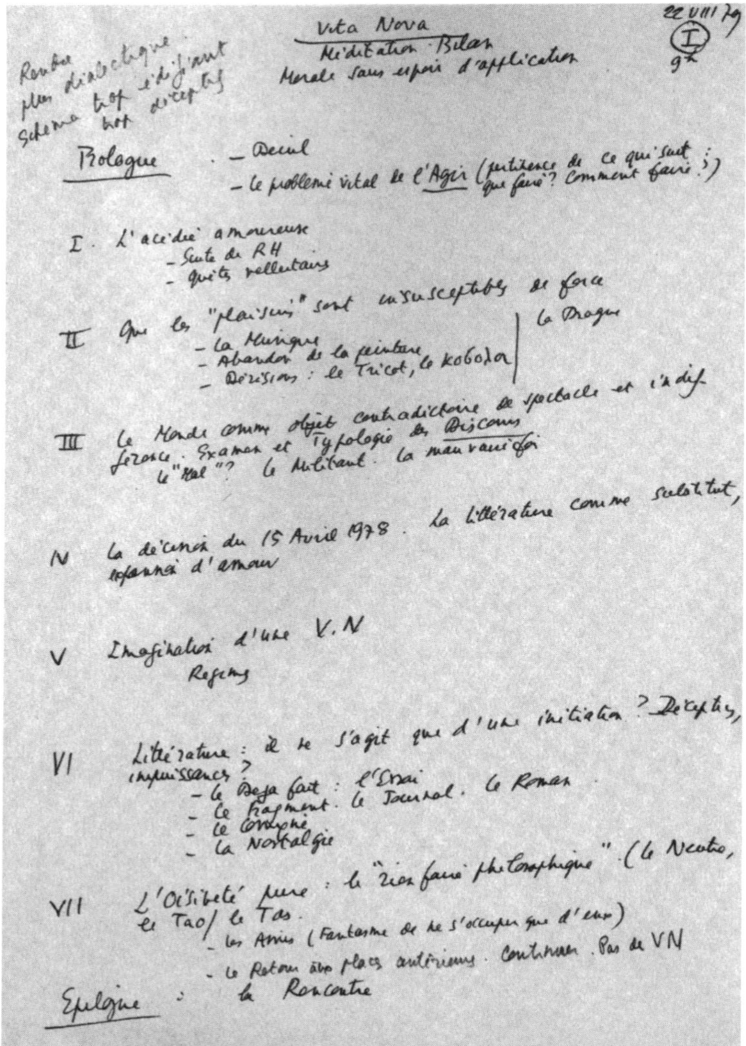

바르트가 소설 구상을 정리한 Vita Nova의 한 페이지.

과 정원과 마을과 사람들을 찻잔으로부터 튀어나오게 했던 것처럼, 바르트의 푼크툼은 어머니의 본질을 온실 사진으로부터 튀어나오게 했다. 이렇듯 『밝은 방』은 바르트가 구조주의 철학자이자 문학 비평가에서 소설가로서의 '새로운 삶'을 꾀하는 과정에서 발돋움하는 데 쓰인 받침대이자 프루스트 효과의 결정체임을 확인할 수 있다. 평생에 걸쳐 프루스트를 읽고 그에 대해 썼던 바르트가 생애 마지막 시간에는 자신의 삶 속에 프루스트를 온전히 받아들이고 체화했던 것을 알 수 있다.

8

프루스트의 불편함

아니 에르노의 〈프랑수아즈와 나〉

아니 에르노
Annie Ernaux, 1940–

콜레주 드 프랑스의 교수이자 『문자의 제3공화국. 플로베르에서 프루스트까지*La Troisième République des lettres: de Flaubert à Proust*』 (1983), 『두 세기 사이의 프루스트*Proust entre deux siècles*』(1989) 등 프루스트와 관련한 저술 활동을 꾸준히 펼치고 있는 앙투안 콩파뇽은 2013년 프루스트의 『잃어버린 시간을 찾아서』 첫 권에 해당하는 『스완네 집 쪽으로』의 출간 100주년을 기념하여 '1913년의 프루스트'라는 주제로 콜레주 드 프랑스에서 일련의 수업을 진행한다.

콩파뇽의 수업은 그가 초대한 다른 연사의 특강으로 이어진다. 흥미로운 사실은 이 연사들은 수학자, 외교관, 작가 등 자기만의 분야에서 전문가이기는 하지만 프루스트를 전공하는 연구자는 아니라는 사실이다. 영화 및 다큐멘터리 감독인 샹탈 아케르만Chantal Akerman, 작곡가 겸 지휘자인 피에르 불레즈Pierre Boulez, 수학자 알랭 콘Alain Connes, 역사학자 카를로 긴즈버그Carlo Ginzburg, 국제법학자 세르주 쉬르Serge Sur 등이 연사로 참여했다.[1]

이에 대해 콩파뇽은 다음과 같이 설명한다.

나는 다른 것을 해보고 싶었다. 이미 발언할 기회가 많았던 프루스트 전문가들에게 다시 한번 기회를 주기보다는 다른 독자들의 목소리를 듣게 하고 싶었다. [……] 자신들에게 프루스트 읽기가 큰 의미를 차지했고, 여전히 차지하고 있는 남자들과 여자들, 계속해서 프루스트를 펼쳐 보는 열정적인 프루스트 애호가들 말이다.

—『프루스트 읽기, 다시 읽기』 서문

후에 이들의 원고는 한 권의 책으로 묶여 『프루스트 읽기, 다시 읽기Lire et relire Proust』(2014)라는 제목으로 출간된다.

'프루스트 애호가들'과의 공동 작업이라는 콩파뇽의 시도는 롤랑 바르트가 기획한 한 강연에서 "프루스트의 삶과 친구들과 개성들"에 관심을 갖고 연구하는 시도를 '마르셀주의'라 칭하고, 그의 이번 강연은 '마르셀주의자들'을 위한 것이라고 했던 것과 연장선상에 있다고 이해할 수도 있다.

그중에서 우리는 아니 에르노의 '프루스트, 프랑수아즈, 그리고 나 Proust, Françoise et moi'[2]라는 제목의 강연을 통해 프루스트 읽기가 그녀의 삶과 글쓰기에 어떤 영향을 끼쳤는지, 프루스트 소설 속 인물인 프랑수아즈를 중심으로 이해해보고자 한다.

『자리La Place』(1983)[3]로 르노도상을 수상하고, 소설, 에세이, 일기 등을 비롯하여 총 20여 권에 달하는 책을 출간한 에르노는 서민층으로서의 정체성과 이후 신분 상승을 통해 경험한 계급 이동을 자전적 글쓰기로 풀어나가는데, "가족의 일상적 생활양식들은 개인의 특유한 것이라기보다 집합적 삶의 양식 또는 태도에 깊이 침윤되어 있는 것들"[4]이라는 한 연구자의 지적은 '나'의 이야기를 통해 개인이 아닌 계급의 목소리를 전달하고자 하는 에르노의 집필 방향을 요약한다. 에르노는 프루스트 소설의 흔들리지 않는 문학적 가치를 부정하지 않는다. 그럼에도 『잃어버린 시간을 찾아서』 속 주인공 가족의 요리사이자 하녀인 프랑수아즈라는 인물은 그녀가 프루스트 소설에 완전히 몰입하는 것을 방해하는 요인임을 고백한다. 에르노는 20여 년이라는 간격을 두고 두 번에 걸친 프루스트 읽기를 통해 프루스트 소설이 갖는 위대함을 인정하면서도 프랑수아즈라는 단 하나의 인물이 결국은 그의 소설에 "일종의 불편함, 거북함, 반발심마저" 불러일으켰다고 한다.

그런데 프랑수아즈를 언급하는 프루스트의 텍스트를 한층 자세히 살펴보면 우리는 프랑수아즈에 대한 에르노의 수용이 정말 정당한지 의문을 가지게 된다. 에르노는 지나치게 자신의 개인적인 환경을 투영하여 프랑수아즈를 이해하지는 않았는가? 그래서 프루스트가 묘사한 프랑수아즈의 일부만을 선별적으로 취함으로써 그녀를 변형시키지는 않았는가?

이번 장에서는 이러한 의문들을 해소하고자 프랑수아즈라는 인물을 중심으로 프루스트가 에르노에게 끼친 영향과 그녀가 경험한 프루스트 효과를 이해해보려 한다. 에르노의 특강을 통해 그녀가 읽은 『잃어버린 시간을 찾아서』를 살펴보는 작업은 그녀가 거쳐온 글쓰기를 이해하는 하나의 도구가 될 것이다. 더 나아가 다양한 독자들의 수만큼 무한으로 펼쳐지는 프루스트 소설의 해석 가능성을 다시 한번 느낄 수 있을 것이다.

에르노의 프루스트 읽기 — 인상주의적 독서

에르노에게 프루스트 읽기는 두 단계에 걸쳐서 일어난다. 그녀는 스물다섯 살이던 1965년 여름 처음으로 프루스트를 읽는데, 이때 '인상주의적 독서' 방식을 택했다고 회상한다. 그 전에도 물론 에르노는 프루스트를 접할 기회가 여러 번 있었다. 초등학생 때의 작문 숙제나 프랑스 문학사 책 등에 나오는 발췌문 및 유명한 인용구 등을 통해 간접적으로. 하지만 이는 에르노에게 별다른 인상을 남기지 않았으며 곧 기억 밖으로 사라진다. 그녀는 10대 때 프루스트를 제대로 읽지 못했던 이유에 대해 "1950년대 시골에서는 문학작품을 접하는 데 절대적 거리가 있었다"라고 회상한다.

즉 처음부터 끝까지 작품의 줄거리가 전개되는 순서를 따라 연대기적으로 읽는 대신에 독자인 에르노 자신이 주체가 되어 원하는 부분을 선별하여 읽으면서, 자신에게 인상적이었던 것만을 선택적으로 기억하고 취했음을 암시한다. 이러한 '인상주의적 독서'는 두 가지 결과를 동반한다. 하나는 이러한 독서가 에르노로 하여금 프루스트 작품의 전체적인 구조를 인식하지 못하게 한 것이다.

이는 방대한 작품인 『잃어버린 시간을 찾아서』가 1913년 첫 권만 출간됐을 때 단순한 파편들과 조각들로 얼기설기 얽힌 이야기이며, 서로 유기적인 관계를 맺지 못하고 있다는 비난을 면치 못했던 당시 평단의 반응과 어느 정도 유사하다고 할 수 있다. 그녀의 인상주의적 독서 방식이 야기한 두 번째 결과는 첫 번째 결과에도 불구하고, 결국 에르노는 프루스트가 원하던 대로의 방식을 비의도적으로 따랐다는 사실이다. 실제로 프루스트는 독자가 작가의 의도를 수동적으로 따르기보다는 자신이 원하는 대로 읽고 느끼기를, 즉 '그 자신의 독자'가 되기를 원하지 않았던가?

사실 모든 독자는 읽을 때 그 자신의 독자이다. 책은 작가가 독자에게 권하는 일종의 시각적 도구에 지나지 않는 것으로, 그 책이 없었다면 어쩌면 독자 스스로는 보지 못했을 것을 알아보게 한다.

—『되찾은 시간』

에르노 또한 프루스트의 독서론을 의식하고 있는 듯, 자신의 첫 번째 독서를 인상주의적이라고 표현함과 동시에 '자기 자신 읽기'는 독서하는 모든 방식 중 가장 결정적인 것으로, 그와 같은 방식을 통해 결과적으로 자신에 대한 '통찰력'과 '위안'을 얻을 수 있었다고 한다.

에르노가 두 번째로 『잃어버린 시간을 찾아서』를 읽은 것은 첫 번째 독서 이후 20여 년이 더 지난 1980년대 말이다. 그동안 세 권의 책을 출간하였고 이는 작가로서 다른 위대한 작가의 작품을 제대로 평가할 자질을 갖추기에 충분한 시간이었을 수 있다. 그녀는 이 두 번째 독서에 이르러 비로소 "구조의 거대한 특성, 글쓰기를 향한 화자의 진전, 천천히 발견하게 되는 인물들에 대한 진리" 등을 경험했다고 말한다. 하지만 프루스트 소설의 이러한 놀라운 문학적 가치를 발견함과 동시에 모순적이게도 에르노는 그것에 무조건적인 감탄과 존경을 보낼 수가 없었다. 바로 소설 속 인물인 프랑수아즈에 대한 묘사 때문이었다.

프랑수아즈는 에르노에게 프루스트 소설에 대한 감탄을 방해하는 요소로 작용한다. 그렇다면 프랑수아즈의 무엇이 에르노에게 제동을 걸었을까? 문제는 프루스트가 자신의 독자를 너무도 자연스럽고 당연하게 화자 쪽과 동일시하여 '우리nous'로 규정하고, 프랑수아즈로 대표되는 하인들, 피고용인들, 노동자들의 세계를 '그들eux'로 구분지은 데서 발생한다. 에르노는 자신의 숙모 수잔이 하녀였다고 하지 않았던가.

엄마의 죽음을 맞은 뒤 집필한 『한 여자*Une Femme*』(1987)에서 에르노는 엄마를 가리켜 "닭의 목 깊숙이 가위를 박아 암탉을 죽일" 수 있는 사람이었다고 회상한다. 그런 어머니가 있었던 에르노가 요리사로서 프랑수아즈에 대한 프루스트의 저 유명한 묘사를 읽었을 때, 그녀가 화자 마르셀의 시선에 이입할 수 없었음은 어렵지 않게 이해된다.

내가 아래로 내려갔을 때 그녀는 닭 사육장을 면한 부엌 뒤쪽에서 닭

한 마리를 잡고 있었다. 이성을 잃은 프랑수아즈의 손에 목이 비틀리고 있는 닭을 향해 그녀는 "이 나쁜 것! 이 나쁜 것!" 하고 외쳐댔고, 닭의 절망적이면서도 매우 당연한 저항은 다음 날 저녁 식사에 사제의 제의와도 같이 금으로 수놓은 살코기와 성체기聖體器에서 따른 듯한 귀한 즙이 빛나게 했을 우리 하녀의 신성한 온유함과 경건함을 조금 약화시켰다. 닭이 마침내 죽었을 때 프랑수아즈는 여전히 분을 삭이지 못한 채 흘러내리는 피를 담아냈고, 다시 한번 발작적으로 화를 냈으며, 적의 시체를 보며 마지막으로 "이 나쁜 것!" 하고 내뱉었다. 나는 온몸을 떨며 위층으로 올라갔다. 사람들이 당장 프랑수아즈를 쫓아내기를 바랐다. 하지만 그렇다면 누가 내게 그토록 따뜻한 빵과 향긋한 커피, 심지어는…… 닭 요리를 해준단 말인가?

—『스완네 집 쪽으로』

하위 계층인 프랑수아즈와 상위 계층인 마르셀의 사회적 구분을 상징하듯, 마르셀은 위층에 머물고 프랑수아즈는 아래층에서 노동한다. 마르셀은 보기 싫은 삶의 이면에 등을 돌리고 언제든지 위층으로 올라갈 수 있다. 그리고 프랑수아즈가 노동해서 만들어낸 보기 좋고, 향기 좋은 것들만을 취하려 한다.

사회적 계층에 따른 이러한 구분과 단절은 에르노가 프루스트 화자의 글쓰기 여정을 따라가면서도 앞서 언급했던 '불편함'과 '반발심'을 느끼게 만들었다. 독자로서 위대한 문학작품 앞에서 느낀 '그들'과 '우리'의 구분에 따른 열등의식은 한 연구자의 지적대로 훗날 그녀의 글쓰기에서 일종의 '보복'의 형태로 재현된다. 드골자크de Gaulejac는 에르노의 작품 세계에 나타난 '계층적 신경증'을 주제로 다룬 논문에서 글쓰기는 에르노에게 사회 지배층에 의해 차별받고, 멸시의 대상이 됐던 그녀의 가족, 특히 부모님의 위상 개선을 위한 노력이자 사회적 설욕의 기회였다고 분석한 바 있다.[5]

그러나 프루스트가 프랑수아즈를 희화하거나, 화자의 변덕을 비롯해서 화자 가족의 만족을 위해 일하는 그녀를 사회적, 문화적 약자로서만 묘사한 것은 아니다. 이와 같은 사실을 의식한 에르노도 프루스트가 계속적으로 프랑수아즈에게 '문학적 고귀함 입히기'를 시도한다고 지적한다. 특히 프루스트가 프랑수아즈의 일과 연관되어 그녀에게 고귀함을 입히려는 시도가 많다며 이를 열거한다. 가령 프랑수아즈의 자세나 옷 입는 방식은 고귀한 브르타뉴 공작 부인을 연상케 하며, 소고기 요리를 할 때 그녀가 고기를 고르는 신중함은 미켈란젤로가 조각하기 위해 대리석을 선택하는 것을 떠올리게 한다는 식이다.

게다가 프랑수아즈는 『잃어버린 시간을 찾아서』에서 여러 차례에 걸쳐 여느 귀부인 못지않은 몸가짐과 옷매무새를 지녔다고 묘사되고, 일하는 방식 역시 화자가 작가로서 일하는 데 영감을 줄 정도로 감탄의 대상이 되기도 한다. 그런 사실을 잘 알면서도 에르노는 프랑수아즈가 사회적 약자로서 묘사된 부분에 집중하고 그와 같은 장면들 위주로 인용한다.

동물에 완전히 하나 된 식물들. 동물이 잡아서 먹고 소화한 음식물, 최후의, 가장 잘 흡수되는 찌꺼기 형태로 제공되는 음식물로 자라나는 그런 식물들과도 같이 프랑수아즈는 우리와 공생 관계 속에 살았다. 우리의 미덕과 재산과 생활양식과 상황에 따라 [……] 그녀 삶에 필수적인 만족감으로 형성된 자존심과 관계된 여러 작은 요소들을 충족시켜야만 하는 것은 우리였다.

—『게르망트 쪽』

프랑수아즈가 화자의 가족과 맺고 있는 관계를 동물에 의지하여 공생하는 식물에 비유하는 부분을 인용하는 데 이어서, 에르노는 화자가 프랑수아즈를 동물에 비유하는 또 다른 부분을 발췌한다. 다음에서 화자는 프랑수아즈의 시선을 주인에게 충직한 동물의 시선에 비유하고 있다.

그녀는 아무것도 알지 못했다. 아무것도 알지 못한다는 것은 아무것도 이해하지 못한다는 절대적인 의미에서다. 드물기는 하지만 심성이 진리에 직접 도달하기도 하는 때는 제외해야 한다. 그녀에게 개념의 세계는 존재하지 않는다. 하지만 그녀의 맑은 시선 앞에서 [……] 인간의 모든 사고가 개에게는 이질적이라는 사실을 알고 있음에도 우리는 마치 현명하고 선한 개의 시선을 마주했을 때와 같은 당혹감을 느낀다.

—『꽃핀 소녀들의 그늘에서』

위 장면은 어린 마르셀이 엄마와 잠시 헤어져 할머니, 프랑수아즈와 함께 발베크를 방문하기 위해 찾은 파리의 기차역에서의 일이다. 마르셀이 자신과 헤어지는 것을 그토록 가슴 아파하는 것을 알고 있는 엄마는 아들이 곧 다가올 이별이 아닌 다른 것을 생각하게 할 목적으로 프랑수아즈가 새로 수선한 외투와 모자를 칭찬한다.

마르셀은 평상시 일하는 복장이 아니라 모처럼 외출복을 입은 프랑수아즈에게 새삼 시선을 보내며 "조심성 있지만 비천하지 않은 그녀는 '신분에 맞게 처신을 하고 직분을 다하며', 여행할 때 우리와 함께 있는 모습을 사람들이 보았을 때 걸맞으면서도 눈에 띄고자 하는 의도가 없는 옷차림을 했다"라고 묘사한다.

프랑수아즈의 옷차림에 대한 칭찬은 미학적 가치와는 전혀 상관이 없으며, 옷이 사회적 역할을 제대로 수행하고 있기 때문이라는 관점에서 에르노는 불편함을 느꼈을 것이다. 또한 프랑수아즈의 시선을 주인에게 충직하고 영특한 개의 시선에 비교한 표현에서는 불편함이 반발심으로 이어진다. 이렇듯 에르노가 읽은 프랑수아즈는 인간으로서의 존재감을 갖지 못한 채 식물이나 동물과 더 근접하다. 하지만 에르노가 프랑수아즈를 사회적 약자이자 지배받는 계급으로 읽게 만든 가장 큰 요소는 그녀의 언어에 있다.

프랑수아즈의 언어적 오류

에르노는 프랑수아즈가 사용하는 언어를 화자 및 그가 속한 부르주아지의 세계, 그리고 게르망트 쪽으로 대표되는 귀족 세계와 구분하는 가장 확실한 도구로 본다. 에르노는 프랑수아즈의 언어가 두 가지 측면에서 '우리'와 '그들' 사이에 경계를 긋는 역할을 한다고 여기는데, 그 두 가지란 언어적 오류와 방언 사용이다.

우선 에르노는 프랑수아즈가 특정 고유명사를 틀리게 발음하는 경우를 예로 든다. 프랑수아즈는 '뉴욕New York'을 프랑스식으로 발음하여 '네브욕Neve York'이라고 읽는데, 에르노는 프랑수아즈의 잘못된 발음을 들은 화자가 그것을 재밌다고 생각한 사실을 지적한다. 그러나 에르노는 프랑수아즈의 발음 실수 앞에서 화자와 동일한 반응을 보일 수 없다. 그녀 자신도 수년 동안 '게르망트Guermantes'라는 이름의 마지막 자음을 스페인식으로 발음하여 '게르만테스'라고 읽는 실수를 했기 때문이다.

언어에 관한 에르노의 상처 입은 기억은 그녀의 아버지와의 관계를 담은 『자리』에서 두드러지게 드러난다. 이 소설에서 화자인 에르노는 어린 시절 읽었던 순진하고 어리석은 브르타뉴 출신의 하녀 '베카신Bécassine'을 주인공으로 하는 만화를 언급하며 부르주아 독자가 웃고 지나갈 장면을 어린 그녀는 무심히 넘길 수 없었던 기억을 떠올린다.

만화 속 베카신은 턱받이에 새 한 마리를 수놓는 일을 맡게 되었는데, 지침에는 다른 턱받이들에도 'idem(상동上同)'이라고 표시되어 있다. 그런데 베카신은 라틴어에서 유래한 그 단어의 뜻을 이해하지 못한 채 나머지 턱받이들에 새 대신 'idem'이라는 글자를 수놓는다. 그 장면을 떠올리며 아르노는 "나도 마찬가지로 '상동'이라는 글자를 수

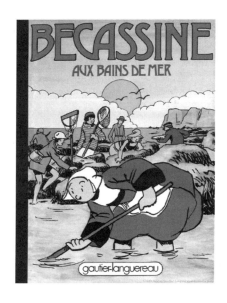

『베카신』만화책.
여주인공 이름은 프랑스어로
'바보 같은 여자'를 뜻하는
bécasse의 변형된 형태다.

놓지 않았으리라는 확신이 없었다"라고 고백함으로써 아동 문학에서조차 피지배 계층의 절름발이식 언어 사용을 희화하는 부르주아의 언어적 지배를 느끼며 노동자 가정의 언어를 사용하던 어린 시절, 자신의 상처투성이 언어 세계를 떠올린다.

생업에 바삐 종사하는 대부분의 가정이 그렇듯이 에르노와 부모님 사이의 대화는 늘 빈약했으며, 말하는 방식 또한 공격적이거나 거친 경우가 많았다. 그녀는 『자리』에서 "내 기억에서 언어와 관계된 모든 것은 돈보다 더 큰 원한과 고통스러운 언쟁의 원인이었다"라고 회상한다. 그리고 좋은 교육을 받게 된 에르노의 언어와 '겨우 읽고 쓸 줄 아는 정도'인 아버지의 언어 차이는 한 연구자의 지적대로 "단순히 언어 문제에 국한되지 않고 가치관과 행동 양식 등 삶의 방식을 구분 짓는다."[6]

반면 프루스트 소설 속 화자는 고전 문학에 대한 지식과 애정을 지닌 어머니와 외할머니의 영향을 받으며 성장한다. 화자의 어머니와 외할머니는 딸에 대한 조건 없는 어머니의 사랑을 그대로 드러내고 있는, 17세기 서간 문학의 정수로 평가되는 세비녜 공작 부인의 편지를 즐겨 읽고 그녀의 편지를 일상생활에 인용한다. 앞서도 언급한 발베크로의 첫 번째 여행에 떠나기에 앞서 어머니와의 이별에 슬퍼하는 아들을 위로하기 위해 어머니는 "너에게는 없는 용기를 내가 모두 내야겠구나"라는 세비녜 부인의 편지 한 구절을 인용한다. 외할머니의 죽음 이후 그녀가 소장했던 세비녜 부인의 서간문을 물려받은 어머니는 그것을 당신 어머니에 대한 소중한 기억을 상징하는 유품으로 간직한다.

여기에 더해 화자의 외할아버지는 루이 14세 치하의 화려했던 베르사유의 궁정 문화를 지배했던 복잡하고 찬란한 규범을 생생한 필치로 묘사한 생시몽의 회상록을 즐겨 읽으며, 이웃 스완이 방문했을 때 그에 관한 대화를 나누는 데 큰 기쁨을 느낀다. 그러다가 그들의 대화를 이제는 사라진 왕족에 대한 향수로 치부하는 다른 친척들의 지적에 맞서 코르네유의 비극 『폼페이우스의 죽음 *Mort de Pompée*』에 나오는 한 구절, "영주님, 당신은 우리로 하여금 미덕을 증오하게 만드시는군요!"를 읊는 식이다.

외할아버지는 귀족들의 특이한 예의범절에 대한 묘사도 그렇지만 무엇보다도 그것을 묘사한 생시몽 고유의 문체에 매력을 느끼고 있었는데, 그런 그의 문학적 호기심을 주변 친척들은 이해하지 못했던 것이다. 이렇듯 고전 작가들을 일상생활에서 자연스럽게 인용하는 어머니와 외조부모님 밑에서 자란 프루스트의 화자에게 문학작품은 일상을 구성하는 필수 요소가 된다.

프랑수아즈의 방언

에르노에 따르면 프랑수아즈의 경우 잘못된 발음 외에 그녀의 언어를 화자의 언어와 구분시키는 또 다른 요소는 방언 사용이다. 화자는 『소돔과 고모라』에서 프랑수아즈가 쓰는 방언을 들으며 프랑수아즈의 말이 그녀의 어머니가 사용하는 방언, 또 그녀의 외할머니가 사용하는 방언과 차이가 난다는 사실을 관찰한다.

> 이렇듯 그녀[프랑수아즈]의 말은 그녀의 어머니와는 약간 달랐다. 더욱 흥미로운 사실은 어머니의 말이 프랑수아즈가 자란 지방과 매우 가까운 바유오르팽 출신인 외할머니의 말과 또 다르다는 점이었다. 그녀들이 사용하는 방언은 두 곳의 풍경만큼 차이가 났다. 프랑수아즈의 어머니가 자란 고장은 골짜기의 기슭에 위치하며 버드나무가 많이 자란 곳이었다.
>
> ─『소돔과 고모라』

위의 묘사에서 화자에게 방언은 풍경과 관계된 것으로, 그 지방 고유의 풍경을 특징짓는 요소들, 이를테면 '골짜기'나 '버드나무'와 같은 지역적, 미학적 특색을 갖고 있다. 즉 방언은 프루스트의 화자에게 사회적 계층 구분의 기준이 아닌 지역적 특색으로 여겨진다. 에르노도 프루스트 작품에서 방언의 이와 같은 역할을 인지한 듯, "환경이나 친분에 의해 개인이 사용하는 말에 주의를 기울이는 프루스트는 말이 사회적 지표로서 갖는 가치가 아닌 지역적 특색에만 관심을 갖는다" 라고 말한다.

그럼에도 에르노는 『자리』에서 프랑수아즈의 방언 때문에 불편함을 느꼈으며, 왜 그럴 수밖에 없었는지 그 이유를 설명한다.

'방언의 지역적 특색'과 서민들이 사용하는 프랑스어를 아름답게 생각하는 사람들이 있다. 프루스트는 프랑수아즈의 오류들과 낡은 단어들을 매우 황홀하게 드러내 보인다. 그에게는 오로지 미학만이 중요하다. 프랑수아즈가 그의 어머니가 아닌 하녀이기 때문이다. 그리고 그 같은 표현 방식이 그의 입 밖으로 자동으로 튀어나오지 않았기 때문이다.

— 『자리』

프루스트의 화자는 프랑수아즈의 오래된 표현이나 방언을 제대로 교육받지 못한 자의 언어로, 그리고 사회적 피지배층으로서의 계급을 나타내는 도구로 묘사하지 않는다. 프루스트는 오히려 그것에 지역적 아름다움을 부여한다. 프랑수아즈 가족은, 3세대에 걸친 구성원들 사이에서 어디서 태어나고 자랐는지 여부에 따라 사용하는 어휘 등에 차이가 발생한다. 프랑수아즈가 고향은 다르지만 콩브레와 거의 동일한 지방어를 사용하는 다른 하녀를 만나 동향인인 듯 반갑게 나누는 대화를 듣고 화자는 그들이 사용하는 방언을 '외국어'라고 묘사하기도 하는 등, 그것에 이국적인 가치를 부여한다.

하지만 프루스트가 프랑수아즈의 언어를 미학적인 측면에서만 바라볼 수 있는 이유는 그녀가 "화자의 어머니가 아닌 하녀이기 때문"이라고 에르노는 말한다. 노르망디 지방의 이브토Yvetot에서 태어나고 자란 에르노는 어린 시절 표준어, 즉 문학작품에 사용되는 언어가 아닌 프랑스 북부의 방언을 사용했고, 그러한 방언은 그녀에게, 그리고 그녀의 아버지에게도 "낡고, 세련되지 못한 것이자 열등함의 상징"(『자리』)이었다고 회상한다. 에르노가 살아온 실제 삶에서 방언이란 프루스트의 문학작품에서와는 완전히 상반된 가치를 갖는다.

프랑수아즈의 규범

프랑수아즈가 사용하는 언어에 이어서 에르노에게 '불편함', '거북함', 그리고 '반발심'을 일으킨 또 다른 요소는 프루스트가 묘사한 프랑수아즈의 규범이다. 프랑수아즈에게는 그녀와 같은 사회 계층에 속한 다른 하인들과의 유대감을 나타내는 행동 양식이 있는데, 에르노는 화자가 그것을 가리켜 프랑수아즈의 '코드', 혹은 '규범'이라고 칭하는 사실을 지적한다.

프랑수아즈의 규범을 드러내는 예로 에르노는 두 가지 상황을 열거한다. 첫 번째는 집안의 다른 하인들 및 요리사들과의 동료의식을 갖게 된 프랑수아즈가 그들이 낮잠을 자며 휴식을 취하는 시간에는 주인이 음료를 달라고 해도 그들을 방해하기를 거부한 경우다.

두 번째 예는 보다 더 심각한 상황에서 발생한다. 화자의 집에 전기 수리공이 방문해서 고장 난 곳을 고치기로 되어 있었다. 그런데 외할머니가 요독증으로 심각한 병세를 호소하여 수리공의 방문을 미루고자 했으나, 프랑수아즈는 예정된 방문을 취소하기는커녕 그가 일을 끝낸 후 바로 돌려보내는 대신 오히려 그와 다른 잡무에 대해 한참 동안 수다를 늘어놓더라는 것이다. 이러한 프랑수아즈의 행동을 에르노는 '하인들 사이의 동료의식'이라고 치부하는 화자의 표현을 빌려 그들이 이루는 무리와 화자의 가족이 이루는 무리 사이에 계층적 단절감을 나타낸다고 주장한다.

즉 프랑수아즈의 규범은 처음 보는 전기 수리공을 수년간 모신 화자의 외할머니보다 더 가깝게 느끼고 외할머니가 아닌 그의 편의를 도모하게 한다. 프랑수아즈에게는 계층적 유대감이 강하게 작용하여 주인일지라도 그녀의 동료들에게 무리하다고 판단되는 요구를 할 경우에는 그것을 거부할 권리를 행사할 수 있고, 오히려 그렇게 하는 것이 도덕적으로 올바른 행동으로 받아들여진다. 그녀의 행동 지침에는 이렇듯 사회적 연대감이 무엇보다 먼저 작용한다고 보는 것이 에르노가 읽은 프랑수아즈의 규범이다.

하지만 하인들이 낮잠 자는 시간에는 주인의 요구일지라도 그들을 방해하지 않고, 외할머니가 조용한 환경을 요하는 상태일지라도 예정된 전기 수리공의 방문을 취소하지 않는 선택만으로 과연 프랑수아즈의 규범을 '하인들 사이의 동료의식'의 일환으로 단정 지을 수 있을까? 『잃어버린 시간을 찾아서』를 읽는 독자로서 에르노는 그녀를 불편하게 하고, 반발심을 일으키게 한 단면들만을 유독 잘 기억했던 것은 아닐까?

우리가 그 점에 의문을 제기하는 이유는 프랑수아즈의 행동이 '불복종'에 해당하는 여러 경우들 중에서 에르노는 프랑수아즈가 사회적 피지배층의 편의를 위해 지배층의 요구를 거절한 경우만 열거하기를 선택했기 때문이다. 하지만 조금 더 자세히 살펴보면 프랑수아즈가 다른 하인들과 계층적 유대감을 느낀다고 생각할 수 없을 만큼 그들에게 무자비하게 대할 뿐만 아니라, 소설 초반에 화자의 요구를 거절하는 경우도 있는데 이때는 다른 하인들이 아닌 화자의 어머니를 방해하지 않기 위해서였다.

우선 첫 번째 경우, 프랑수아즈는 부엌일을 거드는 만삭의 젊은 하녀에게 유대감은 고사하고 무자비함과 적대감이 가득한 행동을 보인다. 만삭인 부엌 하녀의 배는 "넓은 앞치마 아래로 상상되는 거대한 형태를 갖춘 매일 더 점점 차오르는 신비한 바구니" 같음에도 프랑수아즈는 그녀에게 끝없이 아스파라거스를 다듬게 시키고, 그 밖의 다른 많은 잡무와 심부름을 시켜서 화자의 가족을 놀라게 한다. 부엌 하녀에 대한 프랑수아즈의 적대감은 출산 후에도 지속된다. 부엌 하녀가 출산을 한 후 얼마 지나지 않은 어느 날 저녁, 끔찍한 복통을 호소하는 소리에 화자의 어머니가 프랑수아즈에게 도움을 청하는데, 다음과 같이 혼잣말을 하는 프랑수아즈에게서 동료에 대한 동정심이나 배려심이라고는 조금도 찾아볼 수 없다.

이렇게 되지 않으려면 그 짓을 하지 말았어야지! 그걸 좋아했으면서! 이제 다시는 그렇게 하지 않겠지. '저것'과 함께 지내도록 하느님께서 남자애를 저버리셨어야 했다니.

—『스완네 집 쪽으로』

이어서 프랑수아즈가 화자의 요청을 거절하는 일이 소설 초반, '취침 사건'에서 벌어진다. 초대를 받은 이웃 스완이 화자의 부모님과 함께 저녁 식사를 하던 날, 어른들의 대화는 이어지고 어린 화자는 잠자리에 들기 위해 2층 방으로 올려 보내진다. 하지만 그는 어머니의 입맞춤 없이는 결코 잠을 이룰 수 없어 어떻게 해서든지 어머니를 잠시라도 올라오게 하기 위해서 꾀를 낸다. 무언가 심각한 일이 발생했으며 자신이 직접 말해야 하니 잠시 방에 잠시 올라와 달라는 내용을 적은 쪽지를 어머니에게 전해달라고 프랑수아즈에게 부탁한다. 하지만 프랑수아즈는 화자의 요청을 거절한다.

그런데 이때는 에르노가 지적한 것처럼 프랑수아즈가 속한 무리, 즉 하인들을 배려하기 위해 주인의 무리한 요구를 따르기를 거부해서가 아니라, 손님맞이를 하는 화자의 어머니를 방해하지 않기 위해서다. 화자는 프랑수아즈가 "손님이 있을 때 어머니에게 메시지를 전달하는 것은 극장의 문지기가 무대 위에 있는 배우에게 편지를 전달하는 것만큼이나 불가능하다고 느끼는 것은 아닌지" 의구심이 들 정도다. 이어서 화자는 '프랑수아즈의 규범'에 대해 다음과 같이 설명한다.

> 해야 하고, 하지 말아야 하는 것들에 대해서 그녀는 눈에 보이지 않는 미세하고 하찮은 구분에 근거한 절대적이고, 넘쳐나고, 섬세하고, 완강한 규범을 소유하고 있었다. [……] 우리가 그녀에게 시키는 어떤 심부름을 갑자기 고집스럽게 거부하는 것으로 미루어 그녀가 속한 환경과 마을 하녀로서의 삶이 그녀에게는 떠오르게 하지 않았을 사회적 복잡다단함과 사교계의 섬세함을 그녀의 규범은 알고 있는 것만 같았다.
>
> ─『스완네 집 쪽으로』

프랑수아즈의 규범을 결정하는 기준에서 에르노가 믿는 것처럼 '하인들 사이의 동료의식'이나 연대감을 찾아볼 수 없다고 할 수 있는 이유다. 오히려 화자에 따르면 프랑수아즈의 행동 양식을 결정하는 요소는 '눈에 보이지 않고 하찮은 구분'으로, 그녀의 규범은 초대받은 손님과 초대한 주인을 가장 우선순위에 놓는다. 그 결과 화자가 아무리 간청을 해도 그 순간만큼은 그의 요구를 들어줄 수 없는 것이다.

프랑수아즈의 규범은 에르노가 생각하는 것처럼 절대적인 사회적 기준에 근거하여 노조와 같은 방식으로 자신이 속한 무리를 우선적으로 생각하여 행동하도록 결정하게 하지 않는다. 그녀의 규범이 계층적이지 않다고 해서 도덕이나 윤리와 상관관계를 이루고 있다고 단정할 수도 없다. 부엌 하녀를 무자비하게 대하는 그녀의 태도 때문이다. 에르노가 열거한 두 가지 경우에 덧붙여 우리가 살펴본 위의 두 가지 예만을 통해서도 알 수 있듯이 프랑수아즈는 에르노가 주장하는 만큼 그토록 사회적 연대감을 절대적으로 우선시하는 인물은 아니다.

이를 통해 우리는 프루스트의 독서론이 다시 한번 증명됨을 목격한다. 앞서 언급했듯이 프루스트가 "모든 독자는 그 자신의 독자"라고 할 때, 프랑수아즈는 에르노에게 "스스로는 보지 못했을 것을 알아보게 만드는 일종의 시각적 도구"의 역할을 했다고 할 수 있다. 프랑수아즈의 특징들 중에서 에르노 자신의 실제 경험과 환경에 맞추어 선별적으로 취하여 해석하는 읽기 방식은, 그녀의 글쓰기를 "작가가 끊임없이 건설하고, 재배치하고, 문제를 제기하는 자신 고유의 진리"[7]를 찾는 과정이라 정의한 어느 연구자의 분석을 떠올리게 한다. 에르노는 프랑수아즈의 잘못된 발음, 방언, 그리고 그녀의 행동을 규정하는 규범에서 자신의 어린 시절을 투영하여 보았고, 프랑수아즈를 구성하는 다양한 요소들 중에서 사회적인 규범을 부각하여 읽었다고 이해할 수 있다.

에르노에게 프루스트는 작가로서 그녀의 글쓰기에 필수불가결한 존재로 인식된다. "프루스트를 읽지 않고 글을 쓸 수 있는가?"라고 의

문을 제기할 만큼 프루스트는 그녀에게, 그리고 글쓰기를 희망하는 예비 작가들에게 반드시 거쳐야 하는 위대한 작가다.

그럼에도 소설 속 인물인 프랑수아즈로 인해 에르노는 프루스트 소설의 문학적 위대함과 가치를 인정하면서도 그것에 절대적 찬사를 보내는 것에 제동을 건다. 프루스트가 언급하는 프랑수아즈의 언어는 에르노가 보기에 서민층에 속한 배우지 못한 자 특유의 오류로 가득하다.

또한 프랑수아즈가 사용하는 방언은 아무리 프루스트가 그 지역적 특색과 미학적 아름다움에 초점을 맞추더라도 에르노의 눈에 그것은 고전 작가들을 인용하는 화자의 부르주아 가족과 차별시키는 수단으로 간주될 뿐이다. 프랑수아즈의 언어 사용에 이어서 그녀의 행동을 특징짓는 규범에 대해서도 에르노는 하인들과 노동자들로 대표되는 피지배 계층과의 연대감과 동료의식이 그것을 결정하는 기준이 된다고 보았다.

하지만 프루스트의 소설을 조금 더 자세히 읽어보면 독자는 에르노가 열거한 프랑수아즈의 몇몇 행동들 외에 결코 하인들에게 자비롭기만 하거나 소속감을 느끼며 공동의 이익을 위하여 행동을 취하지 않는다는 사실을 알 수 있다. 프랑수아즈는 자신과 마찬가지로 화자의 가족을 위해 부엌에서 일하는 만삭인 하녀를 배려하기는커녕 무자비함과 적개심마저 보인다.

또 스완이 집에서 저녁 식사를 하던 날, 조금의 타협도 없이 어린 화자의 요청을 거절하는 이유는 다른 하인들의 편의를 도모하기 위해서가 아닌 화자의 어머니와 그날 초대받은 손님을 위해서였다. 이렇듯 프랑수아즈의 규범은 에르노가 생각하는 것만큼 그리 사회적 성격이 강하지도, 피지배 계층 친화적이지도 않다.

더구나 프루스트의 소설에 등장하는 300여 명에 이르는 다양한 인물들 중에서 프랑수아즈만큼 화자가 경의를 표한 이가 또 있을까? 에르노도 그 사실을 인정하는 듯하지만, 그녀는 그 같은 시도를 앞서 언급했듯 '문학적 고귀함 입히기'라고 치부한다. 프랑수아즈의 옷차림을 브르타뉴 공작 부인에, 요리할 때의 철두철미함을 미켈란젤로에 비교하는 것에 이어서, 화자가 프랑수아즈에게 바치는 가장 놀랍고 아름다운 찬사는 소설의 마지막 권인 『되찾은 시간』에서 그가 앞으로 자신이 써야 할 책을 프랑수아즈가 옷을 만들거나 요리를 하는 방식에 비교할 때라고 에르노는 말한다.

에르노가 언급한 부분은 다음과 같다.

나는 그녀[프랑수아즈]의 곁에서, 거의 그녀처럼 일할 것이다. [……] 나는 감히 그토록 야심차게 성당이라고 말하지는 못하겠지만, 소박하게 치마처럼 나의 책을 건설할 것이다. [……] 나는 노르푸아 씨가 그토록 좋아한 프랑수아즈의 소고기찜 요리, 그토록 세심하게 고르고 푸짐하게 넣은 고깃덩어리들이 어우러져 풍미를 더하는 그 요리처럼 나의 책을 쓸 것이다.

—『되찾은 시간』

화자가 작가로서의 소명을 마침내 '재발견'하여 남은 생애를 자신의 삶을 담은 소설을 써야겠다고 결심할 때, 그는 낡아 해진 부분에 다른 천을 덧대고 덧댄 프랑수아즈의 치마처럼, 세심하게 고른 고깃덩어리들이 오랜 시간 익으면서 풍부한 향을 내는 그녀의 소고기찜 요리처럼 자신의 소설을 쓸 것을 다짐한다. 이처럼 화자는 프랑수아즈의 여러 '결함'에도 불구하고 최고의 찬사를 보낸 셈인데, 에르노는 그 사실을 인정하면서도 화자가 프랑수아즈를 기준으로 '그들'와 '우리들' 사이에 파놓은 골 때문에 프루스트의 작품에 불편함을 느낀다고 호소한 것이다.

프랑수아즈의 이러한 양면적이면서도 모순적인 성향에도 불구하고 에르노가 프랑수아즈를 프루스트의 작품에 절대적으로 찬사를 보낼 수 없는 유일한 요소라고 지적할 수밖에 없는 이유를 우리는 프루스트가 언급한 바 있는 독서의 주관적인 기능에서 찾아보았다. 독서는 그것을 쓴 작가보다는 그것을 읽는 독자의 개인적이며 주관적인 경험, 기억에 의해서 얼마든지 다양하게 해석되고 받아들여질 수 있다는 생각이다.

에르노는 프랑수아즈를 통해 상처받은 언어의 그늘에 가려져 있던 자신의 어린 시절을 겹쳐 보았다. 프랑수아즈가 하녀로서 한 행동이나 그녀에 대한 화자의 시선은 에르노 자신이 속한 세계가 화자의 세계에 결코 동화될 수 없음을 뼈저리게 느끼게 하는 요소였다. 이는 에르노로 하여금 "나는 프랑수아즈 쪽이다. 나는 프랑수아즈와 함께 화자가 속한 그의 세계 밖으로 내던져졌다"라고 외치게 만들었으며, 바로 여기에 에르노가 프루스트 작품에 절대적인 찬사와 존경을 보낼 수 없는 이유가 있다.

참고 문헌

프루스트의 텍스트

Proust, Marcel. *À la recherche du temps perdu*, 3 vols., Pierre Clarac et André Ferré(éds.), Gallimard, Pléiade, 1954.

____. *À la recherche du temps perdu*, 4 vols., Jean-Yves Tadié(éd.), Gallimard, Pléiade, 1987-89.

____. *À la recherche du temps perdu*, 7 vols., Jean-Yves Tadié(éd.), Gallimard, Folio Classique, 1987-90.

____. *Contre Sainte-Beuve*, précédé de *Pastiches et mélanges*, et suivi de *Essais et articles*, Pierre Clarac et Yves Sandre(éds.), Gallimard, Pléiade, 1971.

____. *Jean Santeuil*, précédé de *Les plaisirs et les jours*, Pierre Clarac et Yves Sandre(éds.), Gallimard, Pléiade, 1971.

____. *Sur la lecture*, Arles, Actes Sud, 1988.

프루스트, 마르셀. 『잃어버린 시간을 찾아서』, 총11권, 김창석 옮김, 국일미디어, 1998.

____. 『독서에 관하여』, 유예진 옮김, 은행나무, 2014.

울프 편

Banfield, Ann. "Time Passes: Virginia Woolf, Post-Impressionism, and Cambridge Time", Poetics Today, vol. 24, n°. 3, 2003, pp. 471-516.

Delaplace, Anne. "《Intermittences》 et 《moments de vie》: l'esthétique de la discontinuité chez Marcel Proust et Virginia Woolf", *TRANS-* [En ligne], mis en ligne le 04 février 2007, URL: http://trans.revues.org/493.

Hägglund, Martin. *Dying for Time: Proust, Woolf, Nabokov*, Harvard University Press, 2012.

Heacox, Thomas. "Proust and Bloomsbury", *Virginia Woolf Miscellany*, vol. 17, n°. 2, 1981, p. 2.

Lewis, Pericles. "Proust, Woolf, and Modern Fiction", *Romanic Review*, vol. 99, n°. 1-2, 1999, pp. 77-86.

Mares, Cheryl. "Woolf's Reading of Proust", *Reading Proust Now*, Peter Lang, 1990, pp. 185-195.

____. "Reading Proust: Woolf and the Painter's Perspective", *Comparative Literature*, vol. 41, n°. 4, 1989, pp. 327-359.

McArthur, Elizabeth Andrews. "Following Swann's Way: *To the Lighthouse*", *Comparative Literature*, vol. 56, n°. 4, 2004, pp. 331-346.

Proudfit, Sharon. "Lily Briscoe's Painting: A Key to Personal Relationships in *To the Lighthouse*", *Criticisme*, vol. 13, n°. 1, 1971, pp. 26-38.

Rojas, Yuko. "Proustian Reminiscence in *To the Lighthouse*", *Studies in the Novel*, vol. 41, n°. 4, 2009, pp. 451-467.

Woolf, Virginia. *The Diary of Virginia Woolf*. 5 vols., Anne Olivier Bell(ed.), New York, Harcourt Brace Jovanovich, 1977-1985.

____. *The Letters of Virginia Woolf*, 6 vols., Nigel Nicolson and Joanne Trautman(eds.), New-York, Harcourt Brace Jovanovich, 1975-1980.

____. *To the Lighthouse*, Penguin Modern Classics, 1964(1927).

Wolkenstein, Julie. "À l'ombre de Marcel Proust", *Magazine littéraire*, n°. 437, 2004, pp. 54-56.

울프, 버지니아. 『등대로』, 최애리 옮김, 열린책들, 2013.

유예진. 「버지니아 울프와 마르셀 프루스트: 울프의 『등대로』를 중심으로」, 『세계문학비교연구』, 51집, 2015, pp. 159-184.

베케트 편

Acheson, James. "Beckett, Proust, and Schopenhauer", *Contemporary Literature*, vol. 19, n°. 2, 1978, pp. 165-179.

_____. *Samuel Beckett's Artistic Theory and Practice*, London, MacMillan Press, 1997.

Beckett, Samuel. *Proust*, London, Faber and Faber, 1930.

_____. *Proust*, Édith Fournier(trad.), Les Éditions de Minuit, 1990.

Brun, Bernard. "Sur le Proust de Beckett", *Beckett avant Beckett. Essais sur les premières œuvres*, Jean-Michel Rabaté(éd.), Presses de l'École Normale Supérieure, 1985, pp. 79-91.

Fletcher, John. "Beckett et Proust", *Caliban*, vol. 1, 1964, pp. 89-100.

Fraisse, Luc. "Le Proust de Beckett: Fidélité médiatrice, infidélité créatrice", *Samuel Beckett Today*, vol. 6, 1997, pp. 365-386.

Janvier, Ludovic. *Beckett*, Seuil, Série écrivains de toujours, 1969.

Mays, J.C.C. "Bibliographie du jeune Beckett", *Beckett avant Beckett. Essais sur les premiers œuvres, op. cit.*, pp. 187-194.

Pilling, John. *Beckett before Godot*, Cambridge University Press, 1997.

베케트, 사뮈엘. 『프루스트』. 유예진 옮김. 워크룸 프레스. 2016.

유예진. 「베케트와 프루스트: 베케트의 초기 평론 『프루스트』를 중심으로」, 『한국불어불문학연구』, 101집, 2015, pp. 127-152.

나보코프 편

Nabokov, Vladimir. *Autres rivages*, Yvonne Davet *et al.*(trad.). Gallimard, Folio, 1999.

_____. *Littératures 1*, Hélène Pasquier(trad.), Fayard, 1983.

_____. *Mademoiselle O*, Maurice et Yvonne Couturier(trad.), Julliard, 1982.

Couturier, Maurice. "Proust et Nabokov", *Marcel Proust 8, Lecteurs de Proust au XXe siècle et au début du XXIe siècle, Lettres Modernes Minard*, vol. 1, 2010, pp. 99-114.

Foster, John Burt. "Nabokov and Proust", *The Garland Companion to Vladimir*

Nabokov, Garland Pub., 1995, pp. 473-481.

____. "Narrative between Art and Memory: Writing and Rewriting *Mademoiselle O*(1936-1967)", *Nabokov's Art of Memory and European Modernism*, Princeton University Press, 1993, pp. 110-129.

Hamrit, Jacqueline. "French echoes in *Mademoiselle O*", *Zembla*, 2006. http://www.libraries.psu.edu/nabokov/hamrit.htm

Woods, Michael. "Broken Dates: Proust, Nabokov and Modern Time", *Nabokov's World*, vol. 2. Jane Grayson, Arnold McMillin and Priscilla Meyer(eds.), Palgrave Macmillan, 2002, pp. 156-170.

나보코프, 블라디미르. 『말하라, 기억이여』, 오정미 옮김, 플래닛, 2007.

____. 『롤리타』, 권택영 옮김, 민음사, 1999.

유예진. 「나보코프와 프루스트: 나보코프의 『마드모아젤 오』를 중심으로」, 『세계문학비교연구』, 54집, 2016, pp. 263-288.

사로트 편

Beckett, Samuel. *Proust*, Édith Fournier(trad.), Minuit, 1990.

Compagnon, Antoine. *Proust entre deux siècles*, Seuil, 1989.

Deleuze, Gilles. *Proust et les signes*, PUF, 2014(1964).

Jefferson, Ann. "Entre la vie et la mort: Nathalie Sarraute devant l'histoire littéraire", Romanic Review, vol. 100, 2009, pp. 113-127.

Richard, Jean-Pierre. *Proust et le monde sensible*, Seuil, 1974.

Sarraute, Nathalie. *Œuvres complètes*, Jean-Yves Tadié(éd.), Gallimard, Pléiade, 1996.

Vineberg, Elsa. "Marcel Proust, Nathalie Sarraute and the Psychological Novel". *MLN*, vol. 90, n°. 4, 1975, pp. 575-583.

유예진. 「사로트와 프루스트: 사로트의 소설론을 중심으로」, 『세계비교문학연구』, 58집, 2017. pp. 167-190.

황혜영. 「『의혹의 시대』 연구1: 사로트의 현대소설 진단」, 『프랑스어문교육』, 48집, 2015, pp. 225-248.

들뢰즈 편

Agostini, Daniela de, et Maurizio Ferraris. 《Proust, Deleuze et la répétition. Note sur les niveaux narratifs d'*À la recherche du temps perdu*》, *Littérature*, vol. 32, 1978, pp. 66‑85.

Barthes, Roland, *et al.* 《Table ronde》, *Cahiers Marcel Proust*, vol. 7, 1975, pp. 87‑116.

Chaudier Stéphane. 《Proust aux éclats》, *Deleuze et les écrivains: Littérature et philosophie*, Bruno Gélas et Hervé Micolet(dir.), Édition Cécile Defaut, 2007, pp. 85‑94.

Deleuze, Gilles. *Proust et les signes*, PUF, 2014(1964).

Genette Gérard. 《Proust et le langage indirect》, in *Figures II*, Seuil, 1969, pp. 223‑294.

Mengue, Philippe. *Proust-Joyce, Deleuze-Lacan: lectures croisées*, L'Harmattan, 2010.

Poulet, George. *L'espace proustien*, Gallimard, 1963.

Sauvagnargues, Anne. *Deleuze et l'Art*, PUF, 2005.

김희영. 「프루스트 소설의 철학적 독서」, 『외국문학연구』, 3호, 1997, pp. 69‑91.

들뢰즈, 질. 『프루스트와 기호들』, 서동욱, 이충민 옮김, 민음사, 2004.

유예진. 「들뢰즈의 프루스트론: 통일성의 재발견」, 『한국프랑스학논집』, 95집, 2016, pp. 1‑32.

주네트 편

Barthes, Roland. "Proust et les noms", *To Honor Roman Jackobson: Essays on the occasion of his seventieth birthday*, Hague, Mouton, 1967, pp. 150‑158.

Fontanier, Pierre. *Les Figures du discours*, Flammarion, 1968.

Genette, Gérard. *Figures I*, Éditions du Seuil, 1966.

____. *Figures II*, Éditions du Seuil, 1969.

____. *Figures III*, Éditions du Seuil, 1972.

____. "La question de l'écriture", In *Recherche de Proust*, Roland Barthes, Léo

Bersani *et al.* Éditions du Seuil, 1980, pp. 7-12.

____. "Venise-Combray-Venise", *North Carolina Studies in the Romance Languages and Literatures*, vol. 263, 1999, pp. 157-174.

Maurois, André. *À la recherche de Marcel Proust*, Hachette, 1949.

O'Kelly, Dairine. "Du temps perdu au temps retrouvé: Proust face à Genette", *Modèles linguistiques*, vol. 65, 2012, pp. 69-98.

Vendryès, Joseph. "Proust et les noms propres", *Mélanges de philologie et d'histoire littéraire offerts à Edmond Huguet*, Boivin, 1940, pp. 119-127.

유예진. 「프루스트와 간접언어: 주네트의 분석을 중심으로」, 『외국학연구』, 35집, 2016, pp. 257-284.

바르트 편

Barthes, Roland. *La Chambre claire. Note sur la photographie*, Seuil, Cahiers du cinéma, 1980.

____. *Œuvres complètes*, 5 tomes, Éric Marty (dir.), Seuil, 2002.

____. "Proust et la photographie: Examen d'un fonds d'archives photographiques mal connu", *La préparation du roman I et II, Cours et séminaires au Collège de France (1978-1980)*, Éric Marty (dir.), Seuil/IMEC, Traces écrites, 2003, pp. 385-457.

Genette, Gérard. "Métonymie chez Proust", in *Figures III*, Seuil, 1972, pp. 41-63.

Hanney, Roxanne. "Proust and Negative Plates: Photography and the Photographic Process in *À la recherche du temps perdu*", *Romanic Review*, vol. 74, n. 3, May 1983, pp. 342-354.

Marty, Éric. "Marcel Proust dans 「La Chambre claire」", *L'Esprit Créateur*, vol. 46, no. 4, 2006, pp. 125-133.

____. "Présentations", in Roland Barthes, *Œuvres complètes*, t. V, op. cit., pp. 9-22.

Mitchell, Erin. "Writing Photography: The Grandmother in *Remembrance of Things Past*, the Mother in *Camera Lucida*, and Especially, the Mother in *The Lover*", *Studies in Twentieth Century Literature*, vol. 24, n. 2, Summer

2000, pp. 325-339.

Montier, Jean-Pierre. "La photographie 《...dans le temps》: de Proust à Barthes et réciproquement", in *Proust et les images: peinture, photographie, cinéma, vidéo*, Rennes, Presses Universitaires de Rennes, 2003, pp. 69-114.

Samoyault, Tiphaine. *Roland Barthes*, Seuil, Fiction & Cie, 2015.

Yacavone, Kathrin. "Barthes et Proust: *La Recherche* comme aventure photographique", *L'écrivain préféré, Fabula LHT (Littérature, histoire, théorie)* no. 4, 1 mars 2008.

    URL: http://www.fabula.org/lht/4/yacavone.html

_____. "Reading through Photography. Roland Barthes's Last Seminar 《Proust et la photographie》", *French Forum*, vol. 34, no. 1, 2009, pp. 97-112.

김귀원. 「프루스트가 본 '사진'의 이미지와 서술」, 『인문과학연구』, 30집, 2007, pp. 79-101.

바르트, 롤랑. 『밝은 방』, 김웅권 옮김, 동문선, 2006.

이경률. 「롤랑 바르트의 『밝은 방』에 나타난 푼크툼의 환유적 확장」, 『프랑스학연구』, 39집, pp. 335-360.

정지용. 「『소설의 준비』에 나타난 바르트의 소설론」, 『프랑스학연구』, 73권, 2015, pp. 173-203.

에르노 편

Bruno Blanckeman, "Annie Ernaux: une écriture des confins", *Annie Ernaux, une œuvre de l'entre-deux*, Fabrice Thumerel(dir.), Arras, Artois Presses Université, 2004, p.

Compagnon, Antoine. "Avant-propos" dans *Lire et relire Proust*, Antoine Compagnon (dir.), Nantes, Édition nouvelles Cécile Defaut, 2104, pp. 7-9.

Gaulejac, Vincent de. "Annie Ernaux et la névrose de classe", *Annie Ernaux, Se mettre en gage pour dire le monde*, Thomas Hunkeler et Marc-Henry Soulet(éds.), Genève MétisPresses, 2012, p. 83-103.

Ernaux, Annie. *Une Femme, in Écrire la vie*, Gallimard, Quarto, 2011, pp. 553-

597.

_____. "Proust, Françoise et moi", *Lire et relire Proust*, Antoine Compagnon(dir.), Nantes, Éditions nouvelles Cécile Defaut, 2014, pp. 123-137.

_____. *La Place*, Gallimard, 1983.

안보옥. 「아니 에르노의 『자리』에 나타난 각자의 자리와 언어세계」, 『한국프랑스학논집』, 45집, 2004, pp. 211-228.

오은하. 「아니 에르노의 '평평한' 글쓰기: 계층 이동의 서사, 『자리』와 『한 여자』」, 『프랑스학연구』, 64집, 2013, pp. 155-191.

기타 참고 문헌

Bouillaguet, Annick et Brian Rogers(dir.), *Dictionnaire Marcel Proust*, Honoré, Champion, Champion Classiques, 2014(2004).

Campen, Cretien van. *The Proust Effect: The Senses as Doorways to Lost Memories*, Julian Ross(trans.), Oxford University Press, 2014.

Houppermans, Sjef, *et al.*(éd.) *Proust dans la littérature contemporaine, Marcel Proust Aujourd'hui*, vol. 6, Amsterdam, Rodopi, 2008.

레러, 조나. 『프루스트는 신경과학자였다』, 최애리, 안시열 옮김, 지호출판사, 2007.

이충민. 『통일성과 파편성. 프루스트와 문학 장르』, 소나무, 2016.

주

울프 편

* 이 글은 저자가 발표한 논문, 「버지니아 울프와 마르셀 프루스트: 울프의 『등대로』를 중심으로」, 『세계문학비교연구』, 51집, 2015, pp. 160-184를 수정한 것임.

1 『댈러웨이 부인』과 프루스트의 상호텍스트성에 관해서는 다음 논문 참조: Anne Delaplace, "《Intermittences》 et 《moments de vie》: l'esthétique de la discontinuité chez Marcel Proust et Virginia Woolf", TRANS-[En ligne], mis en ligne le 04 février 2007, URL: http://trans.revues.org/493; Julie Wolkenstein. "À l'ombre de Marcel Proust". *Magazine littéraire*, n°. 437, 2004, pp. 54-56. 『등대로』와 『스완네 집 쪽으로』의 상호텍스트성에 관해서는 다음 논문 참조: Elizabeth Andrews McArthur, "Following Swann's Way: *To the Lighthouse*", *Comparative Literature,* vol. 56. n°. 4, 2004, pp. 331-46; Yuko Rojas, "Proustian Reminiscence in *To the Lighthouse*", *Studies in the Novel,* vol. 41, n°. 4, 2009, pp. 451-67.

2 Cheryl Mares, "Woolf's Reading of Proust", *Reading Proust Now*, Peter Lang, 1990, p. 186.

3 Elizabeth Andrews McArthur, "Following Swann's Way: *To the Lighthouse*", *op. cit.*, p. 332.

4 Thomas Heacox, "Proust and Bloomsbury", *Virginia Woolf Miscellany,* vol. 17, n°. 2, 1981, p. 2.

5 Sharon Proudfit, "Lily Briscoe's Painting: A Key to Personal Relationships in *To the Lighthouse*", *Criticism*, vol. 13, n°. 1, 1971, p. 26.

6 울프, 『등대로』, 최애리 옮김, 열린책들, 2013, 역자 해설 p. 289.

7 Ann Banfield, "Time Passes: Virginia Woolf, Post-Impressionism, and Cambridge Time", *Poetics Today,* vol. 24, n°. 3, 2003, p. 486; Martin Hägglund, *Dying for Time: Proust, Woolf, Nabokov, op. cit.,* p. 57.

8 울프, 『등대로』, *op. cit.,* 역자 해설 pp. 276-277; p. 291 참조.

9 McArthur, "Following Swann's Way: *To the Lighthouse*", *op. cit.,* p. 336.

10 Jean Guiguet, *Virginia Woolf and Her Works,* London, 1965, p. 31을 Proudfit, "Lily Briscoe's Painting: A Key to Personal Relationships in *To the Lighthouse*", *Criticisme, op. cit.,* pp. 26-27에서 인용.

베케트 편

* 이 글은 저자가 발표한 논문, 「베케트와 프루스트: 베케트의 초기 평론 『프루스트』를 중심으로」, 『한국불어불문학연구』, 101집, 2015, pp. 127-152를 수정한 것이며, 저자가 번역한 베케트의 『프루스트』(워크룸 프레스, 2016)에서 작품 해설로 사용한 바 있음.

1 John Fletcher, "Beckett et Proust", *Caliban*, vol. 1, 1964, p. 98.

2 Luc Fraisse, "Le Proust de Beckett: Fidélité médiatrice, infidélité créatrice", *Samuel Beckett Today*, vol. 6, 1997, p. 367.

3 James Acheson, "Beckett, Proust, and Schopenhauer", *Contemporary Literature*, vol. 19, no. 2, 1978, p. 166.

4 Acheson, *Samuel Beckett's Artistic Theory and Practice, op. cit.,* note 15, p. 210.

5 Proust, *Contre Sainte-Beuve*, précédé de *Pastiches et mélanges* et suivi de *Essais et articles*, Pierre Clarac(éd.), Gallimard, 1971, p. 543.

6 Acheson, *Samuel Beckett's Artistic Theory and Practice, op. cit.*, note 14, p. 210. 애치슨이 참고하는 자료는 Charles R. Sanders, "Carlyle's letters to Ruskin", *Bulletin of the John Rylands Library*, vol. 46, 1958, pp. 208‒238을 인용한 James Terence McQueeny의 박사학위 논문, *Samuel Beckett as Critic of Proust and Joyce*, Ph. D. dissertation at University of North Carolina at Chapel Hill, 1977, p. 84.

7 Article d'Henri Ghéon paru dans la *N. R. F.*, le 1er janvier 1914, cité dans les documents de *Du côté de chez Swann*, Antoine Compagnon (éd.), Paris, Gallimard, Folio classique, 1987, p. 454.

8 Acheson, "Beckett, Proust, and Schopenhauer", *op. cit.*, pp. 166‒167. 프루스트 연구자인 베르나르 브룅Bernard Brun 또한 애치슨의 주장을 따르고 있다. Brun, "Sur le Proust de Beckett", *Beckett avant Beckett. Essais sur les premiers œuvres, op. cit.*, p. 80.

9 Fraisse, *op. cit.*, p. 370.

10 James Knowlson, *Damned to fame: the life of Samuel Beckett*, London, Bloomsbury Press, 1996, p. 105를 Pilling, *Beckett before Godot, op. cit.*, p. 11 인용.

11 Pilling, *Beckett before Godot, op. cit.*, pp. 53‒55.

나보코프 편

* 이 글은 저자가 발표한 논문, 「나보코프와 프루스트: 나보코프의 「마드무아젤 오」를 중심으로」, 『세계문학비교연구』, 54집, 2016, pp. 263-288을 수정한 것임.

1 「마드무아젤 오」의 집필 배경에 대해서는 다음 글 참조. Jacqueline Hamrit, "French echoes in *Mademoiselle O*", *Zembla*. 2006. http://www.libraries.psu.edu/nabokov/hamrit.htm

2 「마드무아젤 오」가 거친 다양한 수정과 번역, 여러 판본에 대해서는 John

Burt Foster, "Narrative between Art and Memory: Writing and Rewriting *Mademoiselle O*(1936-1967)", *Nabokov's Art of Memory and European Modernism*, Princeton University Press, 1993, p. 110참조.

사로트 편

* 이 글은 저자가 발표한 논문, 「사로트와 프루스트: 사로트의 소설론을 중심으로」, 『세계문학비교연구』, 57집, 2017, pp. 167-190를 수정한 것임.

1 Maurice Blanchot, "Le jeune Roman", *Faux pas*, Paris, Gallimard,(1943) 1971, p. 209 cité par Ann Jefferson, "Entre la vie et la mort: Nathalie Sarraute devant l'histoire littéraire", *Romanic Review*, vol. 100, 2009, p. 118.

2 사로트의 학술 발표와 강연 등에 쓰인 원고는 갈리마르 플레야드 총서 (1996) 중 '강연과 그 밖의 텍스트Conférences et textes divers' 묶음에서 찾아볼 수 있다. 여기에는 1959년에 사용된 「소설과 실재Roman et réalité」를 시작으로 1974년의 「뒤집힌 장갑Le gant retourné」까지 총 6편의 글이 실려 있다. 이는 그전에 사로트가 누보로망을 통해 추구한 새로운 길에 관해 발표한 4편의 글을 묶어 1956년에 출간한 비평서, 『의혹의 시대L'ère du soupçon』와는 다른 텍스트들이다. 이 책에 대한 분석은 황혜영, 「『의혹의 시대』연구1: 사로트의 현대 소설 진단」, 『프랑스어문교육』, 48집(2015): 225-248 참조.

3 Antoine Compagnon, *Proust entre deux siècles*, Paris, Seuil, 1989, pp. 23-24.

4 Gilles Deleuze, *Proust et les signes*, Paris, PUF,(1964) 2014, p. 25.

5 Noël Dazord. "La phrase en devenir de Nathalie Sarraute". *Nathalie Sarraute. Du tropisme à la phrase*. Lyon, Presses universitaires de Lyon, 2003, p. 113.

6 Elsa Vineberg, "Marcel Proust, Nathalie Sarraute, and the Psychological Novel", *MLN*, Vol. 90, No. 4, 1975, p. 577.

7 Compagnon, *Proust entre deux siècles, op. cit.*, p. 299.

들뢰즈 편

* 이 글은 저자가 발표한 논문, 「들뢰즈의 프루스트론: 통일성의 재발견」, 『한국프랑스학논집』, 95집, 2016, pp. 1-32을 수정한 것임.

1 Maurizio Ferraris et Daniela de Agostini, "Proust, Deleuze et la répétition. Note sur les niveaux narratifs d'*À la recherche du temps perdu*", *Littérature*, vol. 32, 1978, notes 4 et 5, p. 68 참조.

2 Philippe Mengue, *Proust-Joyce, Deleuze-Lacan: lectures croisées*, L'Harmattan, 2010, p. 26.

3 Deleuze, "Occuper sans compter: Boulez, Proust et le temps", *Deux régimes de fous*, Minuit, 2003, p. 273 cité par Stéphane Chaudier, "Proust aux éclats", *Deleuze et les écrivains: Littérature et philosophie*, Bruno Gélas et Hervé Micolet(dir.), Édition Cécile Defaut, 2007, p. 87.

4 Philippe Mengue, *Proust-Joyce, Deleuze-Lacan: lectures croisées*, *op. cit.*, p. 28.

5 Gérard Genette, 《Table ronde》, *Cahiers Marcel Proust*, vol. 7, 1975, p. 93.

6 Georges Poulet, *L'espace proustien*, Gallimard, 1963, p. 54 cité par Deleuze, *PS*, p. 149.

주네트 편

* 이 글은 저자의 논문, 「프루스트와 간접 언어: 주네트의 분석을 중심으로」, 『외국학연구』, 35집, 2016, pp. 257-284를 수정한 것임.

1 Dairine O'Kelly, "Du temps perdu au temps retrouvé: Proust face à Genette", *Modèles linguistiques*, vol. 65, 2012, p. 69.

2 실제 지명과 허구 지명 사이에 존재하는 흥미로운 차이는 바르트가 지적한 대로 코드화encodage와 탈코드화décodage에 있다. 즉 프루스트는 존재하지

않는 지명을 만들 때 그 이름만을 듣고 그것이 내포하는 이미지를 떠올릴 수 있어야 하기 때문에 이미 존재하는 기의와 기표의 관계 표를 참고하여 코드화하는 작업을 통해 마을의 이름을 만들어야 했다. 반면 소설 속 화자는 작가가 만든 지명을 들었을 때 그 기표 뒤에 숨어 있는 기의를 떠올리고자 하는 노력, 즉 탈코드화하는 작업을 거쳐야 한다는 것이다. Roland Barthes, "Proust et les noms", *To Honor Roman Jackobson: Essays on the occasion of his seventieth birthday,* Hague, Mouton, 1967, p. 154를 *Figures II*, p. 235에서 인용.

3   J. Vendryès, "Proust et les noms propres", *Mélanges Huguet*, Boivin, Paris, 1940, p. 126를 *Figures II*, p. 244에서 인용.

4   P. Fontanier, *Les figures du discours*, Paris, Flammarion, 1968, p. 125를 *Figures II*, p. 273에서 인용.

5   주네트는 『형상 I』에 실린 글들 중, 「프루스트 팔랭프세스트」에서 프루스트의 소설 속 장소들과 인물들이 갖는 이 세 가지 층위 ── 기표, 의도적 기의, 비의도적 기의 ── 를 이미 분석한 바 있다.

6   이름 붙이는 행위를 창조하는 것과 같다고 여기는 믿음을 구체적으로 드러내는 예로 주네트는 블로크를 인용한다. 블로크는 마르셀보다 나이가 조금 위인 학급 친구인데 조숙하고 자신의 문학적 조예에 대한 자신감으로 넘친다. 그런 블로크는 마르셀에게 자신을 '친애하는 선생cher maître'이라고 부르라고 요구한다. 즉 자신을 그렇게 부르게 함으로써 실제로 자신이 마르셀보다 우월하고, 많은 지식을 알고 있다는 사실을 창조할 수 있다고 믿었던 것이다.

바르트 편

1   Éric Marty, "Présentations", in Barthes, *Œuvres complètes*, t. V, Éric Marty(dir.), Seuil, 2002, pp. 18-19를 Kathrin Yacavone, "Barthes et Proust: *La Recherche* comme aventure photographique", *L'écrivain préféré, Fabula LHT(Littérature, histoire, théorie)*, no. 4, 1 mars 2008, §6에서 인용. http://

www.fabula.org/lht/4/yacavone.html

2 Proust, "*Swann* expliqué par Proust", *Contre Sainte-Beuve* précédé de *Pastiches et mélanges* et suivi de *Essais et articles*, Pierre Clarac(éd.), Gallimard, Bibliothèque de la Pléiade, 1971, p. 558.

3 Danièle Méaux, *La photographie et le temps: le déroulement temporel dans l'image photographique*, Aix-en-Provence, Publications de l'Université de Provence, 1997, p. 28을 김귀원, 「프루스트가 본 '사진'의 이미지와 서술」, *op. cit.*, p. 92에서 인용.

4 Gérard Genette, "Métonymie chez Proust", in *Figures III*, Seuil, 1972, p. 58.

5 Erin Mitchell, "Writing Photography: The Grandmother in *Remembrance of Things Past*, the Mother in *Camera Lucida*, and Especially, the Mother in *The Lover*", *Studies in Twentieth Century Literature*, vol. 24, n. 2, Summer 2000, p. 337.

6 Marty, "Marcel Proust dans *La Chambre claire*", *L'Esprit Créateur*, vol. 46, no. 4, 2006, p. 132를 Yacavone, "Barthes et Proust: la Recherche comme aventure photographique", *op. cit.*, §21에서 인용.

7 Gabriel Bauret, "Autobiographie littéraire et autobiographie photographique," *Les Cahiers de la Photographie*, n. 13, 1984, p. 13을 Jean-Pierre Montier, "La photographie 《……dans le temps》: de Proust à Barthes et réciproquement", in *Proust et les images: peinture, photographie, cinéma, vidéo*, Rennes, Presses Universitaires de Rennes, 2003, p. 71에서 인용.

8 "J'entends par 'roman' une œuvre monumentale, une somme, même romanesque(!) genre *RTP* ou *G&P*, [……] à la fois cosmogonie, œuvre initiatique, somme de sagesse." BNF, NAF 28630, 《Grand fichier》, 20 juillet 1979를 Tiphaine Samoyault, *Roland Barthes*, Seuil, 2015, pp. 650-651에서 인용.

에르노 편

1 *Lire et relire Proust*, Antoine Compagnon(dir.), Nantes, Édition nouvelles

Cécile Defaut, 2014에서 서문Avant-propos, pp. 7-9 참조. 연사들 소개는
같은 책 pp. 253-255 참조.

2 Annie Ernaux, "Proust, Françoise et moi", *Lire et relire Proust, op. cit.* pp.
123-137.

3 국내에는 『남자의 자리』라는 제목으로 출간되어 있다.

4 오은하, 「아니 에르노의 '평평한' 글쓰기: 계층 이동의 서사, 『자리』와 『한 여
자』」, 『프랑스학연구』, 64집, 2013, p. 158.

5 Vincent de Gaulejac, "Annie Ernaux et la névrose de classe", *Annie Ernaux,
Se mettre en gage pour dire le monde*, Thomas Hunkeler et Marc-Henry
Soulet(éds.), Genève MétisPresses, 2012, p. 101.

6 안보옥, 「아니 에르노의 『자리』에 나타난 각자의 자리와 언어세계」, 『한국
프랑스학논집』, 45집, 2004, pp. 216-217.

7 Bruno Blanckeman, "Annie Ernaux: une écriture des confins", *Annie Ernaux,
une œuvre de l'entre-deux*, Fabrice Thumerel(dir.), Arras, Artois Presses
Université, 2004, p. 105.

Photo credit

p. 217
Duane Michals, Andy Warhol © Duane Michals. Courtesy of DC Moore Gallery,
New York, 1958